芳草扶疏雁南歸 2

風文創 249

月半彎 著

目錄

第二十五章　高人不好惹

「混帳！」莫平正好抬頭，看見眼前一幕，大吃一驚，不及細想就抬腳踹開陸家平，然後一個倒掛金鈎，正好緊緊抱住扶疏下墜的身子。

「啊——」陸家平淒厲的叫聲迴響了很久才消失……

「呸，活該！」良久，終於有村民狠狠地吐了口唾沫。

隊伍再次默默地往前而去。

好不容易走完了這陡峭的羊腸小徑，一塊相對平整的山坡出現在眾人面前。所有人都長長出了口氣，卻是全都瞧著扶疏，並不敢貿然行動。

扶疏四處查看一番，緩緩點頭。「大家可以歇息了，這裡無礙的。」又扶著莫平輕輕在一塊石頭上坐下，問道：「你怎麼樣？」語氣裡是掩不住的關切。

方才莫平為了救自己生生挨了莫方一掌，長途跋涉之下，早已是面白如紙。

「咳咳，我，無事……」莫平勉強笑了一下，看了一眼神情不明的莫方，小聲道：「妳別怪我家主子，實在是王妃病重，而那靈藹草正是小王爺要採來救王妃娘娘命的。咳咳——」

劇烈的嗆咳以後，竟是又吐了一口血出來。

「莫平——」莫方嚇了一跳，心下也是懊惱至極，實在是當時看到主子被襲這才急紅了眼，卻在意識到自己做了什麼之後，瞬間後悔無比——再怎麼說，對方也是個小姑娘罷了，更難得的是，這小姑娘還救了大家的命。只是多年的習慣使然，護好主子幾乎已經成了存在於血液裡的本能反應，才下意識地就出手了。

莫方想了想，對兩人一揮手。「你們兩個快走吧。」

「走？」莫平一愣，旋即明白了莫方的意思——王爺醒來，不說被打暈一事，若是明白那靈藹草竟終是錯過了，怕是會暴怒無比，莫方的意思明顯是要一個人頂下來，當即急聲道：「那怎麼行？」轉頭急急地推了推扶疏小聲道。「姑娘快走，待會兒王爺醒來，莫平會想辦法拖住王爺。」但凡事關王妃，主子便全無理智可言，反正自己這條命也是撿來的，就當報了小姑娘的救命之恩吧！

「好了！」扶疏憋氣道，這兩人肯定是故意的，這樣爭著搶著去死！「不就是靈藹草嗎？」她一指莫方。「你，跟我來。」

莫方頓時大喜——這小姑娘如此篤定，難道……不及細想，他扶著莫平和齊灝到了一處，自己徑直和扶疏離開。真能找到靈藹草的話，別說王爺揍一悶棍，就是再挨幾下，怕是也只有開心，斷沒有再責罰人的道理。

「嗚——」齊灝輕輕呻吟了一聲，緩緩睜開眼睛，入目是蒼綠色的深林，有金色的陽光穿過黃綠斑駁的枝葉，碎金似地撒在身上；偶爾還有肥碩的灰兔子探一下頭，又倏忽縮回去，箭一般地消失在人們的視線裡。

「這是……」看到的情景實在太過靜謐而溫馨，齊灝有些糊塗，不過片刻，記憶便紛紛回籠——暴雨、泥石流、塌陷的巨坑，無助而又絕望的哭聲，莫平和一個長相秀美的小姑娘……

臉色突然一變，齊灝一翻身就坐了起來，看著自己所處的環境，臉色一下難看至極。

自己記得不錯的話，方才，那個小丫頭不但偷襲了自己，更害得自己錯過了靈藹草！

「王爺，您醒了——」注意到主子分外冷厲的眉眼，莫平臉色越發蒼白，還是強忍住驚慌，小心地瘸著腿上前伺候。

卻被齊灝一腳踹翻在地。

「靈藹草——」

剛想喝罵，一聲驚叫忽然響起，二人一起抬頭，卻見遠遠的兩個人，正朝這邊急速而來。

不是莫方和扶疏，又是哪個？

齊灝眼睛微微眯起，只覺頸部一陣陣疼痛，從出生到現在，從沒有人敢對自己下這麼重的手，這小丫頭打了自己竟然還敢回來，真是好大的膽子！

莫平平日裡就對這位主子敬畏至極，這會兒感受到齊灝身上一波又一波的戾氣，更是手腳都有些發軟。

「喂——」扶疏明顯注意到了兩人之間的情形，有些氣惱地對揹著自己的莫方道：「你快些，磨蹭什麼呢！」

「好嘞——」雖是被呵斥了，莫方卻是絲毫不以為忤，反而是一副與有榮焉的模樣。高人嘛，脾氣大些也是可以理解的，誰讓自己之前有眼無珠，冒犯了這位高人小姑娘；而且莫平可是自己的好兄弟，自己的擔心只會比高人多啊。

無比敬畏地瞧了眼扶疏手裡的褡褳，那裡面可是有立馬讓主子消氣的寶物靈藕草；而且，很快主子就會明白，這小姑娘才是最大的寶物，只要能哄得了小姑娘開心，另外幾種藥物怕也不用再大費周章。

眼看已經到了齊灝兩人身前，扶疏冷聲道：「放我下來。」

莫方乖乖地蹲下來，又涎著笑臉點頭哈腰道：「姑娘慢些，小心摔著。」

這是自己手下的鐵血侍衛？若不是兩人之間實在是太過熟悉，齊灝簡直要以為這個莫方是別人假扮的；而且，放著自己這個正牌主子不理，這麼沒有節操地去巴結一個小姑娘，又是要鬧哪齣？

忽然憶起之前莫平好像也是同樣的做派，眼神忽然一閃，難不成……

還未曾完全理清思緒，扶疏已經跑至眼前，小臉紅彤彤的，神情中滿是憤然。「你這人怎麼回事？竟然還好意思對莫平動手？沒看見他已經傷成什麼樣了！你年紀也這麼大了，腦袋裡裝的都是糨糊嗎？非要在那樣的地方採集藥草，好，你想死就自己死好了，憑什麼要拉上我們大家陪葬？我倒要看看，要是你死了，那藥草會不會長腳自個兒跑到你家去！」

扶疏扠著腰，越說越是惱火，心裡更是氣怒至極——自己本就是被人劫持過去救人的好不好？而且，自己活下來容易嗎？青岩還躺在床上受罪，自己也沒有讓那群來自坤方之地的混蛋們吃到苦頭，這個瘋子一樣的傢伙，竟然這麼冷血地想讓大家陪著他一起死。

「你這也叫孝順？要是你真不在了，誰來伺候你娘？我就沒見過你這樣糊塗的人，簡直不孝至極，也可惡至極！」

一口氣罵了這麼多，喉嚨都有些乾了，扶疏從褡褳裡掏出一枚黃澄澄的果子在衣服上用力地擦了下，放在嘴巴裡哢嚓哢嚓地咬了幾口，最後狠狠地吐了個核出來。「記得，以後想死跑遠點，別礙著別人，到時候，你請我砸棍子我都不去！」

以為自己就是個暴力狂嗎？也不想想當時的情形，任這位王爺瘋下去，所有人怕都得葬身崖底。而當時情形，那些山民離得遠，離得近的莫平和莫方又忠心得緊，不是一陣風把靈藕草給颳跑了，自己估摸著這兩人八成明知是死路一條也會飛上去。

虧得自己心智絕非十歲孩童，不然，真是想想都後怕……

莫方和莫平早被嚇傻了——這小姑娘也太潑悍了吧！那可是王爺，甚至在皇上心目中，連自己一眾兒子都要靠後的賢王爺啊，竟然被一個小姑娘指著鼻子罵了這麼久。

兩人嚇得忙上前一步，下意識地就想隔開兩人——

雖然無比認同小姑娘的話，可王爺真火了，殺了這小丫頭可就糟了！

齊灝先是臉色鐵青，轉而又有些發紅，到最後直接變成木木的沒了一點兒表情，一直等到扶疏說完，才愣怔半晌嘆了口氣道：「妳懂什麼？我娘為了我，受了那麼多苦……若是可能，我恨不得替她把所有的病痛都受了，好不容易找到那樣一株靈藕草，便是要了我的命，我也……」語氣中說不出的落寞，卻是隱隱有解釋和示弱的意味。

莫方和莫平同時長舒一口氣，看來小主子已經冷靜下來了，憑著王爺的機智，自然很容易就會看出個中蹊蹺，再連結前面發生的事，要猜出小姑娘委實是奇人這一事實也不難。只是對方不過是個小女孩罷了，王爺這般裝腔作勢是不是有點小題大作了？

卻不防齊灝淡淡地瞥了兩人一眼，嚇得兩人忙一縮頭——主子的心思最是莫測，方才光顧著擔心王爺會出手對付小丫頭了，卻忘了那樣護著丫頭，無疑就是把自己的位置擺在了主子的對立面，這樣一想，頓時哭喪了臉。

「罷了，你也不用和我裝模作樣。你年紀這麼大了，性情還如此衝動而莽撞，是打定了主意讓你娘親為你操碎心嗎？還說什麼孝順，哼！」扶疏卻是一眼識破了幾人的心思，還真把自己當成無知孩童了！回手氣呼呼地從褡褳裡掏出靈藟草甩給齊灝。「這是你要的靈藟草，你自己好自為之！」

齊灝果然神色大變——沒想到自己的心思竟會被一個十歲的小女孩給瞧破。

方才羊腸小徑上，自己之所以會那樣不顧一切，一方面確實心傷母親病重，隱隱的，又何嘗沒有讓娘親掛心，然後不能放心撒手西去的心思？

只是，對一個已經了無牽掛、一心求死的人，自己又能怎麼做？自己越是懂事能幹，娘親便越會覺得不用再擔心自己，怕是更加鐵了心要去地下照顧那個甫出世沒多久便不幸夭折的小妹子了；雖深感對不起妹子，可自己還是無論如何不肯放娘親離去……

扶疏瞥了一眼瞬間眼角發紅的齊灝，也不想再說，轉身剛要走，一陣喧譁聲忽然從下面傳來，隱隱約約還能聽見人群擾攘的聲音——

「前面有人，快去看看是不是賢王爺！」

旋即又一道清亮的男子聲音傳來——

「莫慌，先派一個人上去，防止塌陷。」

扶疏本是又拿了一個果子在手裡，聽到這個聲音，神情頓時有些慌張，手一抖，果子「咚」一聲就掉到了地上，竟是一轉身，哧溜一聲就躲到了齊灝幾人身後——自己聽得不錯的話，怎麼是雁南的聲音？

啊呀，糟了，要是讓雁南知道自己昨兒個不但沒回家，還自作主張跑到深山老林了，不定該多生氣呢！又一想不對——怎麼印象裡，方才逃亡時亂糟糟地也聽見有人說什麼王爺！

她忙忙地探出頭來，對著莫平小聲道：「你認識他們要找的，那個什麼王爺嗎？」心卻不住下沈，不會是自己想的那樣吧？

這丫頭，還真遲鈍！以為扶疏被嚇著了，莫平忙笑著安慰道：「別怕，妳現在可是我們王爺的貴人，有王爺在，管他是誰，見了妳都得恭恭敬敬的——」話音未落，卻被扶疏一下打斷。

「拜託，待會兒千萬千萬別看我，也別提見到過我！」心裡更是不住哀嘆，自己怎麼這麼倒楣，竟然恰好和這王爺在一起，要是這人把自己給賣了，那可就糟了。

竟是像要逃避什麼瘟神般，轉頭撒丫子就往村民們聚集的地方跑，跑了幾步又站住，衝著齊灝幾人急急道：「記得，你們走你們的就是，咱們可是素不相識，也沒一點兒關係。」

齊灝卻忽然站起，一把扣住扶疏的手腕。「妳給了我靈藟草，這麼大的恩情，我怎麼也要知道妳叫什麼——」看扶疏根本不願搭理他，又無所謂加了一句。「不然，咱們一塊兒等著，等人來了，我問他們。」

「你——」扶疏狠狠地瞪了齊灝一眼，這王爺真是奸詐，竟然威脅自己！她不耐煩地道：「陸扶疏。」說完一把甩開齊灝的手，哧溜一下就鑽進了人群裡。

陸扶疏？扶疏？

齊灝眼底浮起一絲笑意，之前不知道自己是王爺放肆無禮也就罷了，知道自己的真實身分後，好像自己多麼見不得人似的，竟是避之唯恐不及！還真有些好奇，能把一個不知天高地厚的小姑娘嚇成這樣的，到底會是什麼人。

第二十六章　孩兒沒死？

不過幾個瞬息，一個明顯是侍衛模樣的人就出現在眾人面前，看到坐在草地上的齊灝，幾乎喜極而泣。

「王爺——」

隨後一大群兵丁簇擁著幾位將軍及數個官員模樣的人齊齊而至，為首之人正是連州元帥陸天麟。

「賢王。」陸天麟一拱手，神情中並沒有多少暖意。每日裡要操練士兵，還要時刻關注邊關局勢，稍有不慎，就會有無數熱血兒郎血灑疆場，任他是誰，自己可沒耐心哄這些金尊玉貴的公子哥兒玩！更不要說憑賢王齊灝在皇上心中和朝中的地位，想要什麼東西還不是一句話的事，偏要這麼大陣仗跑邊疆來，還嫌這兒不夠亂嗎？

齊灝已經恢復了往昔高傲清冷的模樣，淡淡瞥了一眼陸天麟，眼睛裡有什麼東西閃了一下，又迅速隱去。

「你就是陸天麟？」語氣裡竟是隱隱有些探究和不喜。

「正是在下。」陸天麟皺了下眉頭，自己久居邊關，之前在京城也不過遠遠地瞧見過這位賢王殿下，卻是從沒有過什麼交集，倒是不知道，這位王爺身上不經意散發的敵意從何而來？

「哎喲，賢王爺，老夫還以為眼花了呢，沒想到真是王爺大駕光臨。」明顯察覺出兩人之間似是有些不和，鄭國棟卻是心裡暗喜——

楚雁南的靠山之一就是這陸天麟，而且這些天的相處讓他也著實明白，這陸天麟卻是個不好拉攏的，竟是無論自己許了多少好處，都油鹽不進！看賢王的模樣，明顯對陸天麟很是不喜，但凡賢王在皇上面前說上那麼幾句，這陸天麟的仕途怕就堪憂。

而且還有最重要的一條，這齊灝也是個滑不黏手的，無論是二皇子齊昭還是自己外甥齊昱，甚至其他有野心的皇子，無一不希望齊灝能站到自己陣營裡來；可這齊灝別看年紀輕輕，性子卻最是奸猾，和所有皇子都從不交惡，卻是也從沒明確表示過支持任何一個。

據自己所知，齊灝這次來邊關，是偕了神農莊人一塊來此尋藥，而以自家和神農山莊的交好程度，說不好，能借這個契機把齊灝拉到自己陣營中，委實是大功一件；以齊灝在皇上心目中的特殊地位，但凡只要誇誰一聲好，於那人登上太子之位必然大有助益。

「哎呀，我的好王爺。」旁邊的周楷嚴也是一樣的心思，笑著接道：「虧得您沒事，不然，可要急死老夫——」

「勞兩位大人掛念。」齊灝微微一頓，眼睛掠過點頭示意的秦箏，落在一旁笑得張揚的姬青崖身上。

鄭國棟早湊上前，一指姬青崖，笑咪咪道：「聽說王爺此行是偕同神農山莊的高人一同前來，吶，這位姬青崖姬公子，可是神農山莊年輕一輩的領軍人物，端的是年輕有為，想來王爺必然有所耳聞？」

這天碭山地形複雜，又有昨日一番急雨，若非神農山莊的人指點，這位賢王爺說不好就有性命之憂。現在能平安逃到此處，必是有高人相助，用腳趾頭想也知道，那高人只能是神農山莊的人了！神農山莊於齊灝有大恩，而神農山莊又和外甥站在同一個陣營，有了這層關係，這齊灝怎麼也會同自己更加親近……

姬青崖明顯也是做此想——單憑自己頭上的這個「姬」姓，說是賢王的恩人一點兒也不為過。

姬青崖矜持地一笑，剛要上前見禮，齊灝卻撇過頭來，眼睛徑直瞧向一直挺劍肅立的楚雁南身上——

和姬青崖的裝腔作勢不同，齊灝乃是實打實的龍子鳳孫，更因父親關係得皇上諸多眷顧，一身的逼人富貴，還是使得姬青崖有些心虛，卻越是自卑，便越是希望在人前顯擺——方才鄭國棟已經介紹了自己，更重要的是，再怎麼說這賢王也算是欠了自己一分大大的人情，本已舉步上前，甚至嘴角還有無法止住的得意之色。

哪裡料到齊灝卻恍若未見，竟是一指楚雁南，言語間頗為客氣地道：「不知這位將軍是——」方才那人是姬青崖，定然和陸扶疏沒多大關係，也就只剩下這個年輕人……

「末將楚雁南見過王爺。」楚雁南眼眸低垂，神情平靜。

楚雁南？齊灝愣了一下。「你就是楚雁南？」楚無傷的兒子？似是不經意間掃了眼旁邊不遠處的村民——滿意地瞥見那個恨不得讓自己小小的身子隱形的人一僵後，神情明顯溫和了許多。「果然年少英武，風采逼人，便是本王見了，也不免心折。」

一見到眼前出現的這幾人，齊灝馬上判斷出那緊跟在陸天麟身側的俊美男子，最有可能就是嚇得扶疏驚慌失措、瞬間暴龍變兔子的人，而方才那小丫頭不甘而又憋屈的眼神，明顯說明自己猜對了。即便不看在楚無傷面子上，可和高人有關係，他自然要客氣些。

卻不知此言一出，卻是驚得鄭國棟瞪大了眼睛——不是吧，這齊灝可是京城最有名難伺候的主，在場諸人，哪一個不比楚家那小子身分高？也沒見這賢王高看誰一眼，卻竟是對楚雁南青眼有加！

姬青崖則是站在中間，看著言笑晏晏的齊灝和楚雁南，竟是上前也不是、退後也不是，臉色更是青紅不定，簡直肺都氣炸了！這齊灝是故意的嗎？竟然在這麼多人面前讓自己下不了臺，更可恨的是，那個搶了自己風頭的人仍然是楚雁南！但他卻也明白這麼多人瞧著，要是自己真敢使性子，怕是徒惹人笑話罷了；而且，對方是齊灝，也不是自己可以隨便動得了的人！

姬青崖當下也不再客氣地道：「姬某收到山莊來信，說是派了農學造詣頗高的陸家平隨侍王爺，不知他現在在哪裡？姬某正有事想要吩咐他做。」

好你個齊灝，敢折我的面子，等陸家平到了我這裡，定拘了他不再為你做事！到時候定要你親自求到我面前來，才能消得了我心頭之氣。

齊灝卻明顯不願搭理他——一則身體確是累了，二則再耽擱下去，怕是扶疏那小丫頭會翻臉，只這麼一會兒，齊灝感覺自己的背都要被人盯出洞了，真惹毛了小丫頭，怕是想要的其他藥材就會泡湯了。

竟是看也沒看姬青崖，齊灝徑直對陸天麟道：「本王累了，咱們回去吧。」

「你——」被無視得這麼徹底，姬青崖瞬間破功。

鄭國棟卻意識到情形不太對勁，怎麼齊灝身邊就兩個侍衛，其中一個還明顯受了重傷，而且兩人自打聽說姬青崖是神農山莊的人，神情就不善至極，難道中間發生了什麼自己不清楚的事情？

莫方正好走過來，冷冷地橫了一眼姬青崖道：「還神農山莊？我呸！沒想到盡是欺世盜名之輩！那樣的草包也敢冒充高人？幸得王爺無事，不然，哼哼——」

「你這話什麼意思？」沒想到連對方手下一個不起眼的侍衛都敢跟自己叫板，姬青崖臉色一下鐵青。「真是吃了熊心豹膽，竟敢如此貶損我們神農山莊！」

聽姬青崖抬出神農山莊的名頭，莫平更加惱火，不耐煩地搶白道：「若非你們神農山莊的高人，我家王爺怎麼會受傷？神農山莊自來以農藝傍身，可不是單憑一張嘴說得天花亂墜就行的！果然是世風日下，從前的姬扶疏小姐真是如同天人一般，哪像某些人，自己沒什麼本事，還偏要冒充大尾巴狼！」

「什麼冒充——」一句話一下說到了姬青崖的痛處——在坤方之地那麼惡劣的環境下，除了少數幾人還願意學習祖上留傳下來的東西之外，更多的人每日裡都是想著如何盡快離開那個鬼地方，又怎麼肯靜下心來學習？也因此，雖然看商嵐不順眼，主事者還是捏著鼻子把人留了下來，現在卻被莫平一下戳破，早已是惱羞成怒。

「難道是陸家平——」鄭國棟卻暗叫一聲糟糕，齊灝人雖然傲些，可也不會沒腦子到這麼公然打神農山莊的臉。

「有句話叫沒有金剛鑽別攬瓷器活，陸家平那個狗屁不通的草包已經掉到山崖下，摔死了。」果然，莫平狠狠地剜了一眼姬青崖，在莫方攙扶下，艱難地爬上一匹馬，揚長而去。

自始至終，齊灝都沒有回頭看過姬青崖一眼。

瞧賢王的樣子，明顯是，懷恨在心?!鄭國棟急得跳腳，暗暗怨怪神農山莊不會做人，別人也就罷了，這位賢王爺，也是可以招惹的嗎？

這神農山莊主事者腦子讓驢踢了嗎？竟是到處樹敵！

「走吧，鄭大人。」周楷嚴似笑非笑，同樣沒有搭理姬青崖，只覺這幾天的鬱悶之氣都一掃而空——神農山莊既然已經明確站在齊昱的陣營裡，姬青崖不過一介白丁罷了，能不能當上駙馬還在兩可之間，自己也沒必要對他太過客氣。

隱在人群裡的扶疏神情又酸又澀——不過十年，神農山莊竟是已淪落至此！說句不好聽的話，對於山莊而言，只要有農藝傍身，別說是換個皇帝，即便是改朝換代，朝廷也只會捧著！偏這幫不肖之徒，家傳絕學無一專精，竟是把其祖上的爭名奪利學了個十成十，卻不明白，這根本就是本末倒置。

有此想法的不止扶疏一個，陸天麟也是神情複雜，想當初，神農山莊在世人心目中的地位何等之高，自家大哥和神農山莊之間的故事更是被世人傳為佳話；那有絕頂農技傍身、更兼高風亮節的姬扶疏小姐宛若一個神話，那般絕世風采，讓人止不住追思仰慕，卻又如何能料到，竟是有這樣一幫不成器的族人……

護著齊灝回至大營後，陸天麟也無心應付這群心思各異的人，徑直回了自己房間，吩咐親隨準備熱水沐浴更衣，小心地解下脖子上的玉珮，手忽然觸到一處微微凸起的地方，眼神瞬時一滯——

玉珮好像有些不對呀！

雖是一樣的繩索，一樣的玉珮，可陸天麟就是知道，有什麼事發生了！

陸家本是貧寒之家，當初離家戍邊時，母親親手把兩枚玉珮交到了自己手裡——

「麟兒，你這一去，也不知何時才能回返，這兩塊玉珮，現在就給了你吧，好歹娶了媳婦時，算是娘的一片心意。」

卻沒想到來至邊關，因緣際會，竟是和大哥楚無傷結拜為兄弟，等自己功成名就隨大哥入京後，又訂下了甯兒為妻……

大喜之下，自己悄悄找人在兩方玉珮的中心位置各刻了一個「麟」和一個「甯」字——玉珮雖然寒酸，卻是老母的一片拳拳心意，於自己及未過門的妻子都有著極為重要的意義。

可惜世事弄人，還沒等娶甯兒過門，娘親就溘然謝世，三年孝期滿後，大哥又遭奸人誣陷，自己也同時獲罪於朝廷；和甯兒的新婚之夜，卻是在一個四面透風的破廟中度過，而能奉給甯兒的聘禮，也不過就是一方刻有自己名字的玉珮罷了。

到現在還能憶起，甯兒聽說是娘親言說要送給媳婦的，任自己給她繫在脖頸上時嬌羞不已的絕美容顏……

自從和甯兒永別，摩挲懷裡這塊玉珮便成了自己無論清醒還是酒醉時都最愛做的事；可以毫不誇張地說，即便是玉珮的每一道紋理，都已經鐫刻在了自己的血液中，而方才一觸之下，中間那處卻分明不大對勁。

陸天麟深吸一口氣，想要把玉珮翻過來，胳膊動了幾下，竟是又硬生生停住——明明是力拔山兮氣蓋世的絕世英豪，這會兒卻是僵硬得使不出一點力氣。

好不容易把玉珮翻轉過來，陸天麟用力地閉了閉眼睛——早已經不抱任何希望，卻突然看到一絲曙光，陸天麟只覺自己彷彿溺水般，竟是連呼吸都有些艱難。

「甯兒，幫幫我……」緩緩睜開眼睛，陸天麟的視線慢慢集中在玉珮中間那個米粒大小的字上——

確然，是個「麟」字！

「甯兒——」陸天麟反手握住，緊緊貼在胸口處，瞬間僵硬成了石像一般。天可憐見，果然是甯兒須臾帶在身側、從不肯片刻離身的那枚玉珮！

耳聽得喀嚓一聲脆響，卻是陸天麟太過心神激盪之下，竟生生把身下的椅子震得粉碎。

「大帥——」兩名親隨正好抬了浴桶進來，看到呆呆坐於一堆亂木屑中、兩眼發直的陸天麟，嚇得忙扔了浴桶去扶，大帥莫不是中了邪，怎麼瞧著這麼不對勁。哪知還未靠前，眼前白影一晃而過，再抬頭時，哪還有陸天麟的影子？

倒是一聲驚叫隨即傳來，隨即是重物轟然倒地的聲音。

卻是陳乾，正好尋陸天麟有事，哪知迎面就碰見一個快如閃電的白色身影飛出來，虧得反應還算快，好歹沒撞飛出去，卻是眼睜睜瞧著對方一頭撞在帥帳前一棵足需兩人合抱的大樹上。

「我的天——天麟——」陳乾剛想罵這人腦抽了吧，那麼粗的一棵樹，竟還會一頭撞上，卻緊接著就認出來，那有些眩暈似地晃著頭，傻呆呆站在樹前的人可不就是自己的好兄弟，近年來崛起的新一代戰神陸天麟？

被驚嚇到的明顯不只陳乾，另有一隊巡營兵將正好經過，眼睜睜地瞧著他們奉若神明的大帥晃了晃頭僵立片刻，隨即再次縱身而起，至於那棵可憐的大樹，則是被撞得攔腰截斷。

所有人都生出了一身的冷汗，老天爺，這要被撞上的是自己……

陸天麟卻根本無暇顧及自己離去時大營裡的騷動，當時他願意聽從朝廷安排來此邊關效力，一則是為了雁南，還有另外一個更重要的原因就是——甯兒在這裡！

雖然當初，任憑自己尋遍了這天碭山的每一個角落，都沒能覓得甯兒的半點蹤跡，可他卻無比篤定：甯兒，一直就在這裡。

而現在，尋覓了多年都沒有絲毫線索的事情，竟再次顯出希望的曙光，怎不教陸天麟又驚又傷更兼欣喜若狂？

太過狂喜之下，陸天麟腦子一直木木的，混沌得不行，直到快到竹樓前，才驀地在一個水窪前站住腳——那倒影出的人影不只髮髻散亂，便是衣衫也碎成了布條。

陸天麟下意識地沾水一點點潤濕自己頭髮——甯兒是大家閨秀，平日裡最愛乾淨，當初露宿山野，兩人連基本的生活用品都沒有，每日早起時，甯兒便會用纖纖十指一點點幫自己把頭髮梳攏，然後再幫自己梳個最精神不過的髮髻出來……

臉上忽然有些濡濕，陸天麟下意識地抬手，卻是兩滴熱熱的東西——他粗魯地在臉上抹了一下，甯兒經常說自己是她的良人，是她生生世世的依靠，若是見了自己這般模樣，不知該怎生失望。

自覺已經收拾好了情緒，陸天麟終於邁步入了吊腳樓，抬腳想要上樓梯，卻不知為何又站住，呆站了一會兒，轉身拖了個掃帚出來，竟是開始埋頭打掃，好不容易弄乾淨了，又提著劍去外面砍了一棵大樹，呼哧呼哧地拖過來，埋頭收拾起塌了一半的樓梯。

陸天麟一直低著頭，細察的話卻能發現，兩隻耳朵始終處於高度戒備狀態，耳聽得樓上啪嗒一聲輕響，陸天麟手一抖，一根釘子擦著拇指連根沒入樓梯橫木上，帶出了一朵血花……

「甯兒，我——」陸天麟頓時驚慌失措，下意識地抬頭——甯兒每每訴說自己遠在邊關時，她獨處閨中如何提心弔膽，自己當時就拍了胸脯保證，這一生絕不會讓自己受傷，害她難過；卻沒料到還是食言，受傷最重的就是被官兵追捕的那一次，也從此失去了甯兒！

好不容易鼓足勇氣抬頭，卻又僵在了那裡，樓梯上空蕩蕩的，除了穿堂而過的淒清風聲，哪有自己日思夜想的那個身影？

又一聲「啪嗒」的輕響傳來，陸天麟的臉色一下慘白，卻分明是無數個夜晚自己枯坐房中時，風兒掠過，那竿高高的竹子叩擊窗櫺的聲音……

陸天麟低垂著頭，呆坐在地上良久，卻依舊拾起錘子專注地修起樓梯，修好了後竟是毫不猶豫地轉了身，徑直往廚房而去。

在外面那麼久，甯兒和孩子不知會是怎樣的顛沛流離，這個時候八成睡得正香，自己還是先做好飯，再喊她們娘倆起來。

竟是越走越快，逃也似地進了廚房，一把掀開鍋蓋，卻是登時傻在了那裡——

蒸籠上放著一大碗香氣四溢的雲靈芝燉臘肉，旁邊還有幾個竹筒，隱約能聞見稻米的清香。

陸天麟眨了眨眼睛，似是有些不相信自己看到的，半晌彎下腰，哆嗦著手指碰了下那竹筒及旁邊的碗，身子猛地一踉蹌，忽然一轉身，蹬蹬蹬地往樓梯上跑去，一把推開主臥室的門。

「甯兒——」

房間裡卻是空空如也，便是床上的鋪蓋，也是空的。

「等寶寶出世了，我們娘倆一屋，你自己一屋——」

那時貪戀甯兒，著實一刻也不想分開，甯兒被折騰得狠了，便每每搗著自己胸口這麼說……

陸天麟轉身往旁邊給自己寶寶留的房間而去，夢遊似地推開門，卻一下傻在了那裡——

被褥疊得整整齊齊，卻仍是空無一人……

不、不會的，甯兒回來了，不然，怎麼會有那枚玉珮，還有好好地蓋在鍋裡的飯菜！

「甯兒、甯兒，是我，天麟！妳的天麟啊，快出來吧，別再躲了——」

陸天麟聲音粗嘎，聲音中的淒厲哀傷說不出的催人肺腑。

遠山近水一時都是「甯兒……快出來吧，別再躲了……」的迴響，唯有吊腳樓內卻仍是闃寂無聲。

陸天麟高大的身體順著門框緩緩滑落，直愣愣地瞧著積了一層薄灰的地面，眼睛倏忽一亮——卻是兩枚若有還無的淺淺腳印，映入眼簾。

陸天麟艱難地支起身子，下意識地伸出手去丈量，下一刻，一下坐直了身子，臉上神情是全然不敢相信的震驚——這麼小的腳丫子，明顯是個孩子！

還有床上……他跌跌撞撞地起身，一下撲到床前，柔軟的被褥上，可不正有一個小小的身體形狀的壓痕？從壓痕上來看，應該是一個身量不足的纖細孩子，甚至姿勢也是一成不變的，可見定然是個再乖巧不過的娃……

陸天麟的眼睛慢慢定住，卻是一根長長的烏黑髮絲，正靜靜躺在枕頭上。

朝著那個印痕，陸天麟笨拙地伸出手，想要做一個抱的姿勢，卻像被燙著了一般倏地縮回，雙手抱住頭，淚水再也止不住大顆大顆滴落，原來，不是甯兒，而是寶寶嗎?!

自己又是何等的不稱職，寶寶都長這麼大了，自己卻連抱都沒有抱過她一次！

這麼惡劣的天氣，寶寶卻要孤身一個跑到山上，還有鍋裡的飯菜，無一不向陸天麟提醒一個事實——

寶寶過得並不好，說不得，還要為了吃飽肚子風餐露宿、到處奔波，不知道會不會被野狗追咬，被壞人欺負……

自己曾經發誓，有生之年，絕不會叫甯兒和寶寶受一點苦，自己深愛的人啊，怎麼放在手心裡珍愛都不為過，可先是甯兒，然後是寶寶……

自己的掌上明珠合該十指不沾陽春水，享盡這世上萬千富貴啊，怎麼能夠這般年紀就要遍嚐活著的艱辛……

隱隱間似乎憶起昨日深夜，一個小小的手緊緊地抓著自己的衣襟，恐懼無比地叫著。

「叔叔救命……」

而這許多年來，沒有爹娘的庇佑，自己可憐的孩兒又有多少次喊著救命卻無人應答；就在昨夜，那個自己拿命來疼仍是不夠的孩子，終於機緣巧合來至這棟特意為她們娘倆建造的木屋，可恨的是，自己竟然錯過了她……

第二十七章　擦肩而過

「咦，那位高人呢？」直到齊灝一行完全不見了蹤影，那些村民才回過神來，卻發現帶他們走出絕境的小姑娘，竟然不知什麼時候也已經悄然離開。

「這才是真正的高人啊！」老村長喃喃著，神情間充滿了感激和敬慕。這麼小小年紀，卻有著一身出神入化的本領，更兼品行高潔，一舉救下這麼多人，卻是悄聲地就走了，除了高風亮節的神農山莊姬家人，還能有誰？

身後忽然傳來一個急促的聲音——

「各位鄉親，敢問可曾見過一個十歲的女娃從這裡經過？」

眾人回頭，卻是一個中年漢子，只是這相貌生的，怎麼和不多久前見過的那位威風凜凜的大將軍如此相似？

最後還是老村長乍著膽子問道：「您是問那位神農山莊的高人嗎？」

「神農山莊的高人？」陸天麟愣了一下，半晌黯然搖頭，眼睛一一掠過眼前諸人，卻見他們或父子相依，或母女相守，明顯均是一家人，只覺心裡痛楚更甚。

「不是什麼神農山莊的高人，就是一個，小姑娘，長得——」陸天麟猛地頓住，聲音乾澀——大難來時，別家孩子都有父母護著，唯有自己的女兒，自己竟是到了現在，別說抱一抱她，竟是連她長什麼模樣都不知道。

「不曾見過。」許是陸天麟在眾人身上梭巡的狂熱眼神太過可怕，老村長總覺得自己一個說不清楚，對方說不定會搶了個孩子就走。「這些小姑娘全是土生土長的金家寨人，均是老朽自幼瞧著長大的……」

陸天麟攏在袖子裡的手一下攥緊卻又緩緩鬆開──上蒼垂憐，讓自己知曉了孩兒還活在世間的消息，一時找不到又怎樣？即便翻遍這連州地界每一寸土地，也一定要找出自己苦命的孩兒來！

扶疏這會兒卻是已經到了山下，一拐上大路，就聽身後傳來一陣踢踢踏踏的急促腳步聲。

「扶疏──」

剛要回頭，卻被人一下抓住肩膀，那人用的力氣太大了，扶疏只覺肩膀都有些發疼。

「哎喲──」扶疏哼了一聲，便去拉對方的手。「商大哥，你怎麼這麼大的力氣──」卻又忽然頓住，怎麼商嵐的臉色這麼難看？

後面的人正是商嵐，只是這會兒的商嵐比起軍營中見到時更加狼狽，不只衣服很多地方都破爛了，還眼眶發青，眼睛裡更是布滿了紅絲，腳上的一雙鞋又是水又是泥的，早已是泥濘不堪。

「商大哥，你怎麼了？」扶疏愣了一下，頓時很是心疼，忙忙地伸手想要幫著商嵐拍去一身的泥土。「是不是那個姬青崖又為難你了？」語氣裡是滿滿的維護和心疼，以及憤怒。

「扶疏——」商嵐口裡喃喃著，神情明顯有些恍惚——明明是完全不一樣的人，可為什麼會有那般相似的眼神，便是話裡的關切，也和上一世的扶疏毫無二致……

「是我——」扶疏愣了下，忽然察覺到商嵐身體一直在簌簌發抖，不由嚇了一跳。「商大哥，你到底怎麼了，是不是哪裡不舒服？」

「沒、沒有——」商嵐的情緒終於漸漸穩定下來，似是意識到自己這般舉動怕是有些不妥，忙鬆開箝制扶疏的雙手，低了頭不自在地訥訥道：「那個……我、就是……妳……」

話說得沒頭沒腦的，只是兩人相處時間久了，扶疏卻是一下反應過來。「商大哥，你，在找我？」雖是疑問的語氣，卻是莫名地篤定。

商嵐愣了一下，嘴張了張，吭哧了半晌道：「以後，別亂跑。」

因為要幫著探查血蘭最有可能生長的地方，自己這幾日一直在山中四處遊走，卻不料竟是發現幾簇上好的雲靈芝，更奇怪的是，那雲靈芝的附近還有不應該生長在那裡的防禽獸靠近的植物。

他奇怪之餘，就留下人守在附近，想瞧瞧到底是誰，竟還會神農山莊的本事；誰知手下人最後卻是回稟，出現在那裡的竟然是之前見過的小丫頭！

緊接著天降暴雨，一想到小丫頭有可能會葬身泥石流，自己竟是再也坐不住……

「哎——」扶疏應了一聲，卻是眼睛有些發紅，胸口也是悶悶的，堵得厲害。還以為大師兄是被人欺負了，沒想到卻是因為自己。看大師兄狼狽的樣子，不知找了自己多久，又暗暗慶幸，虧得方才躲過了雁南，不然，雁南怕是比大師兄還要凶……

看扶疏低垂著頭站在自己身前，小手不停地擰著衣襟下襬，一副愧悔不已的模樣，商嵐緊繃著的身體慢慢放鬆，神情越來越溫和，眼睛裡一抹複雜的情緒一閃而逝，終於抬手拍了下扶疏的頭道：「以後，妳想要什麼，跟我說。」

扶疏一窘，怎麼大師兄的話聽起來和哄小孩子一般？轉而苦笑，自己現在十歲，大師兄已經是而立之年，在他眼裡，自己可不就是個無知的孩童？

還有就是，相比起以往默默的陪伴，大師兄這句話很霸氣有沒有？

扶疏咧著嘴笑得很是開心，揪住商嵐的衣袖道：「商大哥，咱們走。」

「走？」商嵐一時沒反應過來。「去哪裡？」

「這件衣服都爛成這個樣子了，自然要換件新的！」因為對方是商嵐，扶疏習慣性地把上一世的管家婆性子延伸到了這一世——

商嵐在吃穿上向來不在意，甚至當時因為個子長得快，若非扶疏盯著，怕是衣服都短了一截了還穿在身上。就如同現在，扶疏敢打賭，這位傻師兄怕是就準備把身上這套明顯已經爛得不成樣子的袍子再穿回軍營去。

商嵐愣了一下，下意識地看了看自己身上，也沒什麼不妥呀，半晌摸摸扶疏的頭叮囑道：「快回家，莫要再亂跑。」說完轉身就要走。

扶疏怎麼肯這麼讓他走，死死揪住商嵐的衣袖不放，打開自己的褡褳，露出裡面的雲靈芝，可憐兮兮地瞧著商嵐道：「這些東西我可不知道怎麼賣，商大哥你要不陪我……」自己正愁找不到藉口和爹娘交代呢，有了商大哥，就容易多了。

至於商嵐的性子，扶疏卻是無比明白，無論自己做了什麼匪夷所思的事情，商大哥的性子，都是只有護著自己的。

「嗯，都是好東西呢。」商嵐笑著點頭，轉而又有些擔憂。「妳一個小孩子，拿了這些靈芝……」人心險惡，真是任由扶疏這樣一個小女娃拿著這些東西怕是確然有些不妥，便老老實實地答應了下來。「好吧，大哥陪妳把這些東西賣掉。」又殷殷囑咐道：「這些東西自是難得，可也不算是頂矜貴的，妳若想要，跟我說一聲，很快就可以給妳送來，再莫要一個人跑去深山裡。」

「好，我記住了。」扶疏臉上露出一個再燦爛不過的笑容。

那般陽光明媚的模樣令得商嵐神情越發柔和，定定地看著扶疏，喃喃道：「我總有不在的時候，妳這個樣子，讓我怎麼放心！這樣吧，等我得空了教妳，妳這麼聰明，又有什麼東西難得倒妳，即便一時忘了——」卻忽然頓住，臉色一下慘白，便是眼睛也一瞬間紅了——實在是丫頭笑起來眼睛亮晶晶的樣子像極了扶疏……而做出了那般事的自己，怕是到了地下，也沒臉再見她了。

「商大哥——」扶疏輕輕晃了下商嵐的胳膊，只覺胸腔裡悶得難受，什麼一時忘了？用腳趾頭想也知道，大師兄定是一時恍惚，把陸扶疏當成了上一世的姬扶疏。

不是沒想過和大師兄坦白自己的經歷，只是扶疏卻也明白，以大師兄的性子，怕是立即就會和神農山莊決裂；而自己目前別說保護別人，便是自保也是有很大難度，即便是身懷絕技的青岩，都被坤方之地的賊人整到這般悲慘境地，更何況手無縛雞之力的大師兄？

權衡利弊，扶疏還是決定瞞著商嵐，只是瞧著商嵐過去這麼久了，還會對自己的死耿耿於懷的樣子，心裡卻仍是淒楚難當。

商嵐卻是會錯了意，碰了碰扶疏的頭髮，有些歉疚道：「對不起，大哥方才有些走神兒。」遲疑了下又道：「大哥也不知為什麼，看到妳，總會想起我……妹子。」

「大哥的妹子嗎？」扶疏吸了下鼻子，勉強把胸中的酸澀咽了下去。「不知道是個什麼樣的人？」

「她呀，嗯……」商嵐的眼睛一下亮了起來。「我妹子，很聰明的。妳不知道，她有多厲害……」嘴角慢慢漾起一絲無比自豪的笑意。「我們莊子裡的書她全部都能背下來呢！」

這句話倒沒有誇張，扶疏本就天資聰穎，農藝方面的領悟力又特別強，雖是十八歲時便早逝，仍是留下了好幾本被後世農學家奉為圭臬的經典著述。至於其他農學典籍，但凡神農山莊所有，姬扶疏的腦子裡便有，是山莊裡有名的「活書櫥」；莊裡的弟子有什麼不清楚的找她詢問，扶疏立刻就能把相關的書籍名字、頁碼，甚至第幾行都準確無誤地報出來！

「商大哥，咱們去這裡面看看！」扶疏忽然站住腳，率先轉身往一間明顯很上檔次的成衣店裡走去。

商嵐愣了一下，忙伸手拽住——雖也不甚通俗物，卻也能看出來，這家店明顯比旁邊的幾家要富麗堂皇，裡面的衣服八成也是貴得緊。

「就這家。」扶疏卻是不依，眼睛在商嵐的襤褸衣衫上頓了一下，聲音就有些發堵。

扶疏選這間雲繡坊不是沒有原因的。因神農山莊地位尊崇，朝廷特意詔令專門的布衣坊進貢布帛，那些布帛和精美的綾羅綢緞自是不能比，卻是最適合田間勞作的人穿著，不只耐磨，而且透氣性特別好，相對來說，還較輕便。

別說商嵐，就是莊裡的僕人，每年都能裁上幾身這樣的衣服。

再瞧瞧商嵐現在的衣服布料，明顯是坊間最常見不過的粗布，結實自然是結實，卻一點都不透氣，一旦出了汗就和刷了一層糨子般硬邦邦的了。就像商嵐此刻，衣服沾了雨水後，即便已經乾了，穿在身上卻依舊和披了件鎧甲相仿；若想變得柔軟些，除非漿洗的時候放在大青石上用搗衣砧用力地捶，只是商嵐癡迷於農藝的性子，哪有時間打理這些？

她竟是不容置疑地拉了商嵐就徑直往雲繡坊而去。

商嵐頓了一下，一瞬間，竟是有些失神。

卻不知兩人前腳進了鋪子，對面酒家二樓的窗戶就一下推開，陸家成神情陰沈地盯著兩人的背影——

自己沒看錯吧？陸扶疏竟然和一個叫花子一塊兒進了雲繡坊！別人不明白，自己可是清楚，也就連州城數得著的人家才能買得起雲繡坊的衣物，那叫花子不用說了，這陸扶疏又是從哪兒得來的錢財？

當初被老婆捉姦後自己悄悄打聽過，有人親眼見到陸家和、陸扶疏兄妹兩人，從董靜芬鋪子對面的胡同中走出來；雖然陸扶疏年紀還小，陸家成就是直覺，從自己被抓進軍營到最後被老婆當場捉姦，這小丫頭怕是都脫不了什麼干係！更不要說之前董靜芬那賤人親口告訴過自己，陸扶疏這死丫頭還拿這件事威脅過她！

前兒個借了大哥的勢，把陸家寶送進監獄，卻不見這丫頭的影子，今兒個合該她倒楣，竟是在這兒被自己碰上了。

扶疏和商嵐走出雲繡坊時，商嵐身上已經多了一件繡有幾枝翠竹的天青色袍子，商嵐本就秀挺，穿上這件衣服後越發襯得人如勁竹翩然。

扶疏後退一步，上上下下打量商嵐一番，神情滿意至極，自己大師兄可不就應該是這般風度翩翩的樣子。

「好了，商大哥，咱們走吧。」

商嵐卻是沒有說話，一徑直愣愣地盯著扶疏。

扶疏被他看得心裡直毛，小心翼翼道：「商大哥，你是不是……不喜歡這件袍子？」

明明自己記得清楚，大師兄慣常穿的就是這樣的料子，便是顏色和樣式，自己也是完全按照大師兄的喜好選的。

啊呀，不好！忽然想到一點，自己真是聰明反被聰明誤！試問一個陌生人，怎麼可能把對方的生活習慣揣摩得這麼透澈！

商嵐的眼睛從扶疏瞬間脹紅的臉慢慢下移，果然不出意外地看見正無意識地拚命絞著衣襟的一雙手，只覺心裡翻起一陣一陣的驚濤駭浪——

明明是絕不可能的事情，可為什麼……竟然這麼像！

第二十八章 驚變

一路上，商嵐都有些神情恍惚，扶疏心裡則是惶恐得緊，兩人一前一後地進了陸家，陸清源和陸家和正好都在，看見垂頭喪氣的扶疏進了院子，都嚇了一跳。

「怎麼了？」看扶疏眼睛都紅了，家和心一下揪緊，直覺一定和後面沈著臉的男子有關，忙護住扶疏，看向商嵐的神情充滿了戒備。

陸清源畢竟見得多些，見此情形心一下提了起來——不是說扶疏去軍營裡服侍什麼公主了嗎？怎麼突然回來不說，後面那人的模樣，明顯是押解一般，難不成是女兒也在外面闖了什麼禍？

陸清源忙誠惶誠恐地站起來，問道：「這位爺，小女可是有什麼錯處？」

商嵐一驚，立時明白對方應該就是扶疏的爹爹，竟是用這種惶恐的語氣說話，明顯是被自己給嚇著了，頓時有些無措，忙擺手道：「那倒不是，扶疏很乖的。」

很乖？很乖，你還那種表情！只是這會兒卻不是說這個的時候，扶疏忙衝怒目而視的家和點頭，對哈腰的陸清源擺擺手道：「爹，二哥，我給你們介紹一下，這位是商嵐商大哥。商大哥可是神農山莊的高人呢！你們看——」說著拉開褡褳，把裡面幾張銀票掏出來，又把剩下的幾朵雲靈芝取出來，一字排開放在桌子上。「喏，這是雲靈芝。至於這些銀兩，是我剛才和商大哥一塊兒賣雲靈芝換得的！」

於商嵐聽來，他方才確然是陪著扶疏賣了雲靈芝，可聽在陸清源耳裡卻明顯變了意思——這位商爺不僅來自天下聞名的神農山莊，還指點女兒採了那麼多雲靈芝?!

陸清源抖著手拿起桌子上的銀票，眼睛一下直了，竟是一百兩，而且，還不止一張！他雙膝一軟，差點兒跪倒，手忙腳亂地拿起桌上的銀票就往商嵐手裡塞。「這些銀票，小老兒萬不敢要，只要商爺、只要商爺為小老兒作主就好！」

「啊？」扶疏愣了一下，這才發現，家裡竟是蕭條得緊，但凡值錢一點的家當全都沒有了，還有自己的那群羊……忙問道：「爹，二哥，家裡發生什麼事了？」

「哎——」聽說商嵐是神農山莊的高人，陸清源眼裡終於有了希望。「扶疏，是爹不中用……咱們家的小農莊被人給毀了，他們還抓走了妳大哥。」

「我大哥？」扶疏騰地一下就站了起來。「又是陸家成？」

「唉！」陸清源重重地嘆了口氣，暗暗後悔，當初自己怎麼就豬油蒙了心，一門心思地要回這祖宅，還以為能得到庇護，卻沒想到委曲求全了這麼多年，竟是眼睜睜地瞧著長子被關到牢裡。

「妳不知道吧，妳大伯家的家平現在混成大人物了。」提到陸家平，陸清源舌頭都有些打彎。

本以為家寶的本事就是厲害的了，卻沒想到大哥家那個本來任事不成的家平，卻搖身一變成了神農山莊的高人，這還不算，還和一位王爺交情好得緊！

本來家寶正在農莊裡忙活呢，陸家成就帶了一群衙門的人呼啦啦圍了過去，說是那王爺把這莊子給徵了，然後就在院子裡上竄下跳地亂踩一氣；家寶看他們鬧得不成話，唯恐把給軍營養出的草藥給糟蹋了，就忙忙地上前阻攔，哪知被狠狠地打了一頓不說，最後更被帶走，說是忤逆王爺，又和神農山莊作對，直接關進了大牢裡。

「這位大人，我們家家寶委實是個老實的，您老可一定得幫幫我們把家寶給保出來啊！」說到最後，陸清源已是老淚縱橫。「我們不過是小老百姓罷了，怎敢和神農山莊作對，求爺幫著我們去陸家平大人面前說幾句好話，就說只要放出我兒子，就是這會兒趕我們走，我們也認了。」

「您說……王爺？」扶疏眼前閃過齊灝的影子，直氣得小臉通紅。這個齊灝，當真可惡至極，虧自己救了他一命，他倒好，派人把自己兄長抓了起來！「那個齊灝，竟是這般不堪之人嗎?!」

「陸家平這個混帳！」商嵐臉色鐵青，神農山莊是什麼所在，萬沒想到竟也會有魚肉鄉民、為非作歹的一天。

「敢在背後說神農山莊的壞話，真是活膩味了！」門忽然被推開，陸家成帶著一幫衙役耀武揚威地出現在眾人面前。

「說神農山莊的壞話？」扶疏簡直要氣樂了，真是無法想像，竟有人指著自己這個神農山莊的當家人，啊不對，是前當家人，說這種話！

「還不承認？」陸家成得意地一笑，最後惡狠狠地一指商嵐。「誰人不知，我大哥陸家平現如今可是代表著神農山莊，你們剛才在背後編排王爺和我大哥的話，我們可是全聽到了！」惡狠狠地瞪了一眼商嵐。「還有你，什麼阿物兒，竟敢冒充神農山莊的貴人，真是好大的狗膽！」

又指了指扶疏放在桌子上尚來不及收拾的銀票和雲靈芝，對旁邊的捕頭大聲道：「張大人，我就說他們家有古怪，沒想到卻堵了這麼一窩江洋大盜——瞧瞧，這麼多好東西！」

那捕頭當即會意，把這些人抓起來的話，這銀票和雲靈芝就全成了賊贓了，自己可是發了一筆橫財，一揮手就想讓人上去抓人。

「你們敢！」扶疏大聲道，神情譏諷地朝著陸家成一笑。「原來陸家平是你的哥哥啊，真是不巧得很，我今兒聽了一個消息，說是一個叫陸家平的人本事不濟，差點害了賢王爺不說，自己也掉到山崖下摔死了，原來那個不成器的東西，就是你哥呀！」

扶疏又一指商嵐道：「還有啊，睜大你們的狗眼瞧仔細了，我商嵐大哥可是貨真價實的神農山莊高人！」

「妳，胡說八道——」陸家成神情猙獰，這個臭丫頭，死到臨頭還敢詛咒大哥，還敢拿這個假貨威脅自己，抬腳就想踹扶疏，卻被商嵐眼疾手快一拳砸翻。

旁邊的衙役嚇了一跳，呼啦啦圍上前就想拿鐵鏈鎖了商嵐。

陸清源嚇得兩腿都是抖的，老天爺，難道這位商大人果然是冒充的？不然，那些衙役怎麼膽大包天到連神農山莊的貴人都敢鎖拿？

「你們幹什麼？」院門卻一下被推開，幾個威風凜凜的勁裝漢子正站在門前，看到裡面亂成一團的情景明顯一驚，上前就擋在了商嵐身前，隨即從懷裡掏出一個腰牌往張捕頭眼前一伸。「你們是什麼人，竟敢對神農山莊的商公子無禮？」

那張捕頭定睛看去，差點沒嚇哭了，竟是大內侍衛的腰牌！又聯想到前幾天確是有神農山莊的姬青崖公子和兩位欽差來至邊關；難道這個商嵐根本不是陸家成說的叫花子，而是，真真正正的神農山莊的貴人?!

事到如今，張捕頭真是悔得腸子都青了。自己就不該眼皮淺，貪圖陸家成那幾兩銀子，本以為不過是一家窮酸及幾個叫花子，跑來嚇唬一通，自己又得了實惠，何樂而不為？

更重要的是，沒看郡守大人前日裡待陸家大房也是客氣得緊，還以為陸家平真是攀上了高枝，要飛黃騰達了，巴結他的弟弟，也結個善緣不是？誰承想，卻是一腳踢到了鐵板上，這人根本不是什麼叫花子，反而是正正經經的神農山莊高人——

沒看到大內侍衛都親自來請嗎?!一般的人，怎麼當得起這般禮遇？

張捕頭灰溜溜地退到一旁，真是大氣都不敢出。

這張捕頭一帶著人退開，陸家成肥碩的身軀就尤其顯眼，看向商嵐的眼睛幾乎都直了。這不可能吧？自己可是親眼見著這人破衣爛衫、衣衫襤褸的，不就跑到雲繡坊換了身行頭，就搖身一變，和自己威風凜凜的大哥平起平坐了！

有待不信，人家手裡的腰牌卻是明晃晃，絕不致冒充的。當下也慌了手腳，好在還有大哥撐著，再怎麼說和這位貴人也有同門之誼，應該不至於太過為難自己不是？

陸家成勉強擠出一絲笑容。「原來這位兄台竟然是家兄舊識，實在是多有得罪，我兄長叫陸家平，想來兄台理應相識？」心裡卻也不勝惶恐。大哥說得明白，他現在可是神農山莊莊主的得力臂膀，說是一人之下、萬人之上，也不為過，更不要說還有位金尊玉貴的王爺在背後撐著不是？

就比如前幾日，大哥面都沒露，就指使得動一班衙役毀了陸清源家的農莊不說，連陸大傻也給拘走了，那般大的排場，真是再威風不過。而反觀這人，之前明明灰頭土臉的，就是跑去雲繡坊買了件衣服又如何，這布料一看就不怎樣！哪像大哥，一身的綾羅綢緞，一瞧就是發達了的樣子，明顯可以看出這人在神農山莊也就是個小弟罷了，說不得，在莊裡時還須仰仗大哥照應呢！

「陸家平？」商嵐還未開口，旁邊一個侍衛忽然上上下下打量了陸家成幾眼，道：「你說的是賢王面前伺候的那個陸家平？」

「啊？」陸家成聞言頓時大喜，忙不迭點頭。「原來大人識得我大哥？」

「認識他？」侍衛神情鄙夷。「那樣的窩囊廢，我可不識得！」

「什麼窩囊廢，我大哥——」陸家成氣得鼻子都要歪了，卻是不敢發作。

「好了好了——」另一個侍衛瞧著倒是個心腸軟的，看陸家成被眾人擠兌，似是有些不忍，插口道：「你若真是陸家平的弟弟，就不要在這裡磨蹭了，快去派人尋回你兄長的屍體為妙，去得晚了，說不好，就成為野獸的果腹之物了。」

「你說什麼？」陸家成這下是真的傻了，如果說之前扶疏的話，他聽著還以為全是對方撒潑耍賴的詛咒之語，現在說話的人卻是大內侍衛，絕不至於拿這樣的事耍著自己玩。

要是大哥真沒了，那……

陸家成一撩袍子，跌跌撞撞地就往家裡跑——只要大哥活著，要想報復方才那些人，就有的是機會，要是他們說的是真的，自家可就完了。為今之計，當然是趕緊去找爹爹派人打探大哥的消息才是。

看著陸家成落荒而逃，幾個侍衛對視一眼，衝著商嵐彎腰道：「商公子，姬公子著我等接公子回營，說是有要事相商。」

商嵐卻是不放心扶疏，皺了下眉頭道：「我知道了，你們先走，我稍後就到。」

「商公子是怕那人再來為難這家人嗎？」還是第二個開口的侍衛，若有所指地斜了一眼那捕頭。「我猜著，說不好，那一家子這會兒正自焦頭爛額、自顧不暇，應該不會再有機會跑到這裡撒野。」

「哦？」商嵐神情有些不解。

「卑職等出營來尋商公子時，聽說姬青崖公子接到了京中姬嵐莊主的一封信，內容據說和這陸家平有關，然後姬公子就親自拜訪了連州府尹，方才卑職等人過來時，恰好在街口處碰到一群衙役，說是要去一戶叫陸清宏的人家抓人——」

仍是縮在院裡的張捕頭瞧著那侍衛面不改色地稟報完一切，暗暗心驚——這人還真是心兒壞，剛才還好言好語哄陸家成什麼去找兄長，現在瞧著，卻明顯是讓人自投羅網吧？

只是這事也透著蹊蹺，就算陸家平壞了事，也罪不及家人啊，怎麼還把一家子都給拐進大牢裡去了？

扶疏卻是略一思索，便明白了其中關竅——

姬青崖此舉怕是別有深意，目的就是放下身段，向賢王齊灝表明賠罪的意思。心裡越發氣悶，那齊灝再怎麼樣，也不過是個王爺罷了；當初爹爹和自己掌事時，別說是一個權貴，即便是皇上面前，也不曾這樣自打耳光、誠惶誠恐過。

有此想法的肯定不止一個人，商嵐神情也很是不好看，幾位侍衛也都住了口，同時想起，當初先皇頒下詔書，言說楚無傷十大罪狀，滿朝文武，哪個敢開口替楚無傷辯解一句？偏就神農山莊姬扶疏，無所畏忌地敲響了登聞鼓，歷數楚無傷平生英雄事蹟，又在最後慨然宣布要同恭親王齊淵恩斷義絕，那般絕世風姿，果然只能淹沒在歷史的煙塵中了嗎？

現如今，神農山莊世風日下，不過十年間，竟是再不復當初的超然地位。

「商公子，咱們走吧。」那侍衛又一拱手道。

陸清源和扶疏親自送商嵐出來。待那一家人回轉，商嵐卻又站住腳，久久地回視著那小小的院落——

真的是，太像了……

那群侍衛則呈環衛狀恭恭敬敬侍立在他的身後道：「莊主，咱們走吧，副莊主飛鴿傳書，說是甘邊一帶發生大災……」

除了副莊主姬微瀾，沒有人知道，神農山莊那個不起眼的商嵐，就是目前神農山莊的最高主事者，姬嵐。既然選擇了家族，自然意味著對姬扶疏的背叛。從午門外親眼見到扶疏倒下的那一刻開始，商嵐就明白，這一生，自己都注定要生活在地獄裡了……

扶疏幾人回家，依舊商量著要如何營救家寶，外面卻忽然響起了急促的敲門聲，待拉開院門，站在外面的卻是陸家康。

「二叔，家和，扶疏——」

看陸家康跑得一頭的汗，明顯受了驚嚇的樣子，陸清源忙問：「怎麼了？」

陸家康神情卻是有些古怪，半晌往胡同口一指。「你們快看，馬上就過來了——」

「什麼過來了？」幾人聽得越發糊塗，正要再問，一陣哭罵求饒聲卻越來越近。

忽然憶起方才那大內侍衛的話，難不成……

一念未畢，幾十個捕快押著一群人走了過來，被反剪了雙手在最前面拖拽著的，可不就是陸清宏！至於後面的陸家成，不只光著一隻腳，臉也是被揍成了個豬頭一樣。

兩人也看到了扶疏一家，陸清宏忽然站住腳，神情猙獰地衝著陸清源道：「好你個上不得檯面的狗東西，我可是你大哥啊，你卻這般害我——」話音未落，卻被捕快拿了刀朝後背上狠狠地敲了一下。

「老東西，找打不是，還不快走！」捕快罵道。

扶疏簡直目瞪口呆，這陸清宏腦子有毛病不是，明明是姬青崖的手筆，倒好，竟是全算在自家頭上了。

旁邊的陸家康卻不這樣想，便是其他跟著看熱鬧的街坊，看向陸清源一家的眼神也都充滿了敬畏——

可了不得啊，上一次陸家成坑了家寶未過門的媳婦，一下子被抓進去吃了好多天牢飯，這次要報復，把家寶也給關進大牢去了，倒好，自己一家人就跟著都進去了。大家以前，委實太小瞧這一家子了！

「走吧，咱們回家去。」陸清源恨恨地瞧著陸清宏父子兩個被衙差帶走，卻是沒有絲毫憐憫之意，再是兄弟又如何？那人把自己兒子坑得這麼狠，遭這樣的報應也是該當的。

眼下最要緊的，還是怎麼想法子把家寶從大牢裡弄出來才是。

第二十九章　混入尹府

「張捕頭，我大哥——」

扶疏幾人在府衙外一個僻靜的小巷裡等了多時，才看到張彪出來，忙迎上去。

陸清源忙也跟了上來，不知不覺間，扶疏竟是已經成了陸老爹的主心骨兒，事事唯扶疏馬首是瞻。

跟在後面的家和卻有些失落，自己本是想做妹子的依靠的，卻沒料到，真出了事，倒是扶疏比自己更冷靜，也更有法子。

好在這張彪也接了家裡送去的錢，還拍著胸脯保證，一定會馬到成功。一家人這次來，就是想接了家寶回去的。

「這是你們的錢，你們拿好——」哪知張彪卻是匆忙掏出懷裡的銀票就往陸清源手裡塞，那樣子，好像是見了瘟神一樣，竟是不待陸清源說話扭頭就想走。

「捕頭大人！」卻被扶疏一下攔住，蹙眉道：「這銀票既給了出去，斷沒有再收回的道理，無論成與不成，都是我們的一片心意。您也知道，我大哥自來忠厚老實與人為善，從不曾作奸犯科，委實冤枉得緊，還請大人能明示，要怎樣才能放我大哥出來？」心裡卻知道，事情怕是有些不妙。

本來想著陸家成父子都被抓進去了，自己大哥也該放出來了吧？誰知道這都五天了，依舊沒有消息。又念著好歹救了齊灝一命，便是挾恩圖報，讓他放了大哥出來也在情理之中，正準備再去軍營尋找齊灝，正好碰到周英，言談間卻提到，齊灝根本不在軍營，而是歇在連州府。

說到家寶的這無妄之災，周英也很是撓頭，大齊原本就有嚴律，軍中將領絕不許插手地方庶務，更不要說陸家寶還是以忤逆賢王爺的罪名被抓進來的！除非齊灝開口，怕是其他人絕不敢輕易放家寶出來。

扶疏雖是著急上火，唯恐大哥會在牢裡被人欺負，卻也不甚擔心——看在靈藕草的分上，那齊灝怎麼也不應該把事情做得太絕。

哪知在府衙外守了好幾天，別說齊灝，就是莫平、莫方也沒看到影子！正自頭疼如何進入府衙見到齊灝，剛巧，張彪就來家裡賠罪了。

張彪，就是那日夥同陸家成到扶疏家的那位捕頭，當日灰溜溜地趁亂離開後，回了府衙小心打聽才知道，陸扶疏說的竟然是真的。

當初威風凜凜不可一世的陸家平，早已經跌落高崖、死於非命了；你說死了也就死了唄，還不知為何，竟同時得罪了神農山莊和賢王爺兩家人，這樣兩尊大佛齊齊怪罪下來，府尹大人自然不敢怠慢，才會派人立馬鎖拿了其餘家人。

自然，張彪絕沒有想到，扶疏不但親歷了事件的整個過程，更在這件事中起到了關鍵的作用。照張彪想來，那個小丫頭委實少見的早慧，可能知道這麼多，也大抵是聽那位商爺所言。

只是僅此一點，也夠讓張彪膽顫心驚了，沒看見陸家平得罪神農山莊後竟然禍及家人嗎？那陸清源家明顯跟那位大內侍衛都要恭請的高人關係匪淺，自己還是識時務些，萬事小心為妙。

就隨便買了幾斤點心，親自到陸家賠罪。哪知這家人也是知趣的，不但沒收下東西，還奉上了一張一百兩的銀票，目的只有一個，請張彪代為周旋，救陸家寶出來，最不濟，能幫他們進入府衙，見一下賢王。

張彪本想著，即便救不出人來，帶個人去一趟府尹府邸，又豈是什麼大不了的事？到時胡亂想個名目送進府去也就罷了——

他的姘頭李大娘，正好是府裡的廚娘，也經常出來採買蔬菜，帶進去個人，應該不成問題；哪知剛把自己的意思一說，姘頭嚇得臉色都變了。

「你個殺千刀的，可莫要害我！」李大娘立馬拒絕。卻是昨兒個，小姐才把府中所有奴才集合在一處，並當眾撂下話來：這幾日，府中任一個奴才都不許從外面帶陌生女子、尤其是十多歲的女孩子進來，若有人膽敢違抗，一律發賣出去。

「這錢你們拿回去，另請高明吧，張某是無能為力了。」所謂縣官不如現管，張彪可不願意為了幾個可能有門路的陌生人，得罪府尹家的大小姐。

扶疏忙使了個眼色，悄悄伸出兩個指頭，陸清源本待要把銀票給揣起來，趕緊又把銀票塞回張彪手裡——這回不是一百兩，而變成二百兩了！心裡卻是不住打鼓，這二百兩銀子，不會打水漂了吧？

「哎喲，這怎麼好——」張彪眼睛倏地一亮，這麼一大筆錢，可足夠自己在連州城買個好些的院子了！半晌終於道：「罷了，我這兒還有一個消息，說是那賢王爺嘴刁得緊，想吃一些京城的時令水果。我能幫的，也就僅此而已，你們自回去想法子，可莫要說見過我。」

姘頭每日裡小心伺候著賢王爺的飲食，別的不敢說，那位王爺的口味還是門清的；只是這深秋季節，距離京城更是遙不可及，想要那些東西可是難於登天。

尹府。

面對著一盤盤撤下來幾乎動都沒動過的山珍海味，尹夫人愁得頭髮都要白了——老爺可是費了天大的工夫，才請了這麼尊大神進來，一再囑咐自己小心伺候，倒好，已經連著兩頓送進去的菜餚幾乎動都沒有動了。

正自犯愁，簾櫳一挑，一個正值荳蔻年華穿著華麗、長相嬌豔的女子走了進來。

「娘——」

「是珠兒啊。」尹夫人抬眼瞧了瞧女兒，仍是愁眉不展。「可有消息？」

從知道賢王來至連州，老爺就千方百計打探賢王的喜好，奈何那位天潢貴冑小小年紀，竟是古板得緊，不喜黃白物，不愛美嬌娥，好不容易打聽出來他愛吃銀茴、水晶梨、青白果等時令性的果子。倒好，前兩種還罷了，京城裡應該就有，大不了派人快馬加鞭、八百里加急跑一趟京城；只是王爺最愛的那青白果，卻是個稀罕的，聽說一棵樹也結不了幾個，還是在春末夏初就成熟，又不耐放，這會兒又上哪裡找去？

不待尹鳳珠回答，又嘆了口氣道：「罷了，我自去瞧一瞧吧。」起身剛要走，又想起一事。「我聽說妳昨兒個把家裡的奴才叫到了一處，還嚴禁他們這幾日內帶女子入府，到底是怎麼回事？」

「我正要同娘說這件事呢。」尹鳳珠上前一步，邊扶了尹顏氏的胳膊一同往外走，邊低聲道：「娘親應該記得吧，女兒前些時日，收到了京中鳳儀姊姊的一封信——」

「娘知道啊。」顏氏點頭，轉而狐疑道：「難不成鳳儀那丫頭信裡說了什麼不成？」

鳳儀並不是尹家的女兒，而是尹鳳珠大姑母尹貞淑的小女兒。

尹家上一輩共有兩個女兒，大女兒尹貞淑，嫁了天穆十二年的進士趙文忠；那趙文忠仕途上一帆風順，現今品階不要說僅止做到連州府尹的尹平志難以望其項背，便是比尹家老爺子尹良功，也還要高出半階，已然是吏部二品大員，主要掌管官員的評定銓選方面的職務，正是眾多官員爭相巴結的對象。

尹鳳珠當初在京裡時，便自來和趙鳳儀交好，自隨父赴連州任上，兩人也是書信往來不斷，尹平志夫婦自然樂見其成。

以尹平志現今的身分地位，本就距趙文忠甚遠，更不要說尹平志還有求於這個位高權重的姊夫——那就是尹平志無比迫切地希望趕緊離開連州這個苦寒之地。

之所以調任的願望這般迫切，一則是連州實在太過荒涼，尹平志也算出身於官宦之家，哪受得了這個苦?而更重要的一個原因，則是和皇帝的愛將、連州大帥陸天麟有關。

說起陸天麟，尹家人真是悔得腸子都青了!這陸天麟現在可是官居一品，不只在大齊朝堂武將中的影響力恐怕無人能出其右，更兼深得皇帝愛重，而這麼一個堪稱人中龍鳳的人物，本來應該是他們尹家的女婿才是。

尹平志甚至現在還能憶起當初尹家兩女所配夫婿恰為一文一武，一時在京中傳為佳話之事。只是可惜好景不長，先是傳出戰神楚無傷謀逆大事，緊接著便聽說陸天麟竟然為了維護楚無傷打傷欽差潛逃在外。

聽說了這件事，尹家立馬做出了退婚的決定，甚至為了自保，偕同官府追緝陸天麟。原以為陸天麟這一世再無出頭之日，誰能料到，不過短短幾年，便被起用，更坐到現在的封疆大吏、一品要員的位置上。若非念在死去的小妹尹貞甯的分上，怕是陸天麟上位之初，就會令尹家萬劫不復。

若是能選擇，打死尹平志，也是不願到這裡赴任的，奈何他本事太不濟，又被人抓住了錯處，竟是硬生生被送到這連州為官。

赴任的第一天，尹平志就領略了陸天麟今日的威勢——

當時正好是陸天麟凱旋而歸，上百員將領一字排開，個個兵器耀眼、鎧甲鮮明，威風凜凜而又殺氣騰騰，卻是眾星拱月般烘托著一位宛若天神般的人物，尹平志只看了一眼，便嚇得倉皇拜倒。實在是那人的眼神太過霸氣而凜冽，雖立於萬軍之中，亦能生出無匹的銳氣，讓人不由得就想臣服。

一直到馬蹄聲漸漸遠去，尹平志才狼狽無比地從地上爬了起來，之後更是接連數日噩夢連連，夢裡每每陸天麟那麼冷眼瞧著自己，然後一刀劈下，砍了自己的一顆大好頭顱。又驚又怕之下，竟是大病一場，病好後當即便給京裡父兄姊姊寫信，哀求家人快些想辦法把自己調離連州；無疑，最能幫助他實現願望的非姊夫趙文忠莫屬。

聽女兒提到趙鳳儀，又聯想到丈夫一直以來的心病，顏氏立馬打起十二萬分的精神。

「鳳儀姊姊的信裡提到了，賢王爺——」尹鳳珠半遮半掩道，細細聽去，更還有盡力壓抑的羨慕和不易察覺的嫉恨。

趙鳳儀在信裡並沒有多說什麼，只隨便說了些趣事，還狀似無意地特意提到一件事——前些時日，賢王府以王妃娘娘的名義，給她發了請帖……

顏氏一下張大了嘴巴。「難道說，王妃娘娘相中了鳳儀？」

要知道據傳那位王妃娘娘自瑜王爺去後便一心向佛，十多年間，從未曾邀請過任何一家小姐過府遊玩。

「女兒也是這般想的。」尹鳳珠低低道，聲音中卻有止不住的失落，那賢王爺可是世襲罔替的鐵帽子王，一旦嫁過去，可是永生享用不盡的富貴！原還想著，說不定那齊灝有什麼欠缺也未可知，可誰知一見之下，竟是那般丰神俊美的翩翩少年郎……

「妳吩咐說，不許私帶女子入府，難不成……」細思女兒吩咐的事情，顏氏心裡不由一跳。

尹鳳珠也被拉回思緒，慢慢點頭。「正如母親所想。娘不知道，昨兒個一大早，服侍王爺的七巧就悄悄告訴了我一件事——」

雖則尹鳳珠已經明瞭自己那表姊趙鳳儀怕是已經情竇初開，心繫於賢王爺齊灝，卻在遠遠見過齊灝一面之後，還是有些心蕩神搖，一時想著憑什麼表姊事事都比自己好？說不得，賢王爺住在府裡的這些日子，會看上自己也不一定。

因存了這個心思，便在齊灝的身上格外留心，特意囑咐七巧幾人，不拘大小事，只要和齊灝有關的，一定要第一時間來稟。

昨天剛起床，七巧就跑過來告訴尹鳳珠，說是賢王爺親手畫了一幅畫像，雖是離得遠了，看得不太真切，卻也能瞧出應該是個年歲不大的女孩子……

尹鳳珠當時就驚了一下，忙讓她們繼續留心，中午時分，綠翹又回稟說，聽見賢王的侍衛說什麼——

「你說那丫頭既曉得了王爺的身分，會不會自己找上門來？」

另一個則說：「她便不來，王爺也定會自去尋她，你沒瞧見，這幾日王爺可是日日記掛著呢……」

本來聽七巧說齊灝畫了一幅女孩子的畫像，尹鳳珠還暗暗竊喜，想著會不會是自己？待聽了綠翹的話才明白，那位賢王爺卻是在短短幾日內，碰到了一個心儀的女孩子，竟是母親病重之時，還想著那畫上的丫頭！

一時又是鬱悶氣苦又是心煩意亂，賢王爺似乎確實「移情別戀」了，可惜不是自己，左思右想之下還是決定出手幫趙鳳儀，好歹賢王真成了自己表姊夫，也於家族有益不是？怎麼也不能因為這事得罪了表姊，又便宜了其他野女人！

「好孩子，妳安排得果然妥當。」顏氏也是出了一身的冷汗，要是賢王真在自己府上搞出什麼風流韻事，於趙家顏面上怕是不好看，真得罪了姊夫家，老爺想要高陞的願望怕是又要泡湯了！又囑咐尹鳳珠道：「娘這幾日太過忙亂，內府的事，妳一定要盯緊些才是，萬不可讓那些無恥之人混進府來。」

兩母女又說了些話，顏氏便坐了馬車自往府外而去，心想只管去集市上碰碰運氣，說不好，會有所收穫也未可知。

可惜顏氏坐著馬車幾乎跑遍了整個連州城，眼瞧著一上午過去了，竟仍是毫無所得，萬般沮喪之下，正準備打道回府，錯眼卻見路邊的街角處一個攤子興旺得緊，竟是裡裡外外的圍著不少人。

「春桃，妳去瞧瞧，是賣什麼的。」顏氏疲憊地倚在車廂上，不由惆悵至極，要是再找不到合賢王爺口味的東西，老爺回來怕是又要發脾氣了！

剛閉上眼睛想要歇息一會兒，春桃驚喜至極的聲音就在外面響起——

「夫人！」

顏氏一下掀開車帷，正看見春桃手裡正抓著一顆水晶梨及幾顆銀茴果。

「哎喲，老天爺真是開眼了！」顏氏喜得什麼似的，忙命人把賣水果的小哥倆叫來，一問才知道，哥倆本是上山砍柴，卻意外發現些果樹，索性採了來賣；再看他們的水果果然是草草用衣襟兜著罷了，旁邊還有滿滿的一擔柴火，明顯所言不假。

唯恐別人跟自己搶，顏氏忙道：「這些果子我全要了。」

年長些的少年剛要說什麼，矮些的男孩已經搶先開了口。「夫人，我們這果子可是爬到很高的山上才採得的，這價錢可不比一般的果子……」

這也是為什麼那麼多人圍著看，買的人卻少的原因。

「大膽！」春桃眼一瞪。「你知道我們夫人是——」

話音未落，卻被顏氏打斷。「無妨，你們說多少銀兩我就給你們多少銀兩就是。」

也不知賢王爺還會在府裡住多久，只要伺候得賢王開心，老爺升遷的事說不好很快就能解決，既然這兩個孩子可以採來果子，一時半刻還是不要得罪他們才是。

兩個孩子聽了果然喜笑顏開，還是小點兒的孩子忽然道：「我這裡還有兩顆特好吃的果子呢，本來說要拿給我娘吃，夫人這麼大方，就送給夫人一顆吧。」說著，從懷裡摸出一顆一半瑩白如玉、一半青碧如竹的果子，獻寶似地遞過去。

「青白果？」顏氏愣了半天，失聲道。老天，這孩子，竟還採到了青白果！這青白果最是嬌貴，也最是美味，這般深秋季節，怕是皇宮中也別想有這東西，忙伸手接過，卻是覺得有些不對，放在鼻子下面聞了一下，果然是有些酸腐的味道，竟是壞了的。

「不可能——」那小男孩愣了下，忙又從懷裡掏出一顆，輕輕掰開，裡面哪裡還是自己早上吃過的雪白雲朵一般的果肉，竟是糊成了泥巴一般。小嘴一癟，登時就要哭出來。

「嗚，這個果子是要給娘吃的……」

顏氏卻是明白，這青白果最不耐儲存，男孩還揣在懷裡，熱熱地捂了這麼久，竟然兩顆全都壞了，真是太可惜了！

「這種果子，可還有？」顏氏問道。

「我們不知道——」那個大些的孩子搖搖頭。「我們也是偶然碰見的，那麼大一棵樹，總共就結了那麼三、四個……」

「果然是青白果。」顏氏眼睛一下亮了起來，強忍住喜悅，忙不迭囑咐道：「這樣，你們也不要打柴了，便日日去採這些果子來，我會給你們比柴禾高得多的價錢。還有，再碰見這青白果，不要往懷裡揣，用青白果的樹枝編了籃子盛著，趕緊送去府尹大人的府上。」

「府尹大人府上？」兩個孩子雖然年齡大些，神情竟是有些懵懂。

顏氏又指了指身後的綠翹道：「待會兒先跟著綠翹姊姊認一下路。」也讓門房記住兩個人的模樣，省得那想要勾引賢王的人混過去。

呆呆地看著扶疏手裡的銀子，陸清源眼睛都直了，竟是嘴角抽著，半天沒有說出話來。

家和也是心有戚戚焉，非常能理解爹爹的心情——一家人覺得難如登天的事，扶疏竟是這麼容易就辦成了，甚至不但沒送銀子，還反倒得了賞！

「爹爹安歇了吧——」扶疏絲毫沒有在意一家人驚疑不定的眼神，既然已經不準備隱瞞自己的實力，將來驚到他們的會更多，而這不過是開始。「過兩天，應該就能接大哥回來。」

聽張彪的意思，尹家明顯在防備著什麼，要是這樣上趕著往前湊，說不得會讓人懷疑。張彪已經打了包票，大牢裡他一定會關照好，斷然不會叫大哥吃苦頭；而自己送去的果子，頂多也就一天多就會用完，到時自己再出現，他們只有開心的分，疑心的成分就會少些……

「再過兩天？」家和卻是有些不安。「別的果子也就罷了，那青白果——」

賣給府尹夫人的不過是兄妹倆採摘的果子的一小部分罷了，還有些兩人一早就送回了家裡。只是那青白果，自己可是親眼見到不過是一天的工夫，就壞了的，而那果子卻是最難採，為了多採些，扶疏腳都磨破了……

「二哥且放寬心。」扶疏知道家和擔心些什麼，回自己房間很快拿了幾顆青白果出來，遞給家和與爹爹，兩人接過，小心地撕開外皮，都是一愣，那果肉晶瑩剔透之外，竟更加芳香撲鼻。

扶疏點點頭，卻沒有解釋的打算——對於最瞭解植物習性的神農山莊而言，如何貯存各種不同類型的果子，實在是再簡單不過的事情。

三日後——

「綠翹，妳去門房處問問，有沒有人送果子來？」顏氏在房間裡急得團團轉。

前日買回來的果子，果然是好東西，聽伺候的丫頭說，王爺用得香甜，甚至心情大好之下，連飯也多吃了些，還賞了跟前伺候的幾個丫頭。顏氏尋思，王爺再心情好些，說不得連自家老爺的官也會一併升上一升也不一定，只是果子畢竟有限，雖是儉省著上，卻還是很快沒了！

「是。」綠翹應了一聲，忙忙地趕到門房處。

從昨兒個起，綠翹已經往這兒跑了不下五回了。

那門房遠遠地就站了起來，陪笑道：「丫鬟大姊說的那孩子並沒有來……」一語甫畢，忽見一個挎著草籃的孩子正從街那邊走過來，忙叫住一臉晦色的綠翹。「咦，丫鬟大姊瞧瞧，可是這個孩子？」

綠翹探出頭去，眼睛倏地一亮——可不正是那日見過的兩兄弟中的其中一位！頓時喜出望外，竟是一下迎了上去，往籃子裡探頭瞧去，可不正是那日得的那些果子，最上面還有幾顆夫人最稀罕的香氣撲鼻的青白果。

「哎喲，小哥哎，你可來了——」

小男孩把手一縮，把籃子藏到身後，很是警惕地瞧著綠翹道：「爹爹說給了錢後才能把果子給妳。」

「這個小鬼頭——」綠翹有些不悅，心說果然是無知鄉民家的孩子，前日不知夫人身分斤斤計較也就罷了，今日到了府上，還這樣不受教！又想到小姐吩咐過，萬不可帶模樣齊整的人進府，看這小子一身又是泥又是土的，斷不會是小姐防備的人，又有夫人還在等著，便強忍了厭惡道：「好好好，你隨我來就是。」

那門房雖得了尹鳳珠的令，不許放任何陌生人進府，只是綠翹卻是奉了夫人的命，當即大行方便之門，放了男孩進去。

「哎喲，皇天菩薩——」顏氏看到那一籃果子，喜得連連唸佛，忙忙地命人洗了些果子裝盤，速速送往賢王的住處，卻被男孩攔住去路。

男孩要哭不哭地道：「奶奶，還沒給銀子……」

「好好，綠翹帶他去帳房那裡算一下帳——」顏氏急著去巴結賢王，哪有心思理會他，吩咐完綠翹，便徑直命七巧端著盤子往左邊小院而去。

綠翹本想著人既然是自己帶來的，送果子的差使自然也該著自己才是——府裡的丫鬟，哪見過賢王爺這般貴人，不拘輪著誰伺候，都是無上的榮耀！有那心眼活的，甚至還巴望著，說不好，能被王爺給看上，可就是天大的福分了！哪裡知道卻被這小子給攪黃了。

綠翹臉上很是不好看，哼了聲。「走吧。」待拐了個彎，往前面指了下，不耐煩道：「直走，左拐，然後往右，就能找到帳房。」

「姊姊——」小男孩明顯有些害怕，忙要哀求，綠翹已經轉身離開。

看綠翹的身影漸漸消失，小男孩慢慢直起腰，臉上再不復方才的慌張無措。

小男孩正是扶疏。

扶疏站了片刻，四處梭巡了下，看四下無人，轉身往顏氏方才去的方向追了過去。

好在大戶人家的房屋構造大致相同，扶疏雖是第一次來，還是很容易就能分辨出哪是下人的房子、哪是主人的院落，至於前面這處——

卻是眼前出現一條岔路，岔路的盡頭，分別是兩處精緻的院子，俱是紅瓦白牆，雖是塞外大漠，瞧著卻頗有些江南風光，甚是精美。

扶疏猶豫了一下，還是沿著右邊的小路而去——自己猜得不錯的話，這兩處定然有一處是齊灝所居。

很快行至小院外，一腳跨了進去，卻是一呆，院子裡正中掛著一座秋千，秋千上一個

十三、四歲的女孩子正滿臉怒容地瞪著自己。

「我找綠翹姊姊——」扶疏忙道了聲擾，掉頭就往外跑。

坐在秋千上的正是尹鳳珠，眼睜睜地看著扶疏跑出去，當即下了秋千，衝著一干還沒回過神來的丫鬟、僕婦厲聲道：「還愣著幹什麼，快把那臭小子給抓過來！」

跟著快步行至門外，瞧見扶疏正往齊灝的院子跑過去，氣得臉都白了，千防萬防，沒想到，還是被人溜進來了！

眼看前面就是齊灝的院子，再差一步，就能衝進去，眼前黑影一閃，一個神情冷凝的男子倏忽出現，一把抓住扶疏的衣領。

尹鳳珠也隨後帶著人趕到，一邊命一個健壯的僕婦摀住扶疏掩了口，一邊道：「府裡小子淘氣，萬幸沒有驚擾到王爺——」

正轉身要走，只聽門忽然一響，兩個神情威嚴的男子一前一後走了出來。

「什麼人在外面喧鬧！」

第三十章　貴客駕到

「參見兩位統領大人。」先前那冷著臉的侍衛忙躬身問候。

尹鳳珠也一眼認出兩人，正是賢王面前最受重用的兩個統領——莫方、莫平，也只得站住腳。「倒也無甚大事，驚擾了貴人，還請恕罪。」便急急地給僕婦使眼色，示意她拖了扶疏下去。

扶疏自然早認出了兩人，奈何年幼單薄，哪裡比得上僕婦的力氣，便是嘴也被掩著，小臉兒頓時憋得通紅，眼看著離莫方和莫平越來越近，卻是一點兒聲音也發不出來。

罷了！扶疏注意到莫平走得極慢，明顯腿傷還沒好，一咬牙，在和莫平擦身而過之時，忽然抬腳使出吃奶的力氣，朝著莫平的傷腿踹了過去。

莫平和莫方也看到了扶疏的，只是這會兒的扶疏臉上又是泥又是灰的，還是男孩打扮，兩人哪裡認得出來，還以為就是府裡的小子罷了，倒也沒放在心上，卻不防，真就被對方一下踹了個正著。

那僕婦沒料到扶疏竟是如此大膽，一時竟是有些嚇傻了，扶疏乘機張嘴朝著僕婦箝制著自己的手就狠狠地咬了下去，那僕婦疼得「哎喲」一聲，下意識地鬆開了手。

扶疏轉身，朝著莫平、莫方撒丫子跑了過去。

「抓住他！」尹鳳珠氣得聲音都是抖的。

那群丫鬟、僕婦終於回神，張牙舞爪地朝著扶疏就撲了過來。

扶疏已經「嗖」地一下縮到了莫方、莫平身後，叫道：「攔住她們！」

攔住她們？尹鳳珠冷笑，這臭小子是嚇傻了吧？竟敢用這般語氣對那兩位閻羅王一般的侍衛統領說話?!

闔府上下誰人不知，這兩位可是賢王爺手下最得用的人，且素來不苟言笑、冷顏冷面，最是煞氣逼人，往哪兒一杵就跟兩個黑面門神似的，別說這個臭小子，就是自己爹娘面前，也絲毫不假辭色。饒是自己這個尹府唯一的小姐，明明是再正經不過的主子，也從不敢這樣對著兩人吆五喝六！

反觀這不長眼的小子，竟敢瘋子似地亂踢亂踹——方才踹上莫平那一下，固然不見得多痛，卻無疑是對這尊殺神尊嚴的挑戰，能討得了好去才怪，還想讓人庇護，作夢去吧！真以為隨隨便便什麼人就可以入得了這兩位的眼?!

那些僕婦自然也是這般想法，又都存了討好貴人的心思，竟是呼啦一下就從四面圍了上來，尤其是那個被扶疏咬到手的，更是罵罵咧咧地衝在了最前面。

「哪裡來的小子，敢跑到府裡撒野，看我不揭了你的皮——」眼看那手已經要揪住扶疏的頭髮，一個手掌忽然閃電般出現在面前，那僕婦只覺得好像一拳砸在一塊鋼鐵上，疼得「哎呦」一聲，抱著胳膊開始號叫起來。

莫平卻是看都沒看她一眼，反而以一種驚喜莫名的神情看著扶疏，問道：「妳是扶疏姑娘？」

「咦？」莫方也明顯察覺不對，神情倏忽由方才的戒備疏遠變成小心尊敬。「真的是扶疏姑娘?!」

兩人心裡自是一樣的想法——前些日子，王爺已經著人快馬加鞭把靈藕草送回京城。聽說瀕危的王妃服了藥後，果然又有了些起色，王爺就一門心思地想要尋那日的那位扶疏姑娘出來。

本來找那位楚雁南將軍打探應該是最容易不過了，不過王爺自來小心，又重然諾，既是那日答應了扶疏要為她保守秘密，自是不能再去楚將軍面前說些什麼。

好在已經知道姓名，想著尋找起來應也容易，哪知這幾日四處奔波，竟是人海茫茫，尋找起來，著實不易。

沒想到今日扶疏姑娘竟會主動送上門來，倒是不知，這般打扮又是為何？

扶疏姑娘？對方不是小子，倒是個姑娘！又想到七巧說的王爺精心描摹的那幅畫像，難不成，就是眼前這小子?!

尹鳳珠臉色一下變得難看至極。千防萬防，倒沒想到，竟還是給了小賤蹄子可乘之機，還是讓她想盡法子鑽進了府裡！而且更不可思議的是，這賤人竟是連王爺手下的兩大鐵血統領都給收買了去！

那邊莫方、莫平已經確認了眼前這男孩打扮的人正是扶疏，早已喜不自勝地道：「扶疏姑娘，妳可來了，可讓我們好找！」

「對不起啊，莫平。」扶疏瞧著莫平，神情歉疚。「我方才實在是沒有法子了才去踹你，還請你莫要怪我才是。」

「怎麼會！」莫平忙搖頭。「莫平這條命都是姑娘的，別說踹一腳，就是姑娘想要莫平的命，也隨時拿去就好。」

「對了，姑娘可是來見我們王爺的？」莫方忙插口道，心裡卻是盤算，王爺因為找不著扶疏姑娘，每日裡吃什麼東西都不香甜，實在清減了不少，看到了扶疏，也算是解了一個心病。

當下也不理尹鳳珠等人，竟是和莫平護著扶疏就想往裡走。

尹鳳珠臉色愈加難看——這女子果然是妖物，竟是連莫方、莫平也給迷得神魂顛倒，明明往常即便是官員來訪，也得先通報了，即便如此，能不能進院子也得看賢王爺高興不高興。現在倒好，莫方、莫平竟是連通報這茬都忘了！

只是自己不知道也就罷了，既然見著了，怎麼也不能把人放了進去——這兩個再是統領，也不過是下人罷了，就算尋常人家的少爺，也不會讓一個沒名沒分的女人這般大搖大擺地在眾目睽睽之下登堂入室；自己可不信，那麼神武明哲的賢王爺也會這麼不分輕重，平白為了一個不知羞恥的女人，壞了自己的名聲！

尹鳳珠當下上前一步，攔在莫平兩人面前。「兩位大人且慢。王爺乃是金枝玉葉、天潢貴胄，兩位既是擔負著守護之責，自是要把王爺安危放在第一位；反觀這人，竟是鬼鬼祟祟地混進府來，還如此藏頭露尾，明顯有所圖謀、心懷不軌。兩位久居京城，如何知道邊疆百姓不受教化，多無恥之人，若是任她進去，怕於王爺名聲有礙——」

竟是就差直接說扶疏是瞧上了齊灝，想賴上你們家王爺了。

扶疏還未說話，莫方和莫平已經齊齊道：「住口！」

聲音之響，震得尹鳳珠耳朵直嗡嗡響，嚇得小臉兒一下慘白，猛地往後退了一步，若不是被丫鬟扶著，說不得差點兒跌倒。

莫平猶是餘怒未消，狠狠地瞪了一眼尹鳳珠。「念在妳是尹府小姐的分上，就暫不與妳計較，若是再敢胡言亂語，對扶疏姑娘不敬，就莫怪我們同尹大人討教教女之法。」

莫平這般激烈的反應，嚇得尹鳳珠越發面色如土。

許是外面的動靜太大，門吱呀一聲響，顏氏帶了一群丫鬟從旁邊一個側門轉了出來——那邊便是專門給齊灝準備膳食的小廚房，顏氏唯恐下人侍奉賢王不夠精心，得空了便會親自到小廚房轉悠一下，剛安排好齊灝中午的飯菜樣式，正想離開，哪知一出門卻看見這樣一幕。

待看到眼睛紅通通的女兒，顏氏不由嚇了一跳。「這是怎麼了？這般時候，王爺說不得正在休息，你們卻在這裡嚷嚷什麼？」

「娘——」顏氏不問還好，這一開口，尹鳳珠頓時珠淚紛紛，抽泣著道：「那個，不知哪裡來的小、小女子，竟是混進了府裡。」手指恨恨地指向扶疏，卻是不敢再上前阻攔。

顏氏抬眼看向扶疏，神情越發疑惑。「什麼小女子，這不是那個往我們府裡送果子的小哥嗎？」

「什麼小哥？」尹鳳珠跺足道：「哪裡有什麼小哥，她分明是個女子！」剛才自己可是親耳聽到莫方、莫平叫她「姑娘」。

「這怎麼可能？」顏氏激靈打了個冷顫，瞬間想起前幾日女兒說過的話，難不成這就是閨女說的那個勾了王爺魂的賤人？天呢，竟然還是自己放進來的，當即急火攻心。

好在顏氏畢竟是見過幾分世面的，明顯看出來莫方兩人對扶疏的維護，知道這時倒也不好太為己甚。

只是賢王素來美名在外，據自家老爺說雖是年紀輕輕，也經常被皇上讚一個「睿」字的；手下人糊塗，王爺卻必不會這般言行無狀，還是先借了賢王的威勢，先打掉這女子的氣焰，然後再想辦法緩緩圖之。

當下定了定心思，顏氏對著莫方、莫平兩人道：「既是兩位統領相熟之人，按說我們不應阻攔，只是王爺好歹暫居尹府，王爺安危對闔府而言，端的是天大的一件事。這人畢竟來路不明，兩位不妨先通報一下，讓王爺有個決斷才好。」既是私情，自然不好見於天日，賢王又素來注重名聲，看這女子鬧出這樣的陣仗，不但不好為她撐腰，說不得還會惱怒此女太過不識時務……

看這對母女的樣子，怕是不稟報齊灝，就不會放自己過去了。扶疏點點頭，正色道：「也好，倒不知道王爺也在這裡，莫統領，還望代為通報，就說故人來訪。」

不知道王爺在這裡？尹鳳珠恨得眼睛都是冒火的，不知道妳會挖空了心思往我們府裡鑽？

顏氏卻是暗喜，想著對方既然按自己說了做的，必然是有些心虛的，而且眾目睽睽之下，賢王說不得更會怨怪這女子不懂事。

莫方點了點頭，留下莫平陪侍在扶疏左右，自己則轉身快步往院裡而去。

不一會兒，一陣急匆匆的腳步聲便在院裡響起。

顏氏母女都是一喜——腳步聲明顯有些重，怕是莫方被罵了，鎩羽而歸，心情不佳之下，才會如此，卻完全忽略了旁邊已經躬下身來的莫平——

莫平的耳力，自然一下聽出快步迎出來的正是自己主子。

果然院門響處，頭戴金冠、身穿紫袍的齊灝匆匆而出，正眼也沒瞧顏氏母女一眼，卻是直直地落在扶疏身上，半晌嘴角慢慢上揚，露出一個大大的笑容。「原來竟是貴客駕到，倒是孤怠慢了，若有失禮之處，姑娘千萬海涵一二。」

貴客？顏氏和尹鳳珠先是被齊灝臉上的笑容晃花了眼，然後齊齊一震，不敢置信地瞧向仍是滿臉髒污的扶疏，王爺說，那是他的，貴客？還要人家，海涵?!

「王爺太客氣了。」方才莫方離開時，莫平早機靈地著人打了盆水過來，扶疏拿了絹帕擦去臉上的泥水，一張姣好的小臉兒也就顯露無疑；雖是瞧著年齡尚小，卻能看出是個小美人來，再配上自然而然流露出的雍容氣度，竟是連旁邊自來以大家閨秀自覺的尹鳳珠也比了下來。「原是偶爾採得些果子來，不想竟得以再見王爺，真是榮幸之至。」說道「榮幸之至」時，扶疏的語氣明顯有些不太平和。

這齊灝和自己就是天生不對盤吧？好像從碰見他就沒什麼好事。自己怎麼說也算救了他一條命吧？就算打了他一下，可也是為了他好對吧？最後更是苦哈哈地幫他找了靈藕草拿回去救他的娘；可這人倒好，竟是毀了自己的小農莊不說，還派人把自己那麼好的大哥給抓了！還什麼「賢王」，自己瞧著，這般橫行霸道，又哪裡配得上一個「賢」字。

旁邊的尹鳳珠氣得不住咬牙，果然是個小騷狐狸！架子端得這麼足，明顯是要給自己難看，不就是仗著賢王這會兒稀罕她嗎？真是將來王爺膩了，或發賣或打殺也是有的——賢王這般貴寵的人，婚事十成十還得皇上作主，甭說表姊，便是自己也不是這賤人所能比的。以今上的性子，斷不會容賢王賜婚前如此荒唐的！

顏氏經的事畢竟多些，也因此，卻也越發鬧不明白眼前這兩人到底是怎麼一回事——畢竟是成婚多年的婦人，顏氏已經看出齊灝的神情中並無多少男女狎昵之情，言行舉止間，反倒透著那麼股尊重。

只是齊灝地位之高，又有什麼人配得上他的尊重？說句不好聽的話，便是自己這府尹夫人一直小心翼翼地伺候著，那齊灝客氣之外仍是有著一種高高在上的疏離，好似時時刻刻提醒著自己，那是龍子鳳孫，是自己只能小心伺候、遠遠仰望的。再說句不好聽的話，便是他的正室王妃，也得覷著他的臉面說話！

偏是對這女子，竟是不獨沒有一點兒王爺的架子，還唯恐對不住人似的。

穩了穩心神，顏氏上前一步衝著扶疏勉強笑道：「原來確是王爺貴客，方才多有唐突，還請王爺多多原諒才是。不知可方便見告名諱，下次再見著，也不至於再衝撞了不是？」

這番話明顯帶有打探的意味，齊灝沈吟片刻，先是衝著扶疏淡然一笑，方道：「說什麼榮幸，你我以後同殿稱臣，說不得孤以後還有不少事要麻煩陸大人才是。」

陸大人？扶疏嘴角抽了抽，這傢伙又在玩什麼花樣？上次已經領教了齊灝的手腕，委實是個心機狡詐的！只是他現在既然這般說了，畢竟有求於人，貿貿然反駁的話，怕是不太妥當。

齊灝卻完全把扶疏的狐疑給忽略不計了，終於轉頭對正自目瞪口呆的顏氏和尹鳳珠道：「既然妳們問起，認識一下也好——這位是神農令陸大人。既然孤暫居尹府，陸大人以後少不了常常來往，切記無論陸大人何時前來，都莫要阻攔，只管領了見我便是。」

神農令？顏氏的腦子仍然和糨糊一般，那「神農」兩字倒是赫赫有名，威震大齊，偏這神農令，還是第一次聽說，難不成是神農山莊的人不成？只是這麼小的年紀，就是官身了，那神農山莊也太可怕了吧？竟是訥訥地說不出言語。

半晌顏氏後退一步，讓開道路，拉了一下仍是石化狀態的尹鳳珠，神情苦澀道：「原來是陸大人，陸大人請，以後再來，切莫要扮成這般模樣，沒得引起不必要的誤會。」

心裡卻在尋思著，或者要趕緊送個信給老爺，讓他參謀參謀，這到底是怎麼一回事？哪知對面方才還鎮定自若的扶疏這會兒卻彷彿失了魂般，竟是對自己的話恍若未聞，不只哼都不哼一聲，更是傻愣愣地瞧著賢王，正眼都不往自己這邊瞧。

尹鳳珠越發不忿，也顧不得是在賢王面前，竟是一扭臉，恨恨地轉身就走。

顏氏也是個有眼色的，雖則心裡惱火，卻還是強忍了告了退，這才帶著眾人離開。

第三十一章　戲劇性的反轉

齊灝一直笑吟吟地看著石化狀態的扶疏，甚至忽然心血來潮，伸手在扶疏面前晃了下，哪知手卻忽然被人抓住。

「你方才，稱我什麼？」

「神農令啊。」齊灝回答得依舊雲淡風輕，卻在對上扶疏灼灼的雙眸時，不自覺慎重起來。心裡忽然覺得有些怪怪的，自己府裡古書頗多，會知道神農令的存在也不奇怪，這陸扶疏怎麼也這麼大的反應？那般珍貴典籍，可不是村夫野老所能接觸到的。

扶疏強壓下心頭的驚濤駭浪，繼續道：「為什麼？」

外人或許不知道神農令究竟是做什麼的，扶疏這個上一代神農山莊的掌舵人，卻是再清楚不過——

那是姬家第一位先祖遍嚐百草救了一地百姓後，得到當時朝廷的第一個嘉獎；雖然不過是正八品的官職，卻代表著神農氏姬家從此得入帝王眼。後來那位先祖更是屢建奇功，官職更是一路高陞，直到最後成為神農王。

只是姬家人卻是淡泊名利慣了的，雖是依了皇上的主意在京郊附近建了神農山莊，卻對那神農王之類的世俗官位不感興趣，只是一心向農，到最後，索性辭了王爺的位置，專心致志地做起了神農山莊的莊主。

卻不想這樣做反倒歪打正著，這般直爽的性子，倒是讓歷代皇帝更加放心，反倒賦予了山莊更多的特權和庇護；甚至京城屢遭戰火，皇家也換了幾撥，神農山莊依舊屹立不搖。無論哪家當了皇上，第一個要拜訪的也一定是神農山莊，以至於幾百年下來，山莊早有了不是王侯勝似王侯的特權，那些世家還可能因皇上不喜被褫奪權力地位，神農山莊卻是歷經風雨屹立不搖。

而當初先祖做過的神農令一職雖然還有，卻再沒有任何人再出任過——一開始是作為神農山莊的一項殊榮，但凡先祖做過的職位，憑他是誰，都是沒有資格再出任的。

後來時日久了，山莊早成了人們心目中神話一樣的存在，又有歷代山莊莊主舉世無匹的實力，神農令這一職位早沒了存在的必要，也就漸漸被人們拋在了腦後；幾百年來，除了神農山莊的家史上還記載相關事蹟外，怕是應該沒有人再記起相關事情。

「為什麼？」齊灝卻是久久未曾作聲，神情裡更是一片冰寒。

齊灝地位尊貴，皇上更賦予了他選拔人才、暗中監督百官的特權。

神農山莊作為大齊安定的關鍵，齊灝本來對它持有的只是敬意罷了；卻不料自從姬扶疏小姐離世，神農山莊於自己興農事的本職事務不甚熱心，反倒以前所未有的熱情投入到了爭權奪利之中，甚至對皇上諸般事務百般掣肘。

可是那些大臣還好說，生殺大權完全掌握在皇上的手裡，神農山莊卻是天下農人的希望，所謂民以食為天，若是皇家出手對付神農山莊，勢必會引起天下大亂。

皇上雖是焦頭爛額，卻竟是拿這神農山莊沒有一點辦法。

齊灝看在眼裡，每每也甚是憂心，而這次來連州尋藥，更是因陸家平一事，對神農山莊姬家人的不滿達到了頂點。

絕不能放任姬家繼續一家獨大，可能的話，必須找有相當能力的人加以制衡。只是想法雖好，那樣不世出的高人，又豈是隨隨便便就能找到的？卻不料，老天竟然如此幫忙，把這麼一個驚才絕豔的人物送到自己眼前——自己瞧著，陸扶疏現在的本事，便是比起那商嵐來，怕也差不了多少！

竟然按照祖上曾經的足跡再次走入朝堂嗎？扶疏頓時有些百感交集，再抬起頭時，神情間明顯帶有興師問罪的意味。

「王爺，扶疏這次來尋王爺，並非為了神農令，而是，想讓王爺給扶疏一個交代——」

「有這回事？」聽扶疏說完前因後果，齊灝不由一愣。自己怎麼不知道，什麼時候派了府衙的人去抓了這丫頭的哥哥？還連人家的農莊也給搗毀了。沈思半晌，恍惚憶起——

好像陸家平是向自己討了一個手令，說是某處有個藥園子，說不好會有自己想要的東西，不然派人去查看一番……難道其實是陸家平公報私仇，不但沒有去尋藥，反而跑去搗毀了扶疏經營的農莊，還抓了她大哥？

一想到自己竟被陸家平那個小人給耍了一回，齊灝臉色頓時有些不好看。

莫平的聲音隨即在外面響起——

「王爺，連州府尹尹大人在外求見，王爺看——」

「讓他先去牢裡把一個名叫陸家寶的人犯給放了，再來見我。」齊灝聲音明顯有些不高興。這尹平志是怎麼辦事的？自己條子上明明只說求取藥物，他倒好，竟是差人把農莊給拆了不算，還把人給抓了；虧得不是自己府裡人，不然，自己的名聲都給敗盡了！

尹平志本就等在外面，聽到齊灝不悅的聲音，驚得冷汗都下來了——方才聽夫人差人說，王爺接了一位姓陸的什麼神農令到府中，言語間頗為含糊，自己就覺得有些不對，現在王爺又這個語氣，難不成是夫人和女兒惹了王爺抑或那貴人不成？

啊呀不對，神農令姓陸，關在牢裡的那人也姓陸……卻也不敢再問，忙不迭上了馬便急急地往牢房的方向而去。

大牢。

「爹，憑什麼那傻子能吃上白麵饅頭，我們就只能用些餿飯？」陸家成貪婪地盯著對面牢房裡家寶面前的饅頭，眼睛都要冒出綠光來。

還真是冤家路窄，這對父子怎麼也沒有想到，被關到大牢裡不算，竟然還和這個大傻子住了個對門。

只是這些牢頭是不是吃錯藥了？那陸家寶明明是坐牢，每天卻還有白麵饅頭吃，反倒是自家，除了這餿飯，就再沒見過其他？

家寶還未開口，那牢頭已經猙獰一笑。「想吃白麵饅頭？好啊，讓你們家人送銀子來啊！」

牢頭正是張彪的心腹，得了扶疏的銀子，自然掂量得出來該怎麼做。

「爹——」陸家成嚇得往後一縮，一下藏到陸清宏的身後。

陸清宏哪有心情理他，本還想著自己父子會被送到這裡來，一定是場誤會罷了，等家平知道了這事，定讓敢害自己的人，特別是陸清源一家吃不了兜著走！誰承想都這麼多天了，長子也沒派人接自己出去，難道真的，出了什麼事？

正神思恍惚間，又一個獄卒進來，明顯是喚先前的牢頭有事。

這些人離開了，又不知什麼時候能再見到個人影！陸清宏忙喊了聲「且慢——」。狠狠心，抬手用力在嘴裡一摳，竟是取出了顆金牙顫抖抖遞過去。「求差爺幫小人個忙，幫著打聽一下我兒子陸家平，我兒子是神農山莊的管事，一路跟著賢王爺回到連州……」

「神農山莊的管事？還跟著賢王爺？」後進來的那個獄卒忽然想起了什麼，明顯一愣。「你們家，姓陸？」

「正是姓陸。」陸清宏頓時喜出望外，難不成還真有自己兒子的消息？

「姓陸又怎麼樣？」先前那個獄卒撇了撇嘴，指了指家寶。「喏，那個也是姓陸呢。」

「姓陸的多了，可又是神農山莊的，又跟著賢王爺做事……」後面那個獄卒神情卻明顯很是戒慎。「你不知道，方才府尹大人把我叫了去……」

卻是方才，尹平志正招這獄卒問話，府裡的下人卻驚慌失措地跑來，說什麼有什麼神農山莊的陸大人到了府裡，甚至驚動得賢王爺都親自出來迎接，夫人請老爺趕緊回去一趟！

「那就是我兒子！」陸清宏一下站了起來，激動得聲音都是抖的。「你們說的神農山莊的陸大人就是我兒子，我就知道陸清源那混帳東西胡說八道！我兒子可是賢王爺的左膀右臂，他很快就會來救我們出去了！」雖然只是聽了那麼一耳朵，可是好像和這老東西說的能對得上八分。

兩個獄卒頓時面面相覷——他們雖不明白這兩個人因為什麼被抓進來，卻是清楚倘若那什麼陸大人真是眼前這個老頭子的兒子，把人給救出來，那還不是一句話的事；而若是得罪了王爺的紅人，別說他們，就是府尹大人也吃罪不起。

兩人也都是老於世故的，監獄裡什麼樣的人物沒見過，還真是有些人出了牢門又飛黃騰達的！

「哎喲，您老的東西還是自己收著吧。」已經把金牙攏在袖子裡的那個獄卒，忙把金牙遞還過去。

陸清宏老實不客氣地接了過來，心想他們話裡的那位陸大人，除了自己兒子，再不會有第二個人，不用等多長時間，長子就會抬著轎子接自己和小兒子出去。

那抓了自己的府尹大人惹不起，自己那庶弟一家卻是再不能留。

「兩位差爺，瞧瞧這飯是人吃的嗎？」陸家成也來了精神，很是不高興地指了指地上那碗餿飯，又朝陸家寶正拿在手裡的饅頭努了努嘴。「我要吃他的饅頭。」

「啊？」兩個獄卒雖是有些不喜，只是沒弄清對方的確切身分前，又怕萬一這一家的兒子真是王爺面前的紅人，微一猶豫還是答應了下來。「你們等著，我這就去拿饅頭來。」

「先把他那個拿過來。」陸家成卻是堅持要陸家寶手裡的。「把我的這碗飯給他。」

獄卒無奈，只得奪過家寶手裡的饅頭遞給陸家成，又把那碗餿飯送到家寶面前。「你就先將就一下。」張彪那個心腹低聲道，心裡卻在盤算著，這小子的處境看起來不妙啊，要真是對面那家人得了勢，自己怎麼覺著這個陸家寶就會最先倒楣？

家寶方才也是聽到了幾人對話的，臉色早已是鐵青——自己怎麼樣，倒完全不在乎，就怕他們會繼續害自家；還有扶疏，進了軍營這麼久，也不知道現在怎麼樣了……

陸家成瞧著家寶絕望的模樣，卻是開心至極——要不是這家人，說不定這會兒董靜芬那個小騷貨還在自己身下承歡獻媚呢！還害得自己被人抓了兩次，等出得監牢，自己一定要讓他們家知道，什麼叫生不如死！

正自想入非非，牢房外忽然又響起一陣急促的腳步聲，隨著牢門打開，身穿官袍行色匆匆的尹平志，帶著幾個心腹大步而入。

「府尹大人——」兩個獄卒倒是乖覺，趕緊上前迎候。「不知大人有什麼事情吩咐？」

「這裡面可是關押著一位陸公子？」尹平志站住腳，雖然沒見著那位陸大人的面，卻分明從賢王爺的態度裡感覺到，那人在賢王面前絕不是一般的得寵。

竟然勞動府尹大人親自前來？兩位獄卒暗嘆一聲「好險」。

那邊陸家成已經傲慢地站了起來道：「我就是。」又衝著一副老太爺派頭的陸清宏道：「爹，一定是大哥派人來接我們了。」

聽陸家成自稱自己就是「陸公子」，尹平志本已經滿面笑容地跨前一步，卻在聽到陸家成後一句話後又站住腳——自己回府後可是詳細問過，那位陸大人明明年紀尚幼，也就十多歲罷了，怎麼會有年齡這麼大的一個弟弟？還有王爺可是說得清楚，只讓放一個叫陸家寶的人出來，怎麼這不一會兒工夫，牢裡的人就變成兩個了？

尹平志當下狐疑道：「閣下就是陸家寶陸公子？」

「什麼陸家寶——」陸家成卻是一臉的不高興，很是不耐煩地翻了個白眼。「那陸家寶就是個傻子罷了，也敢稱陸公子？我是陸家成——」話音未落，尹平志的臉一下沈了下來。

「滾！」尹平志轉身就走。

「哎，我哥可是陸家平——」

這句話一出，尹平志終於知道這人是誰了，氣得一跺腳——當初自己的手下會誤抓了陸家寶，惹得王爺震怒，可不就是因為那死鬼陸家平！

「塞住他的嘴，捆了！」

「你們幹什麼？」看到尹平志親自來尋一位「陸公子」，陸清宏本以為自己否極泰來，很快就會被這位府尹大人恭送出去，甚至想好了要沾兒子的光，好好地擺一回譜，卻哪裡料到，對方竟把自己小兒子給捆了！「我兒子可是陸家平——」

「陸家平？」尹平志陰陰地冷笑。「竟敢冒充神農山莊的高人，糊弄王爺，害得王爺差點兒就……你們那個兒子死有餘辜！還是，你們現在就想去和他作伴？」

「不，不會的——」陸清宏只覺腦子轟地一下，無論如何也不肯相信尹平志的話——自己兒子要是死了，那個連王爺都紆尊降貴親自迎接的陸大人又是誰？

那獄卒卻已經機靈地引著尹平志到了家寶的監牢外。「這裡還有一位陸家寶陸公子，大人您瞧——」

陸家寶？尹平志臉上頓時露出溫和的笑容，親自打開牢門，對著家寶道：「陸公子，本官奉了王爺的鈞命，來接您出去。以往之事，全是誤會，都是那陸家平搞鬼，才使得公子淪落至此。公子快隨我去見王爺吧，陸大人正在那邊候著呢。」

「不可能——」大喜大悲之下，陸清宏終於受不住，一下暈了過去。

「不對——」陸家成卻是瘋了一樣，拚命地晃著鐵柵欄。「你們一定弄錯了，那位陸大人一定是我哥哥陸家平——」

卻被旁邊的獄卒上前就給捆了，又隨手拿了塊抹布塞住嘴。

陸大人？直到走出監牢，家寶都是暈暈乎乎的，實在弄不明白，自己家裡怎麼就會出了個陸大人？

甚至還小心翼翼地向尹平志求證，這位大老爺是不是弄錯了？

直到莫方、莫平親自接出來，並把他領進小院，又指了指書房道：「陸公子，陸大人已經在裡面候著了。」

家寶猶豫了半晌，終於大著膽子推開門，卻在看到正拿著塊點心津津有味吃著的扶疏時，徹底傻在了那裡——

自己的妹妹，就是……陸大人？

第三十二章　進山

「那什麼陸大人……真的就是妳？」雖然已經親耳聽扶疏承認，家寶仍是不敢相信自己的耳朵。

扶疏撫額——從出了尹府，這一路上大哥不知道已經重複了多少遍！當下搖頭道：「不過是賢王感激我幫他尋到了靈蘢草，也就是名字好聽些罷了，也不算什麼官的——」

「是，這樣嗎？」家寶愣了下，心終於稍稍放下了些，好像確實沒聽過這麼個官職呢！若就是個稱呼，妹妹的農藝水平之高，確是完全配得上的。這般想著，提著的心終於放了下來。

扶疏卻也不準備解釋——神農山莊是自己必須扛起來的責任，自己無論如何，不會讓它落於奸人之手，成為他們手裡追逐權力、翻雲覆雨的工具。只是正如自己和齊灝所想，這條路委實太過艱難坎坷，以自己今時今日的力量，想要扳倒那幫目前已經名正言順的族人，真是難如登天；怕是稍不注意，就會禍及家人，既然如此，這條路，還是自己一個人走得好！

「咦，爹，二哥——」扶疏眼睛一亮，卻是陸清源和家和已經在家門口候著了。

「那什麼神農令，大哥就當沒聽過吧，不當吃、不當喝的，沒得被人笑話。」

扶疏笑著囑咐完家寶，便搶先一步，上前攙住陸清源喚道：「爹——」

「家寶，你可回來了。」陸清源哽咽著不住拿衣袖拭淚。

「爹——」看著陸清源明顯衰老了的容顏，家寶心裡一酸，撲通一聲跪倒。

「大哥……」家和也紅了眼圈。

「好了好了，回來了就好，我就說嘛，咱們家寶福大命大，肯定不會有什麼事的——」聞訊而來的陸丙辰也忙上前勸解，卻在看到陸清源家家徒四壁的破敗院落後嘆了口氣，這次委實是清宏做得太過了！

「怎麼會有事！」一旁顛顛兒跑過來的張彪終於找著了機會插嘴，陪著笑臉道：「陸公子，原來您竟然是王爺的貴客，以往是我有眼不識泰山，唐突了貴人，您大人不記小人過，可莫要怪我才好！」

「王爺的貴客？」正自拭淚的陸清源一下愣在了那裡，就是陸丙辰也張大了嘴巴。「這是怎麼說的，怎麼還驚動了王爺嗎？」

早聽說連州地面來了個了不得的王爺，還有那陸家平，敢這麼明目張膽地欺負自家，不就是仗了那王爺的勢嗎？怎麼到頭來，家寶倒和王爺扯上關係了？

「哎喲，您老不知道吧？」當時在大牢裡，尹平志對陸家寶的親熱模樣，張彪雖然不在場，卻也聽自己心腹轉述了七七八八；畢竟老於官場，前後一聯繫，便馬上明白，能讓府尹大人那般誠惶誠恐的，這連州地面上也就一個賢王爺罷了。後來又親眼見到陸家寶被一頂轎子抬到府尹府邸，聽說還是王爺的侍衛統領親自接進去的。

「令郎可是得了王爺的青眼呢，這以後前途定然不可限量，到時候，還要陸公子多多照應才是。」

一番話說得陸清源越發受寵若驚，連帶著看向家寶的眼神都有些惶恐。

「對了，爹，我和大哥這一、兩日還要出去一趟，幫賢王去山裡採些草藥。」扶疏對陸清源道。

賢王府的那位王妃娘娘的藥物還沒有備齊，還有青岩需要的血蘭和蓮靈果——自己勢必還要和大哥離家一段時日。

聽說是為賢王做事，陸清源哪有不願的，當下一口答應了下來。

又套了輛牛車，第二天親自把兩人送至連州大營。既然要進山，也不知多久才能回來，勢必要去看一下青岩；還有，雁南……哪知卻在軍營門口和另外一輛牛車正好遇上，那車把式可不正是董朝山？

隨著董朝山停好車，董靜芬從車上下來，看到對面的家寶，愣怔片刻，頭一低，淚水就流了下來。

自己果然是瞎了眼，現在才明白，這人呢，還是要知足，放著那麼好的家寶不要，卻信了陸家成的話，以致現在被秦箏轉手送給了姬青崖；說不得，以後姬青崖要是也厭煩了自己……董靜芬不敢再想，卻也沒臉面對家寶，以手掩面，踉踉蹌蹌地往姬青崖的住處而去。

扶疏和家寶也轉身往大營走去，剛走了幾步，一陣噠噠的馬蹄聲忽然在身後響起。

兩人忙站住腳，騎著駿馬跑在最前面的卻是一位劍眉星眼的中年男子，瞧著威風無比，而男子後面跟著的，可不正是楚雁南？

楚雁南也看到了扶疏，一張俊顏頓時不自覺地柔和了下來。

跑在最前面的中年男子也是一怔，打馬來至扶疏兩人跟前，竟是不錯眼地瞧著扶疏，問道：「妳是——」

端看那人位置，扶疏也明白，男子身分怕是不凡，尚未答話，楚雁南已經飛身下馬，站在扶疏身側，搶先一步道：「稟大帥，她叫陸扶疏，旁邊這位是扶疏的大哥陸家寶，他們都是我的朋友。」

大帥？眼前這位英俊男子竟是連州大帥陸天麟？扶疏愣了一下，心裡忽然有一種奇怪的感覺。

「陸扶疏？」陸天麟喃喃唸著這個名字，也是姓陸嗎？還有這年紀，盯向扶疏的眼神頓時有些灼熱。「她就是，你說的那個女孩？」聲音中竟有著強自壓抑的悲傷。

扶疏心裡奇怪的感覺更濃，家寶愣了一下，下意識地擋在扶疏前面。

楚雁南握著馬鞭的手一緊，神情卻是有些黯然——二叔這是想起了那從未謀面的妹妹嗎？

那日陸天麟情緒反常地衝出大營，直到深夜時分，才失魂落魄地回來。

當晚，楚雁南和陳乾就知道了這樣一個石破天驚的消息——二叔的女兒竟然還活在世上！

陳乾當即就想到了扶疏，聽陳乾一提，楚雁南也意識到扶疏可不是和二叔生得甚是相像。

陳乾是個急性人，第二日就派人出去打聽，結果卻是讓人失望——街坊鄰舍都一致證實，扶疏委實是陸清源的女兒。

楚雁南又親眼見過陸家寶對扶疏有多維護，聽了自然就相信了七成；再結合當日二婚待的地方，分明是距這裡數百里之遙的一個叫清河鎮的小鎮……

「是。」楚雁南點頭。

陸天麟瞧著扶疏的神情越發溫柔，看著，是個乖孩子呢！自己的女兒，是不是也這般乖巧？竟是俯身，輕輕摸了下扶疏的頭。「好孩子，若有人欺負妳，就告訴我一聲——」

直到陸天麟連人帶馬都沒了影子，扶疏卻還愣愣地站著——老天，這不是那日在閣樓裡見到的那個男人嗎？再沒想到，竟就是赫赫有名的連州大帥陸天麟！

憶及那日小木屋內所見，扶疏真是有一種作夢的感覺——

因這麼多年來生活在邊關，早對陸天麟的事蹟耳熟能詳，聽說這位大帥，自來鐵血無情，戰場之上，最是令敵人聞風喪膽的奪命修羅，萬軍陣中，取上將首級如探囊取物！以致多個敵國，聞陸天麟之名而色變，便是眾多普通人家，也以陸天麟之名來止小兒夜哭！若不是親眼所見，實在無法把傳說中的陸大帥和閣樓中柔腸百結的滄桑多情男子聯繫在一起。

與此同時，被陸天麟輕輕摸過的頭頂竟一直是熱熱的，特別是看著那漸行漸遠、脊背挺直的落寞孤單背影，扶疏這會兒竟是連胸口處也酸酸的，悶悶地發脹……

「扶疏，認識大帥？」明顯感覺到扶疏的情緒有些不對，雁南看看遠去的陸天麟，再瞧瞧有些無措的扶疏，神情明顯有些懷疑。

「啊？」扶疏終於回過神來，忙搖頭。「只是，之前，見過……」又想到雁南要知道自己那日私自上了山，還碰見了泥石流，怕是定然不開心，忙又停住。

倒也是，扶疏本就以葉漣侍女的身分在軍營裡生活過那麼多日子，真是見過二叔，倒也不足為奇。雁南很快就把方才的那點疑慮給丟開，偕著扶疏兄妹徑直往自己的房間而去。

聽到門響聲，青岩下意識地抬頭，待看到進來的人中竟然有扶疏，眼睛一下亮了起來，頭顱急速地轉動著，竟是一副想要起來的樣子。

「青大哥別動——」扶疏忙快走幾步按住青岩。

青岩不錯眼地盯著扶疏，臉上的肌肉也不住抖動著，神情明顯激動得緊——從知道小主子活著，青岩就無時無刻不想馬上回到扶疏身邊伺候！

「我知道，我知道——」扶疏輕輕握著青岩的手，低聲道：「你放心，我很好。」

「這是——」雖然青岩躺在那裡，明顯是身受重傷的樣子，家寶卻仍是神情戒備，還沒有從楚雁南竟然是個了不得的校尉這樣的驚嚇中恢復過來，又乍然發現，連床上躺的這個瞧著氣勢不凡的驃悍男子，竟也是和妹妹關係匪淺的樣子——自己妹子委實好得不能再好了，那些男子卻不免讓人覺得居心叵測了些。

「這是青岩大哥。」扶疏卻是不準備多說，前世今生的事情，又哪是一句話可以說得清楚的？只簡單道：「我以前多蒙青岩大哥照顧。」又轉頭對青岩道：「他是我大哥，叫陸家寶。我和大哥馬上就會進山。」

多蒙照顧？家寶卻是理解為，八成是指之前扶疏在軍營的時候，瞧這個男人都這般模樣了，竟還處處維護扶疏嗎？憨厚的臉上頓時露出感激的笑容，有些笨拙地道謝。「青大哥，多蒙你照顧我妹子。」

這人是，小主子這一世的兄長？青岩細細打量片刻，表情明顯緩和了些──上一世，小主子就總是盼著能有個兄弟姊妹，可惜主母體弱，始終不過只有小主子一個罷了；倒沒想到，這一世還能圓了那時的願望，而且瞧著，小主子的這個兄長對小主子很愛重呢！

轉而又釋然，小主子那般善良的性子，這世上又有哪個人會不喜？當下眨了眨眼睛，微微笑了下。

「決定好什麼時候上路了嗎？」楚雁南瞧向扶疏。

「待會兒就走。」扶疏也沒準備瞞他，坦然對著雁南的眼睛。「我不在的這些日子，青岩就交給你了。」

青岩目前仍是沒有脫離危險，自己可不信那些利慾薰心的族人，目前唯一可以託付的，也就是雁南罷了。若說之前還有些惴惴，待見識了雁南那日霸氣的一面後，扶疏算是明白，起碼在這軍營裡，那些人絕對不是雁南的對手。

「我去大帥那裡一趟。」楚雁南卻彷彿沒聽見扶疏的話，竟是轉身大踏步而出。

「哎──」扶疏一愣，自己還有話沒交代完呢，這人怎麼就走了？

「等我回來。」楚雁南撂下這句話，很快就沒了影子。

再過得片刻，門輕輕一響，扶疏抬頭，眼中閃過一抹驚豔來──

卻是楚雁南已然把官服換成了一身利索的黑色武士常服，明明是很普通的樣式，穿在雁南身上卻分外得養眼，越發襯得面若傅粉，俊美逼人。

「走吧。」楚雁南抿了抿嘴，上前一步揹起扶疏面前的小背包，又從門後拽出自己的包裹。

「啊，那個雁南……你、你也要去？」扶疏終於回神，眼疾手快地一把拽住楚雁南的衣襟，半晌才反應過來，登時有些發急。「咱們都走了，青大哥怎麼辦？」

楚雁南笑笑地瞧著那死死攥著自己衣襟的瑩白小手，慢條斯理地道：「大帥答應我，會保證青岩的絕對安全。」

「怎麼可能？」扶疏越發如丈二金剛，摸不著頭腦，陸天麟和自己或者青岩並無交集，自己可不認為，他會願意為了區區一個青岩，公然和神農山莊對上。

「大帥和已故的楚帥是結拜兄弟——」楚雁南無奈，只得進一步點明。話說丫頭看著聰明，卻偏是在一些事情上遲鈍得緊，就比方說自己的身世，這丫頭十成十到現在也不知道。

「啊呀，我怎麼忘了，陸帥和楚帥是結拜兄弟！」扶疏恍然。「我早說嘛，陸大帥看著就是大義凜然的模樣，既是楚帥的兄弟，人必定是很好的。」

長出一口氣，別的地方不敢說，軍營裡絕對是陸天麟最大，他既然答應保護青岩，那就意味著無論是神農山莊的叛賊，還是其他居心叵測的人，都將找不到絲毫的可乘之機。

楚帥的兄弟定然是好的，那楚帥的兒子呢？雁南嘴角是怎麼也控制不住的笑意，甚至忽然有一種衝動，想要把這話問出來，半晌卻還是咽了回去——

扶疏，很快妳就會發現，楚無傷的兒子，更好。

家寶的神情卻是有些古怪，這位楚將軍，果然是有些毛病吧？妹子明明在誇陸帥，這人至於笑得這麼見牙不見眼嗎?!

「就是這裡了！」三人東西簡單，腳程也快，很快就來到了扶疏說的那個入山口——天碭山最是險峻，山中又多毒蟲野獸，不然，也無法成為大齊矗立在邊境的一道不可逾越的天險。

而生長天地珍寶的所在，更是步步荊棘、危險叢生，再加上前兒的一場暴雨，山裡的形勢更是多有變化，扶疏這幾日四處探查，最終選擇了鐵嶺脊這處相對安全的所在作為行程的起點。

「什麼人？」扶疏剛要瞧瞧齊灝的人是不是已經到了，茂密的叢林忽然一陣晃動，兩隊手持兵器的男子赫然出現在眼前，為首的男子一隻眼睛戴著個黑色的眼罩，越發襯得人凶狠而陰毒，不是跟在秦箏左右的那個想要對青岩下毒手，結果卻被楚雁南毀了一目的侍衛統領李良，又是哪個？

還沒想出個所以然，又是一陣噠噠的馬蹄聲在身後響起，眾人循聲望去，卻是足有幾十人，正騎著高頭大馬快速而來，遠遠地能瞧見鄭國棟、周楷嚴及秦箏的影子，而被簇擁著走在最中間的，則正是姬青崖和葉漣。

姬青崖也要在今日上山？扶疏愣了一下，立馬明白對方會出現在這裡的原因，微微皺了下眉頭——從鐵嶺脊這兒入山，不只相對來說最安全些，便是找到所需藥材的把握也更大些；罷了，為了盡快找到血蘭及相關珍貴藥材，也只能忍受和這些討厭的人暫時同行。

姬青崖也看到了扶疏三個，卻明顯有些誤會了，來至邊關的這許多日子，姬青崖分外真切地體會到了什麼叫人外有人；被那秦公爺比下去也就罷了，偏是還有個更打擊人的楚雁南，不只年齡比自己小，外貌更是強過自己不止一點、半點兒。

甚至是自己最引以為傲的家世，和楚雁南的戰神遺孤比起來，也沒給自己帶來多大便宜——那賢王齊灝，不就當著眾人的面利用楚雁南下自己的臉面嗎？也因此，姬青崖真是憋著一口氣，早就把齊灝連帶楚雁南恨得入骨！

只是那日接到莊主的來信，卻是對他的諸般行為罵了個狗血噴頭！姬青崖實在想不明白，莫不是莊主是神人嗎，不然，怎麼會對自己的一言一行瞭若指掌？

卻也因此，對從未謀面的姬嵐更加敬畏——沒有姬嵐，說不得所有人還在坤方之地受苦，而這人神通之廣大，也委實讓人心驚；若是自己這次沒辦好交付的任務，怕是在莊裡再沒有出頭之日了。

卻沒想到，連進山採個藥，都會碰見楚雁南這個討厭的人！姬青崖心裡忽然一動，難不成，楚雁南也是為了血蘭？忙注目身側的鄭國棟。

鄭國棟會意，催馬上前。「楚將軍今日當值？還是，另有貴幹？」

「上山。」楚雁南卻是神情冷淡，絲毫沒有進一步交代的模樣。

鄭國棟氣得咬牙，就是這豎子，斬斷了兒子一條胳膊！臉旋即沈了下來道：「為大齊和謨族會盟大計，即日起，除了姬公子和葉漣公主一行，任何人不得再由此處進入天碭山，楚將軍還是移駕，速速離開這裡為好。」

任何人不能從這兒過？扶疏愕然，這人果然霸道，這麼大個天碭山，竟是成他們的了；意思明明就是說，即便天碭山裡有血蘭，也只有他們才能去找！

不覺抬眼看向始終靜默的葉漣——姬青崖這樣的人，真的是好丈夫的人選？

葉漣睨了扶疏一眼，一副看好戲的模樣——想要利用自己，也得看有沒有那個本事，若是連山都進不去，別怪自己翻臉無情。

「哎喲，陸小姐，陸公子，楚將軍——」又是一陣清脆的馬蹄聲，一個勁裝男子隨即如風而至，到得眾人面前很快下得馬來，衝著扶疏三人恭恭敬敬地一拱手。「莫方到得遲了，還望恕罪。」

周楷嚴愣了一下，這不是賢王駕前的大統領莫方嗎？

莫方已經大踏步上前，把扶疏及陸家寶的包裹一併揹在身上，竟是十足的手下模樣，問道：「小姐，咱們現在上山嗎？」

扶疏點頭，施施然起身，徑直往山口而去，楚雁南幾人忙跟上。

「莫統領，你們是——」鄭國棟愣了下，臉色就有些不好看——自己可是剛撂下話來，任何人不得由此處上山，沒想到馬上被人打臉；只是若對方是齊灝派遣的，自己卻是無論如何不能阻攔的。

「奉王爺命，為我家主母上山採藥。」莫方站住腳，神情已不復方才的恭敬。「不知鄭大人有何吩咐？」

我怎麼敢吩咐你啊！鄭國棟臉色微微有些扭曲。誰不知道皇上有多寵愛齊灝！真是攔下楚雁南，皇上應該不會說什麼，要是聽說自己為難賢王，自己那姊夫說不好就會翻臉不認人，卻還是想阻止幾人上山。「賢王果然至孝，不知是什麼藥物，不然告訴姬公子，正好姬公子要進山採摘血蘭——」

「多謝大人好意，神農山莊的本事我們已經領教了，告辭。」竟是當先探路，往入口而去。

見是莫方親自陪同，便是一旁摩拳擦掌，早準備好了兩下一言不合就開打的李良，也不得不讓開身軀——賢王目前還分管禁軍，真是得罪了齊灝，自己就等著被永久性地踢出朝堂吧！

第三十三章　驚現高人

目送扶疏幾人身影漸行漸遠，眾人臉色都有些不好，尤其是秦箏，見扶疏竟是正眼都沒瞧自己一下，心裡真不是一般的堵，旋即卻又迷茫，自己怎麼跟中了邪一樣，明明是沒有任何關係的一個小姑娘罷了，又理她做甚？偏是這顆心，竟是無論如何也放不下來……

不說血蘭如何難尋，單是這一路上，就不定怎麼凶險！也不知那齊灝到底有哪裡好，小丫頭竟是為了他這般拚命，還跟楚雁南那般害人不淺的混帳東西攪和在一起……

姬青崖兀自咬牙，倒是他旁邊的一個瘦高男子蹙眉看了下天色，輕聲道：「公子，時間不早了。」因本來說要陪同姬青崖去採摘血蘭的商嵐突然被莊主緊急召回京都，莊裡便又派了同樣精通農藝的姬木枋來。姬木枋乃是莊主姬嵐的心腹，也是莊裡有實權的大管事，農藝水平也是極高的；而且因著他和莊主的特殊關係，姬青崖待他可比待商嵐客氣得多。

這男子秦箏也認得，名叫姬木枋，前些日子商嵐有事離開，便是這姬木枋拿了姬嵐的親筆信前來。說起這人的身世也頗有傳奇之處，本是商嵐身邊的貼身隨從，卻萬沒料到，真實身分竟是姬家流落在外的旁系後人，聽說深得現在莊主姬嵐的信任，身分倒是遠比從前的主子商嵐還要貴重得多了。

依著姬青崖的意思，本還想再多寒暄會兒——甭說那楚雁南怕是垂涎葉漣賊心不死，便是齊灝，特意選在這一日派了這麼幾個人上山，未嘗不是事前探聽清楚了自己的行程才會故意為之。自己這次上山，除姬木枋外，還有幾個家族公認農藝高超之人，那楚雁南等人，明顯是想跟著沾光的，不然怎麼會也特意選在同一個地方上山？

自己在外面停留得久些，便是他們臉皮再厚，應該也不好意思在原地等著的！

只是姬木枋既然開了口，饒是姬青崖這般自詡姬家嫡支的後起之秀，也不敢太過托大，當下點頭應了，和眾人一一告別。

而此時，扶疏等人卻已是身在數里之外的叢林之中。

這鐵嶺脊是天碭山的一個支峰，因地處山脈北麓，溫度更低。別處這會兒還是深秋季節，或濃綠或金黃，偏這鐵嶺脊中植被大多枯萎，早早地呈現出冬日的衰敗來。

走了有小半個時辰，前面卻突然出現一大片遮天蔽日的闊大叢林來。林子中的樹木高可參天，枝椏更是交錯縱橫，那闊大的葉子則是一種罕見的銀白色，葉子邊緣還有細細的絨毛，憑空滲出一層冷意來。

扶疏幾個因進山的時間較早，還能看清楚那葉子上滾動的晶瑩剔透的露珠。

「收集些露水來。」扶疏拿出幾個葫蘆，分給家寶三人。

莫方是早就對扶疏佩服得五體投地，家寶則是向來知道自家妹子的本事，至於楚雁南，卻從來是無論扶疏說什麼都無條件答應的。

三人聽話地接過葫蘆，就忙忙地跑去收集露水。

扶疏則是觀察了一番地形，徑直走到一棵白色的樹皮中隱隱透出碧色的大樹旁，從懷裡摸出一個匣子，打開來，裡面卻是放著數十枚蒗芽的葉子，看了眼正專心收集露珠的楚雁南，嘴角露出一絲笑意。

姬家被稱為神農氏，並非沒有原因的。但凡姬家血脈，對自然界的物種都有特殊的感應，天分越高，感應便越靈敏，掌控植物的能力便越強，甚至到最後，天下萬物或枯萎或繁茂或生澀或成熟，都可盡在掌握之中。

據家族秘史記載，從古到今，家族中也就由曾任神農令而至神農王的第一代先祖姬桓，達到了那般境界。

作為神農氏的後裔，扶疏也可算是天賦異稟，上一世十八歲之齡，感應萬物的靈敏度之高，便已超過乃父；以致姬父在日常常感慨，將來能繼承神農氏衣缽，再現先祖姬桓當日神奇才能的，也就扶疏大有希望罷了，便是大齊皇上，也對扶疏殷殷期盼不已——

想當初姬桓在日，不只能第一時間因地制宜得出某地最適合生長的農作物種類，更可掌控造化神奇，提供最優質的種子，糧食土地產量之高，遠超世人所能想像；甚至普通人家數畝田地，便可養活一家幾口有餘，竟是不過數年之間，天下人再無饑饉之累，國庫存糧堆積如山，所謂「稻米流脂粟米白，公私倉廩俱豐實」，便是當時最真實的寫照。因著姬桓的超凡出世，那本已窮途末路的鄧氏王朝，竟又足足多延續了兩百年之久。

卻不料，扶疏卻是少年夭折！以致皇上當時撫棺長嘆「天不佑大齊」，若然扶疏不死，必能重現姬桓那時的盛世景象，外敵何愁不滅，天下何愁不平，大齊屹立世上當會穩如泰山，當真千秋萬代，也未可知！

扶疏更是作夢也沒有想到自己死了後竟能復生；這還不算，更匪夷所思的是，扶疏重生後才發現，自己竟把前世的能力帶到了這一世，甚至現在，對植物感知的靈敏度已能和上一世的自己相比肩。

現在有了雁南的蒗芽，無疑更是如虎添翼；若再能得機緣巧合，碰上些能令靈敏度大大增強的珍寶，要達到先祖的境界，怕也為期不遠。

而面前這棵樹，正是祖宗秘笈裡有記載的聖葉樹，樹幹中滲透的隱隱碧色，更說明這樹怕是已經歷了上千春秋，又恰好生在地氣最為繁盛的中心位置，借著蒗芽，必然對自己靈敏度的增加大有裨益。

扶疏先刺破食指，擠出一滴殷紅的血來，又擠出蒗芽的汁液和血液塗抹在掌心，然後把手貼在樹幹底部隆起的根莖上。本是靜默的大樹忽然顫抖了一下，緊接著上面的葉子更是無風自動，葉子啪啪作響，好像在吟唱一首歡快的歌，扶疏的臉色也越發紅潤，心脈處也隨之感受到一種獨屬於綠色的清涼之感……

楚雁南和莫方幾乎同時回頭，正看到扶疏和那棵大樹相依偎無比和諧的一幕，本是冰冷懾人的銀白樹幹，綠意倏地大盛，便是上面的枝條也似是在跳著曼妙的舞蹈，那些枝椏紛紛合攏，似是一柄碩大無朋的巨傘籠罩著下面的扶疏……

「啊呀——」莫方忽然慘叫一聲，卻是太過恍惚之下，手掌被刺破了。「什麼東西呀，這麼扎人——」

莫方強壓下心頭的震顫，聚攏心神，卻在瞧見手裡的葉子時，一下呆在了那裡——本是遍布葉面上的柔軟絨毛，竟是眨眼間變成了鋼針般尖利。

「往手上塗些露水，還有臉上——」扶疏已經起身，抬頭看了眼天色，忙走過來囑咐道，又讓楚雁南和家寶也依樣塗抹。

楚雁南動作最快，除了自己收集了滿滿一葫蘆露水外，還給扶疏收集夠了，聞言忙遞過來。

扶疏接過來的同時，用力握了下雁南的手，雁南一怔，下意識地就反手握住，扶疏臉突地紅了。

剛跟聖葉樹「交流」過，扶疏這會兒的感知力甚至多到要流溢出來——從小到大，扶疏沒少通過這種方式影響家寶，本是抱著試試看的想法，沒想到竟確然對家寶有很大幫助；只是家寶畢竟血脈所限，感知力提高的速度極為緩慢，便是此時，也不過相當於上一世時四、五歲的自己，而且這一段時間來，好像到了一個瓶頸，竟是無法寸進。

就是方才，扶疏突發奇想，想著是不是能幫助雁南也感受下植物本身神秘的「語言」，若然能增加這種和植被溝通的靈敏度，領兵打仗時必然大有幫助——

扶疏想不到的是，正是這一奇思妙想，成就了大齊冠絕古今的一代戰神。

只是這會兒，雁南卻明顯會錯了意，特別是抓住扶疏的手後，一股清涼的感覺一下湧入丹田之處，對原本覺得枯燥無味的樹林竟頓時親密不少，還有掌心裡的柔荑握著真是說不出的綿軟舒服，雁南一握在手裡，竟是再也捨不得鬆開……

扶疏好不容易才掙開，臉一直紅著，卻也不再看他，清了清嗓子道：「陽光變強了，這聖葉樹上面的絨毛便會變化，咱們還是快些離開。」

竟是陽光的緣故嗎？莫方呆了一下。方才被絨毛刺傷的地方塗了露水，那種痲痲癢癢的感覺果然消失，突然想到什麼，不由有些幸災樂禍地道：「幸虧咱們進來得早，那什麼姬公子，這會兒的情形一定熱鬧得緊！」

何止熱鬧？扶疏嘴角也是微微挑起。據自己所知，這聖葉林有一種奇怪的特性，那便是能跟隨日月的朝升暮落而改變狀態——

晚上至凌晨，葉子呈現出月亮一般銀白的色澤，便是葉子上的絨毛也如同月色般毫無殺傷力；可一旦太陽升起，狀態便會逐漸變化，直到顏色變成燦燦的金色，那本是細軟的絨毛，便會成為鋒利的倒刺，一個不小心碰著了，那可不是一般的難受。而且因季節使然，這葉子可是落了不少，一旦軟軟的絨毛變成了扎人的利器，那些本是藏在落葉下的「小生物」便會傾巢而出。也因此，這聖葉林裡不會隱藏有什麼可怖的毒物或者猛獸，安全自是安全，論起膈應人來卻是第一。

自然，世界萬物相生相剋，但凡起得早些收集露水——只要一碰到露水，那倒刺立馬又會變回軟軟的絨毛，便是那刺癢的感覺也轉瞬即逝，更妙的是，即便那些小東西，嗅到露水的味道，也會紛紛走避……

現在有了護身「寶物」，據自己方才感應那棵聖葉樹所得到的，這會兒離這片林子的盡頭應該也不遠了，便是路途再遠些，憑著各自手裡的露水，仍能輕輕鬆鬆地離開。

至於姬青崖那幫人，自己料得不錯的話，那麼多人，怎麼也得寒暄一會兒；當然，以姬青崖的身分，姬嵐也一定有派出高人護航，只是來得越晚，那露水可越不好收集……

「該死，這是什麼邪門的林子！」葉漣這會兒，臉色不是一般的難看，身在草原之上，難得看到這樣大片參天巨木，特別是顏色還是最稀奇不過的銀白色，葉漣一開始不可謂不心動，可在這林子裡不過走了不一會兒，心情就變成了不是一般的糟糕——

銀色的葉子漸漸變成金黃色的情景委實算得上驚豔，可葉子上面的絨毛突然一瞬間就變成了倒刺又是怎麼回事！

旁邊的姬青崖也很是尷尬，自己本是一心想著和楚雁南較勁，怎麼知道會出現這樣的事！忙不迭地親手折了些葉子，其間被倒刺傷到也是在所難免的，那滋味可不是一般的難受；只是佳人在前，自己也不好表現得太過嬌弱，就咬了牙忍著，只小心地把上面的露水傾倒在葉漣手上。

只是這會兒太陽已經升起老高，葉子上的露水自然所剩無幾，幸好姬木枋一見到林子就忙命人趕緊收集。

姬青崖接過來，先幫葉漣處理了傷口，露水撒上去後，麻癢的感覺果然就止住了。

因被秦箏轉手而成了姬青崖侍女的董靜芬，忙捧了條絹帕過來，幫葉漣擦拭手背上的水。

「別擦——」姬木枋正好看到，忙出聲制止，露水在皮膚上停留的時間越長，效用也就越長久，只是話說得晚了些，葉漣手背上的露水已經被拭得一乾二淨。

「傳令下去，加快行程！」看著眼前有限的幾個葫蘆——雖是全力收集，可太陽越發毒辣的情況下，露水還是很快蒸發，那絨毛造成的傷口又難耐得緊，竟是這麼多人只採集了一點兒，整個隊伍可是幾十個人呢，這麼點露水無疑是杯水車薪。

看姬木枋臉色難看，眾人自然不敢怠慢，紛紛做出了急行軍的架勢。

幾十個人一起，動靜自然不小，又兼也到了樹葉枯萎的季節，不時就有葉子從上面掉落，當下就有好幾個人來不及躲開而中招，便是腳下本來綿軟如地毯的落葉，這會兒也是成了傷人的利器——

又不是會金鐘罩、鐵布衫，什麼走針板，可不是一般人能玩得了的！所謂顧得了上面就顧不了下面，所帶雖多是訓練有素的強悍侍衛，卻還是不時傳來鞋子被扎透的抽氣聲。

董靜芬更是一路走，一路流淚，雖是農家出身，可也沒受過這般苦楚，後來見姬青崖在葉漣腳下撒了些露水後，那些「金針」就神奇地消失了，便忙不迭地把方才幫葉漣擦拭傷口的帕子撕成兩半綁在腳下，情形果然好了許多。

「停下——」姬木枋忽然道。

「啊——」緊跟在後面的姬青崖猝不及防，差點兒撞在姬木枋身上，聞言忙站住腳，剛要問怎麼回事，卻在抬頭看到眼前一棵聖葉樹時瞪大了眼睛；和其他已經變得尖銳無比的金色聖葉樹不同，眼前這棵卻是仍保持著之前的銀白色狀態，便是上面的每一片葉子，也都是清涼的月白色。

「咦，這棵樹倒是個異數——」饒是葉漣這般不懂植被習性之人也很是驚奇。

姬木枋和姬青崖卻是神情凝重，特別是姬木枋，圍著聖葉樹轉了幾圈，又徒手在地上摩挲著，似是想要尋找什麼。

「應該不會吧？」姬青崖也是有些神情惴惴——溝通自然萬物，是獨屬於神農山莊的神聖能力，其他人即便豔羨，可沒有姬家的血脈，即便深通其中道理也是莫可奈何。

姬木枋住了手，卻是不死心，索性跪在地上圍著大樹又一點點地探查起來，看姬木枋如此慎重，姬青崖的心一下懸了起來，半晌姬木枋的動作終於頓住，臉上是不可置信的倉皇——雖然有些輕微，可仍是不容錯認的莀芽及鮮血的味道……

姬木枋再抬頭時，明顯有了駭然的神色，即便是現在，仍能感覺到這棵聖葉樹不可言喻的歡欣，可見那人已經同它做過溝通，而且從樹的反應看，怕是溝通萬物的靈敏度頗高；更可怕的是，自己直到親手碰上這處根莖，才意識到面前這棵樹竟然就是姬氏秘笈裡的聖葉樹之王，雖還稱不上什麼天地珍寶，卻也是增加神農人溝通靈敏度的上佳靈木，其進補功效不亞於普通人的人參、燕窩……

如果說方才還覺得，那人功力怕是和自己不相上下，這會兒卻早已明白，自己距那人差得遠了……難道是莊主？

可這個時候，莊主怎麼會出現在這裡？若不是莊主的話，又會是什麼人，有如此高絕的造詣？

姬木枋轉身瞧向一臉疲色的李良，問道：「你在山下守著時，可放過其他什麼人上山？」

李良卻是頭搖得撥浪鼓一般，半晌憋了氣道：「屬下昨日至此駐守，別說是人，便是老鼠也不曾放進去一隻，只除了，楚雁南幾個。」

楚雁南幾個？姬木枋腦海中迅速晃過幾人的影像，卻是一一否決，那個明顯尚幼的小姑娘根本就不必考慮，至於另外三人，楚雁南是楚無傷之子，雖說曾和姬扶疏有過淵源，卻是一面之交後，姬扶疏即離世，不可能有機會接觸神農家的秘辛；齊灝那個統領更是不可能，也就剩下那個農家少年，只是不說這溝通能力乃是神農氏所獨有，那少年的功力也絕不可能比過自己……苦思冥想之下，竟是沒有絲毫頭緒。

倒是葉漣，腦海中卻不知為何，倏忽出現扶疏的小臉，心裡一時竟不知是該高興還是該難過——若那小姑娘真是高人，豈不是意味著，自己是受她威脅定了？還有那楚雁南，不定會更囂張！只是，自己尋找血蘭也多了一重保證……

「算了。」百思不得其解之下，姬木枋索性丟開腦中紛亂的思緒，指揮眾人趕緊採些葉子綁在身上，還吩咐多帶些備用，這些葉子雖不如露水好使，倒也勉強堪用。

眾人方才見識了聖葉林變臉後的恐怖威力，這會兒都是乖得緊，便是董靜芬也折了不少葉子揹著。

很快所有人便知道葉子是用來幹什麼的了——卻是腳下那些落葉下忽然爬出來密密麻麻的黑色多足小蟲子，那些小蟲子單隻並不如何可怕，偏是那麼一大堆一起爬出來，不只聲勢駭人，瞧在眼裡更是噁心得緊。

饒是葉漣那般見慣了鮮血的人一腳踩下去，便被這些蟲子幾乎沒住腳面，也差點兒吐出來。

好在有葉子勉強護身，那些小蟲子碰到葉子便會乖乖地爬下來，饒是如此，腳脖子以下的葉子很快被金色葉子的倒刺給劃破，那些蟲子便馬上湧上去，遠遠看去，幾乎所有人的腳都成了黑色的不停上下蠕動的兩隻……

一行人好不容易出了聖葉林，個個裹著樹葉不說，衣服也都是掛得一道一道的，瞧著真是和野人差不多，董靜芬則是直接跑到一棵大樹後，抱著肚子就開始劇烈地嘔吐起來。

「噗哧——」一聲輕笑聲忽然傳來，姬青崖抬頭看去，卻是不遠處的草地上，扶疏幾個正神態悠閒地團團坐著，中間還放了好多顏色各異、芬芳撲鼻的各色果子……

第三十四章　意外來客

整個隊伍中，葉漣算是「形象保持」最好的，卻也有些兩眼發直，方才只顧著快些逃離那變態的樹林，這會兒才察覺，腳下一波又一波麻癢刺痛的感覺，真不是一般的難受。

聖葉林的刺倒是沒有毒，可沒有露水的話，就要一直忍到太陽下山的時候，待會兒還要繼續趕路，更是不定如何難耐了……

姬青崖自己也好不到哪裡去，只是這人也是胭脂堆中混慣了的，最是通曉如何討好女子，便只強忍了不適，扶著葉漣在一塊乾淨的青石板上坐了。

那般溫柔體貼的樣子，讓葉漣心裡的煩躁終於減輕了些。隨口道了聲「多謝」，視線卻在觸及家寶身上的葫蘆時頓了一下，終是展顏一笑。「陸公子葫蘆裡盛的可是從林子裡收集的露水？可否借本宮一用？」

家寶是個忠厚的性子，自來不懂如何拒絕人，之前葉漣和楚雁南一同來小農莊接扶疏去軍營時，兩人也算有過一面之緣，這會兒聽葉漣說得懇切，略猶豫了一下，終是解下葫蘆送了過去。「給妳。」

卻被旁邊的姬木枋伸手接住，待打開葫蘆口，嗅到裡面濃濃的聖葉林露水味道，臉色明顯又是震驚又是狐疑——不會吧，高人竟然還真就在這幾個人之間？

姬木枋語氣急切地問道：「你叫什麼名字？怎麼會如此瞭解聖葉樹的特性？又是誰教你

與聖葉樹溝通？」

「什麼，聖葉樹？這不是變色林嗎？我們這兒的人，都知道——」家寶神情懵懂，卻不防姬木枋忽然上前一步，一把抓住家寶的手。

扶疏臉色一沈，看來自己方才與聖葉樹溝通，果然引起了懷疑。她轉頭喚來莫方，悄悄交代了幾句。

莫方點頭，悄然離開，不過片刻，便又回轉。

眾人卻是均被姬木枋出乎意料的舉動給驚了一下，卻是沒有人察覺莫方的行蹤。

「你做什麼？」沒想到姬木枋突然和自己這般親近，家寶忙用力掙脫。

姬木枋的手也隨即放開，方才抓住家寶手的一瞬間，已經確認那雙手雖是布滿糨子，卻是並沒有任何傷口，至於那蒗芽的氣息也是一絲全無，至此已經可以確定這陸家寶絕不是那個農藝直逼莊主的高人。

姬木枋沈思片刻，卻是一揮手，那些侍衛上前就把扶疏幾人給圍了起來。「事關我神農家族秘辛，還請三位伸出手掌，讓姬某查看。」

猜到對方的用意，扶疏神情頓時一冷，剛要開口說話，卻在正面看到姬木枋的容貌時，瞬間陷入呆滯——方才因為人多，而且又只聽到名字卻沒有多想，這會兒來至眼前才發現，面前的人自己竟認識，不，或者說再熟悉不過，竟然是商木枋！

自己記得不錯的話，這人是大師兄唯一的貼身跟隨，還是一次自己和大師兄去災區指導農耕時所救；當時木枋也是餓得快要死了，大師兄又是個心善的，就親自一口口餵他吃的，木枋醒來後，就堅決要賣身為奴，侍奉大師兄，甚至連姓也隨了大師兄的。

大師兄本是堅決不同意，哪知木枋死纏爛打，竟然一路徒步跟隨著到了神農山莊，甚至把一雙腳都走得稀爛。自己當時憐他赤誠，又懂得感恩，就作主讓他給大師兄做了跟班。

猶記得當時，木枋為了維護大師兄，多次跟那些達官貴人的親隨打得頭破血流的情景；卻再沒想到，再相見，對方竟是已成了神農山莊重要的大人物，而且既是姓姬，還有即便是姬青崖也是對他頗為忌憚的樣子，又這般蠻橫一副唯我獨尊的派頭——用腳趾頭想也知道，對方必然來自於坤方之地！

竟然，那麼早就潛伏在神農山莊嗎？又把自己和大師兄哄得團團轉……

正要盤問莫方的姬木枋彷彿有所察覺，忽然回過頭來，狐疑地瞧向扶疏——方才有那麼一瞬間，竟是突然就有了一種毛骨悚然的感覺……

「妳——」姬木枋上前一步，就想去抓扶疏的手，卻被楚雁南一下攥住手腕。

「放肆！」這男人以為自己是什麼尊貴的？竟然想去碰扶疏的手！

「快放手！」沒想到一直沈默的楚雁南突然發難，姬木枋猝不及防之下被抓了個正著，頓時疼得臉都變色了。

「放手？好！」楚雁南冷哼一聲，用力一推，若不是後面的侍衛眼明手快，姬木枋怕是當場就要飛出去，饒是如此，後面來接應的侍衛還是一下被砸翻了好幾個。

那些侍衛一看不妙，互相對視一眼，竟是抽出兵器就要砍向扶疏等人。

千鈞一髮之際，後面忽然傳來一聲驚叫——

「天哪，這麼多狼！」

卻是一群足有六、七十隻明顯凶性大發的森林狼，正箭一樣朝眾人撲過來！

姬木枋也沒料到會突然出現這般變故，明明祖宗書籍中說得清楚，聖葉林周圍，不可能有大型凶猛動物出沒，誰能告訴自己，眼前這半人高、目露醫人凶光的東西，又是什麼？

當即不顧疼得鑽心的手腕，揚聲道：「保護公主！」

那些侍衛刷地散開，正好給一頭撲過來的凶猛異常的大野狼讓開路，那頭狼竟是張開大口，露出鋒利的牙齒，朝著扶疏的脖子就咬了過去——

扶疏簡直要氣樂了，先是姬木枋，現在又是這頭狼，竟是都懂得柿子要撿軟的捏，一上來就先把矛頭對準了自己，好在有雁南在身邊。

一念未畢，楚雁南抽出腰間的寶劍，朝著大狼就送了過去，那頭狼似是從沒有見過這般打法，微一愣神間，已經被楚雁南的劍從喉頭處穿了過去；楚雁南隨即輕輕一甩，那頭狼刷地一下飛了出去，不偏不倚，正好砸在衝過來的狼群裡，只聽嘩嚓一陣脆響，卻是足足有五、六隻狼被砸得腦漿迸裂而死，尤其是第一頭被砸上的，竟是直接成了一灘爛泥。

本是快速奔跑的狼群一下停了下來，忽然一轉頭，竟是朝著姬木枋等人就衝了過去，甚至一頭狼跑過雁南身邊時，還跌了個跟頭，再爬起來時，又凶神惡煞般朝著姬青崖衝了過去。

所以這些狼果然是欺軟怕硬的？

莫方幾人面面相覷。

扶疏卻是拽了拽楚雁南的衣襟道：「咱們走。」他們不是想人多欺負人少嗎，倒要瞧瞧，能比得上狼群的數目嗎？也讓他們嚐嚐獸多欺負人少的滋味！

楚雁南會意，俯身抱起扶疏，拔足便往前面飛奔，莫方也如法炮製，抄起家寶放在背上，幾個起伏就沒了蹤影。

「楚——」姬青崖不住罵娘，這楚雁南的職責不就是保家衛國嗎？竟敢把他們給扔下、自己跑了，卻在瞧見那頭在楚雁南身邊跌倒後，就不停圍著自己轉的狼，氣得簡直要發狂——奶奶的，連隻狼也狗眼看人低，這分明就是對自己和楚雁南區別對待！

「哎喲！你們沒瞧見姬青崖和那個公主那般狼狽的樣子……」耳邊已經聽不到姬青崖等人鬼哭狼嚎的聲音，扶疏等人終於站住，莫方笑得肚子都是疼的。還是第一次不用一拳一腳，就如此痛快，看向扶疏的眼神卻更加崇拜不已。

不用說，那群狼會突然冒出來，還專挑姬木枋等人攻擊，一定和小姐交給自己偷偷灑在那些人行李上的東西有關。

「時間看起來還早，咱們——」扶疏聲音突然一頓，卻是視線所及，一點紫色從對面光滑的峭壁上折射而來，這般深透的顏色，明顯不是夕陽的餘暉，更奇的是，那紫色裡還有淡淡的黃暈……

「出來！」楚雁南忽然注目不遠處一處灌木叢，手也隨即按上劍柄。

扶疏等人愣了一下，順著楚雁南的視線看了過去。

灌木叢果然晃動了一下，不多時，一個十六、七歲的少年探出頭來——

本來這樣的深山老林中，乍然出現一個人，由不得扶疏等人不防備，只是第一眼看到少年的笑容，扶疏就怎麼也沒辦法再把少年歸到壞人的行列。

實在是少年生得太過溫文爾雅，竟是整個人都給人一種溫潤如水的感覺，特別是那雙鳳眼，更是亮如星子，沒有絲毫雜質。

「小妹妹，大哥哥——」少年樂呵呵地跑來，許是有點畏懼雁南身上久經沙場的懾人殺氣，少年只一徑乖巧地瞧著扶疏，眼中是絲毫不加掩飾的熱切光芒。「小妹妹，有沒有水和吃的？」

饒是扶疏也不由扶額，這人也太沒心機了吧？隨隨便便見到個陌生人，就管人家要吃的和喝的，也不怕別人有壞心；甭說別的，單是少年頭上的金冠，及腰間鑲著寶石的玉珮，就不知價值多少。

看扶疏的眼睛往自己腰上溜，少年明顯會錯了意，解下玉珮就往扶疏手裡塞。「小妹妹喜歡嗎？給妳了。」

不就是些吃的嗎，至於付這麼大的代價！

扶疏無語，搖搖頭道：「你自己留著吧。」

回身抓了一把剛摘的果子及一個夾了牛肉的饅頭，一併遞過去。

少年顧不得說謝謝，張開口「啊嗚」一聲就咬了下去，若非扶疏反應快，險些連手指頭也給咬住。

雁南就有些不高興，忙托了扶疏的手小心查看，那邊少年卻又驚天動地咳了起來，卻是吃得太急了，硬是把自己給噎得直翻白眼。

還是第一次見到這麼單蠢的孩子！扶疏頓時忍俊不禁，忙不迭地又去拿水壺，卻被楚雁南劈手奪過來，反身拿了莫方的水壺遞過去——剛才自己一個沒防備，扶疏的小手差點兒被吞了，現在竟還想和扶疏用同一個水壺喝水？有自己在，絕不可能！

少年接過水來，咕嚕咕嚕地仰脖灌了起來，好不容易順下去，便又捧著饅頭貓一樣地吞嚥起來，間或瞟一眼扶疏，亮晶晶的眉眼裡全是飛揚的笑意。

扶疏瞧得好笑，少年的樣子又說不出的有趣，索性又拿出兩個足有一斤的饅頭遞過去，少年毫不客氣地接過來，竟是三下五除二就吃了個精光，甚至連扶疏剛採來的一堆果子也一掃而空。

不是個美少年嗎？沒看出來竟是個大胃王！

「不能再吃了，不然有你受的！」看少年還是意猶未盡的樣子，扶疏卻是不敢再給他吃的了——少年的樣子明顯是餓得狠了，真是絲毫不加節制，待會兒鐵定會肚子痛。

而且話說回來，果然是少年霧濛濛的眼睛太具欺騙性了嗎？自己總不由自主地把他當成個孩子！

哪知本是戀戀不捨地盯著饅頭瞧的少年，倏然轉頭道：「小妹妹，妳和我姊姊好像啊！」姊姊也愛這樣雜七雜八地管著自己，雖是不自由，自己卻明白，姊姊全是為了自己好。

從未經歷世事、不知人間險惡的少年，瞬間就把扶疏拉入了自己人的行列，竟是立馬偏頭認真上上下下來回打量楚雁南，半晌一本正經地重重點頭道：「你比齊家那小子強！妹妹交給你，我放心！」

這都哪兒跟哪兒啊？怎麼聽著像是許配人的意思？饒是扶疏素來裝慣了無知小女孩，這會兒也不禁脹紅了臉。

倒是楚雁南，本來對這突然冒出來的少年一直纏著扶疏很是不滿，聽了這話，臉上神情明顯好看多了。剛要說話，神情卻忽然一肅，好像有人來了！而且聽著，來者不但功夫過人，還人數眾多，難道，竟是姬木枋他們追過來了？

可不對呀，他們便是走了同樣的路，也應該在後面，而不是跑到前邊來。

莫方也感覺到不對，忙帶了家寶回返，看見少年明顯愣了一下，剛要開口詢問，腳下忽然傳來一陣沙沙的下雨似的聲音，忙低頭看去，卻嚇得臉兒都白了，竟是四面八方，突然出現層層疊疊數也數不清的毒蛇來。

而眾蛇的後方，隱隱約約能看到一條手臂長的金光燦燦的小蛇，竟是昂然盤踞在一條碩大的蟒蛇頭頂上。

看到這樣的蛇山蛇海，別說扶疏了，就是雁南都有些發愣。

唯有少年卻一下站了起來，神情驚喜地喚道：「小金——」喊完又覺得不對，小臉一下變成了土色，竟是一轉身就要拔足飛奔。

「站住！」一個氣急敗壞的聲音忽然響起。「你若敢再逃，信不信我現在就扔火摺子，把所有的蛇都燒死？對了，還有那幾個幫你的人，我讓他們統統葬身火海！」

一番話說得扶疏等人大怒——這是誰啊，好大的口氣！

這般嚇唬人的話，也就小孩才會信！

哪知本已跑了幾步的少年卻明顯被嚇住了，猶豫片刻，最終定定地看了扶疏一眼——這些人不知道，自己卻明白，木鐵的性子有多殘暴！可寨子裡除了爹爹和姊姊，根本就沒人降得住他，要是自己敢逃，他真的會燒死小金，還有這個小妹妹以及大妹夫……

林子外的人明顯鬆了口氣，少年已經從口袋裡拿出根笛子，隨著一聲清亮的笛音響起，除了那條金色的小蛇，剩下的蛇竟是潮水般退去。

「還是這麼爛好心！」一個男子哼了聲，竟是倏忽來至眼前，從懷裡抖出一條手指般粗細的鐵鏈來，把少年結結實實地捆了起來。

地上的小金蛇速度也是快得緊，竟是轉眼間游至少年腳下，順著少年的褲腿爬上去，到得頸部時，又自動自發地繞了兩圈，就似一個金色的項鍊般吊在少年脖子上不動了。

「木子清，你不是很能跑嗎？現在怎麼不跑了！」男子一巴掌朝少年拍了過去。

少年頭一偏，正好拍在肩上，頓時疼得哇哇直叫。

木子清？莫方和楚雁南卻是齊齊一震——

聽說天喬寨寨主木烈的兒子，就叫木子清，還有一個別號，金蛇郎君！

第三十五章　萌娃萌寵一家親

天喬寨可是聞名天下的凶地，更是一處再富庶不過的所在，同時，還是易守難攻又能最便捷地溝通邊境各國的一個險隘——

只要掌控了天喬寨，再翻過一個山坡，就能任意進入境外任何一個國家腹地；更令人垂涎的是，那裡還盛產寶石。

只是天喬寨的外面卻有一片蔓延數十里的瘴氣林，真是強攻的話，光周圍蔓延的毒氣不定就得折多少人進去！而天喬寨的堅固堡壘除了地形還有瘴氣之外，更因為當地民風刁悍。

聽說掌管大寨的主要是木、齊、汪三大家族，除木家是原住民外，其餘兩家皆是逃亡過去的亡命之徒；特別是齊家，名聲顯揚也不過是這十餘年的事，便是當地百姓，也以各國流竄過去的窮凶極惡之輩居多。

而現在，這個少年就叫木子清，而追趕他的人來的方向，也明顯就是天喬寨！

木鐵明顯注意到了莫方和楚雁南若有所思的模樣，冷冷地哼了聲，驅趕蒼蠅似地揮揮手道：「去去去，離我們遠些。」

世人都知道，天喬寨是怎樣一個富貴的所在，看這些人的神情，就知道八成是想打臭小子的主意——

木子清已經不是第一次跑出去了，每一次的結局全是被人騙光了身上所有的寶石錢物，若是寨主或者大小姐晚些找到他，抑或小金不是那麼忠心護主，這小子不是被人給賣了，也一定死成渣渣了！

木子清卻是不樂意了——在老爹和姊姊眼裡，陌生人定然都是別有所圖，便是木鐵，跟在他們身邊久了，這個想法也是根深蒂固，可小妹妹他們幾個不一樣！

「鐵叔，你不許再凶我妹子和她的朋友，他們都是好人——」話音未落，卻被木鐵照著腦袋上就是狠狠的一巴掌。

木鐵語氣森然道：「你眼睛裡有壞人嗎？馬上閉嘴！再敢多說一個字，信不信我現在就殺了他們！」

寨內正是多事之秋——寨主年事已高，處理起寨中事務明顯有些心有餘而力不足，膝下又僅只兩個孩兒；可瞧瞧子清這性子，也不知寨主那般強勢的人，怎麼就會養出這麼個沒心沒肺的小羊羔來！

卻不知在天喬寨中，性子弱的人又哪有活路？

好在大小姐性情倒是極肖寨主，不只武藝高強，更兼智計百出，做事乾淨利索，在籠絡人心上也是很有一套，雖然年紀輕輕，卻在寨裡威望已著，老寨主也算後繼有人了。

哪想到這一個月來，先是能祛除瘴氣的天喬木一棵接一棵地死亡，寨中人的活動範圍日益縮小之下，自然是人心惶惶，甚至開始有人攛掇著，想要換一個寨主；若不是木家自來掌控天喬寨，寨主又是德高望重，真不知道，會鬧出多大的風波來……

哪知道一波未平一波又起，竟是按下葫蘆浮起瓢——大小姐為探求天喬木的死因，外出尋找補救之法時，竟不小心染上瘴氣，到現在仍是昏迷不醒。

寨子裡如今已是亂得一團糟，倒好，這臭小子竟然又自己跑了出來。那般危險的處境下，自己竟不能守在寨主和大小姐身邊，還得帶了人東奔西跑地來找他。

明顯感到木鐵身上巨大的怨念，木子清縮了縮脖子，卻還是強撐著弱弱地道：「怎麼沒有壞人了，我說那個齊東明就不是什麼好東西，你們誰都不信！我不管，反正無論如何你不許為難他們！而且，你怎麼知道，我就找不到金瑤傘？我一定能救得了姊姊，等姊姊醒來，你們就會明白，說不定啊，是那個姓齊的——」

齊東明是姊姊的未婚夫，也是天喬寨三大姓氏中齊家的公子，明明長得油頭粉面的，可是比方才那個大妹夫差得遠了，偏姊姊喜歡得什麼似的，自己總瞧著，這次姊姊病倒，說不得就和那個壞蛋渣渣有關！

一語未畢，木鐵就麻利地撕了塊布塞到了木子清的嘴巴裡——寨裡局勢不穩，大小姐又昏迷，老寨主還得靠著齊家人穩定局面呢，倒好，這小子還敢胡說，若真是傳出去，姑爺也就罷了，那親家老爺子可不是好相與的，真是鬧起來，怕是沒法善了。

木子清拚命地掙扎著，看向扶疏幾人的眼睛充滿了歉意，連帶著脖子上的小金也跟著不停搖擺，許是晃得有些暈了，竟是揚起尾巴朝著木子清的臉頰就抽了一下。

真是反了，竟然連小金這貨也敢欺負自己，木子清簡直鬱悶至極。

沒想到木子清竟真是名震塞外的金蛇郎君——

扶疏一直以為，既是終日與蛇為伍，不定性子會是如何陰沈狠毒，再沒料到，竟是這樣一個有些迷糊的傻小子！

既是已然確定對方是天喬寨的人，木子清更是身分尊貴的天喬寨的小主子，扶疏等人並不想招惹，只是藥草還是要採的，今晚勢必要在這裡歇下了，當下只做沒聽見對方指桑罵槐的警告，自顧自地選了一個距這些人遠些的位置準備歇息。

話都說到這個分上了，竟還敢賴著不想走！木鐵冷冷地瞄了四人一眼——果然是賊心不死，只是有自己在，再想哄了小主子，作夢去吧。

秋天的白日已經大大縮短，天色很快暗了下來。

扶疏自去旁邊尋了些木柴，又撿著可用的草及一些新鮮的野菜、蘑菇帶了回來——扶疏主要是負責指點位置，其餘事務自有如影隨形般跟在後面的楚雁南代勞。

只是瞧著楚雁南衣襟裡，草是草、菜是菜，蘑菇也按個頭大小排成排，扶疏就止不住壞心思地想要弄亂，故意連菜帶草抓了一把，再亂七八糟地扔到楚雁南腳下——只要彎腰，衣襟裡兜的東西肯定得亂成一團。

孰料楚雁南單手拎起衣襟，另一隻手拔出寶劍，一挑一棵，再一挑又是一朵，姿勢說不出的好看——等扶疏看得張大了嘴巴，再定睛一瞧，哎喲，隊伍又排好了，依舊是整整齊齊、橫成排豎成行！

扶疏不死心，又抓了幾把扔過去，楚雁南撿起最後一朵蘑菇，剛想喘口氣，哪知竟是又飛過來一堆，不及細思，下意識地便繼續排好，動作似行雲流水一般，竟是轉瞬間就讓這些草、菜、蘑菇排排坐，吃果果！

實在是楚雁南繃著個小臉，認認真真撿拾野菜又幫它們排隊的模樣太可樂了，到得最後，扶疏竟是抓著什麼就往那兒扔，直到再一次低頭抓了一把土坷垃（注）時，眼前倏地一暗，扶疏仰頭，正看到神情端肅、直直盯著自己手中泥土的楚雁南。

莫方本就一直關注著這邊，看著傻乎乎蹲在地上大張著嘴巴仰望楚小將軍的扶疏，一個沒憋住，捂著肚子就笑倒在了地上。

「我……我看看這下面有蘑菇沒有……」扶疏心虛不已，忙要掩飾。

卻被楚雁南一個用力就給拉了起來，用衣袖一點點抹去扶疏沾在鼻尖上的一點泥土，最後又伸出修長的手指，把扶疏頭上的一根野草捏下來，丟開了去，慢悠悠道：「可還盡興？」

「啊？盡、盡興……」扶疏越來越結巴，頭恨不能低到地底下去——自己方才一定是腦抽了吧，上一輩子加這一輩子，怎麼著也是奔三的人了，竟還做出這麼幼稚的事……

卻又有些惡趣味的竊喜，話說雁南認真幫手裡的菜呀、蘑菇呀排隊的模樣，真的好好看！

不一會兒工夫，兩邊的飯食竟是同時散發出香氣來。

和木家那邊，單調地架起火把一塊塊肉擱上去直接烤不同，因心疼自家妹子年紀幼小就為了家人東奔西跑——家寶到現在都認為，若不是為了救自己，妹子也不會跟著跑到這深山老林裡幫賢王找藥材，時間又不晚，再加上扶疏找來的形形色色的草，竟是無論把汁液擠出

注：土坷垃，即土塊。

來和著蜂蜜、鹽巴抹在烤肉上，或者扔到鍋裡煮的野菜鮮菇湯裡，味道都不是一般的誘人。扶疏他們所處的地勢又順風，撲鼻的香味就直直地撞進木鐵等每一個人的鼻間。

木子清先就忍不住了——這傢伙，本質上也就是個吃貨，只覺得那邊幾人的飯菜，竟比自己這輩子吃過的所有山珍海味都香得多，一時把持不住，口水咕嚕咕嚕地就浸濕了塞在口裡的布條上。

木鐵簡直要氣樂了，上前扯下布條，又幫木子清把鎖鏈解開，讓他的手露出來，卻又拿了一條繩子把他的雙腿給捆粽子一般綁了個結結實實——除非這小子把腿鋸了，不然根本不可能站起來。

實在看不得木子清這沒出息的樣子，木鐵隨手用筷子插了一大塊肉遞到木子清嘴邊，又把些熟了的碎肉一併扔給小金。

哪知一人一蛇傲嬌地同時扭頭，竟是要採用絕食抗議。

「不吃拉倒！」木鐵恨恨地把肉塞進自己嘴裡，轉身就走——小子，只要你能撐得住，我就不信，吃貨不吃東西還叫什麼吃貨！

木子清卻是看也不看他，只是咂巴著嘴唇，直愣愣地瞧著扶疏幾人所在的地方，間或拚命地咽下一口大大的口水，聲音之響，便是扶疏幾人也聽得真真的！

扶疏正自猶豫，要不要給木子清送一些吃食過去，腳下的草叢卻忽然自動向兩邊分開，再定睛看去，不由倒吸了口冷氣，卻是小金，正快速地游移過來，竟是轉身間就到了扶疏面前，尾部高高翹起，金黃色的小腦袋衝著扶疏點了三下，便迫不及待地往扶疏手裡的肉撲了過去。

扶疏吃了一驚，手裡的肉直直地掉了下來，小金張開小巧的嘴巴就吞到了肚裡……竟是接連投餵了四、五塊，小金才一副意猶未盡的模樣躺倒在了地上，肚子部位凸起成一截一截的，明顯全是方才吞進口的肉塊！後面的木子清只看得眼睛都直了，終於在看到烤肉只剩下最後一塊時，大吼道：「小金你個沒良心的，你主子我快要餓昏了！」

小金快速回頭——

那真的不是在翻白眼？扶疏興奮地直捅楚雁南。好在小金也不是忘恩負義的，終是從扶疏手裡叼了那塊肉，昂著頭向木子清的方向而去。待行至木子清近前，以迅雷不及掩耳之勢、非常粗魯地把肉塞進木子清手裡。

木子清張開「血盆大口」，嗷嗚一聲就狠狠地咬了下去，眼睛頓時一亮——哎喲，簡直連牙齒都要香掉了！

錯眼卻瞧見小金竟又朝著扶疏的方向游移而去，忙招呼小金回來；哪知小傢伙卻是理也不理，徑直爬到扶疏腳邊，撿了個舒適的位置，竟是很快就一動不動。

木子清簡直要淚流滿面了——媽的，不就是塊肉嗎，小金竟然馬上選擇了拋棄自己！

濃黑的夜色很快塗抹了整個天空，扶疏隨手抓了一把草扔到火堆裡，瞬時有一股清悠的香氣向著四周氤氳開來。

莫方抽了抽鼻子，只覺胸懷一暢，真是愜意得緊，便是一直依偎在扶疏腳邊的小金也舒服地瞇起了眼睛——

不過一個下午的時間，小金就黏上了扶疏，簡直成了扶疏的跟屁蟲一般，真是走哪兒跟哪兒，甚至趁雁南不注意，這傢伙還朝扶疏臉上舔了一下，旁邊的楚雁南頓時神情猙獰，伸出兩根手指捏著尾巴就狠狠地丟了出去。

這小傢伙明顯看著脾氣也是個暴烈的，竟瞬間狂化，不獨頭上突然竄出一個王冠樣的凸起，身子也瞬間拉長足有一丈有餘，明明是細得和一條線一般，卻是化成了最有威力的一條繩子，快如閃電般一下一下朝楚雁南抽了過去，更是配合著嘴裡的毒牙不住地朝著楚雁南噴著毒液，液體所過之處，不管是樹木還是草地，竟皆瞬間枯萎。

只是讓小金鬱悶的是，那些毒液竟一點都沒沾到那個討厭的人類身上！明明看著他不怎麼動的，竟是恰好全避開了自己的攻擊——自然，看出扶疏對雁南的重視，小金應該沒有祭出大殺器了，卻也明白，對方實力非同一般的強悍，真要想傷了他，自己說不得也會大大吃虧。

到得最後，小金也明顯看出來，只要自己不去親那個可愛的小女孩，那男人就可以無視自己，也罷，既不能制伏對方，就只能先選擇妥協。終於伏在草叢裡思索半晌，慢慢地恢復原狀，萬分沮喪地爬回扶疏身邊，刻意避開雁南的眼神，小心地伏在了扶疏的腳邊。

乍然聞見如此清新芳香的味道，小金索性伸了個懶腰，改成肚皮朝上、舒舒服服地曬月亮了，間或不時抬頭張望一下不遠處仍是被捆成粽子樣的主子；嘖嘖嘖，主子的模樣略顯憋屈，虧得自己在關鍵時刻「棄暗投明」，不然，怎麼能有這麼舒服的小日子！

木鐵惡狠狠地瞪了一眼扶疏等人的所在，用力地朝大腿上拍了一下，一隻剛趴上來的蚊子死不瞑目地從他腿上滑了下來。

木鐵卻仍是不甘休，撿起蚊子，捏著兩邊狠狠地撕成了兩半——太邪門了真是！自己這邊蚊子就是鋪天蓋地，他們那邊硬是啥事沒有，明明剛才也讓手下薰了艾草的！

夜深人靜。

扶疏躡手躡腳地從帳篷裡鑽了出來。

剛站定身子，就覺身後有動靜，忙回頭看去，正是楚雁南。

白天就覺得小妮子有些不對勁，楚雁南根本就一直注意著扶疏的動靜。

「正好——」扶疏伸了下舌頭，低低道：「我正要找你呢，咱們，去對面崖上瞧瞧。」自己料得不錯的話，對面山崖上可是長著一株芳草及解毒聖藥金瑤傘，若非如此，扶疏才不會頂著木鐵等人懷疑的眼神，硬在這裡安營紮寨。

「好。」楚雁南應了一聲，凝神瞧了下那高聳的崖巔，伸手抱起扶疏揹在背上——

白天已經被楚雁南揹過一次，只是那時是在逃命，扶疏倒也沒覺得什麼，這會兒卻是夜深人靜，待摟住楚雁南的脖頸，感受到再濃烈不過的男子氣息，扶疏臉一下燒得通紅……

第三十六章 刮目相看

「咦？」天已經亮了，木鐵終於晃晃悠悠地來至木子清面前——小主子還在，又瞥了一眼不遠處同樣已經起身的扶疏等人，好像，沒有要纏上來的意思，難道，真是自己多想了？

事實證明，木鐵卻是高興得太早了。

下一刻，木子清就一指扶疏等人道：「鐵叔，讓我跟你回去好說，不過，得帶上我的朋友一起回天喬寨！」

「你——」木鐵看向扶疏等人的眼神，頓時危險至極——千防萬防，竟還是沒防備住，也不知那夥雜碎什麼時候還是把子清這個傻蛋給收買了。

扶疏等人也是一愣。

竟然還敢裝無辜！木鐵惡狠狠地收回眼神，可惜有自己在，絕不能讓這些人的心思得逞。

竟是麻利地拾起地上的繩索，打算要再把木子清給捆起來——不走？好，老子就把你捆回去！

木子清這會兒倒是光棍得緊，一伸胳膊。「鐵叔你儘管捆，不過我跟你說，只要不讓我的朋友和我一起走，我永遠也不可能跟你一塊回天喬寨！」

「你——」木鐵被氣了個倒仰，卻也明白要是自己只管捆了這小子走，這小子還真有本事逃出來——

老寨主的蓋世武功沒學會多少，倒是那些奇門機巧懂得不少，再加上聽命於他的小金……

罷了，也不知那四個人用了什麼邪門的功法，讓子清對他們這般重視，帶回寨子也好，等到了自己地盤上，捏扁搓圓，還不是任自己處置。

「好，你讓他們等著，我著人去把你的轎子抬過來！」木鐵的話帶著凜冽的殺機，幾乎是從牙縫裡擠出來的。

好在木子清早適應了，不在乎地抹去木鐵噴在自己臉上的一點唾沫星子，說道：「鐵叔，你有口臭。」

木鐵腳下一踉蹌，然後飛也似地往前面密林而去——走得慢些，自己真會忍不住把這小子的舌頭捋直了割下來！

木子清卻早屁顛屁顛地轉身跑到扶疏身邊。「妹子，待會兒妳和我一起坐轎好不好？」

坐轎？扶疏微有些愣怔，這山高林密的，即便有轎子，又會有多大？

正自尋思，只覺眼前金光一閃，下意識地抬頭望去，卻是一下便張大了嘴巴——

這金光閃閃，甚至四圍用了無數條細線一樣的全是純白色的蛇做門簾的東西，真的不是一棟大房子，而是……轎子？

實在是整個轎身內裡全是沈實的紅木，外面還有厚厚的一層包裹了金片的鐵皮，怕不有幾千斤？

忽然就對木鐵有些同情，碰上這麼一個不著調的主子，這木鐵也夠苦命的。
本來想著這麼大的一棟金房子，這山高林密的，怕是不好走，哪裡想到天喬寨的人功夫果然不是蓋的，不只熟悉地形，更兼奔走如飛；一日無話，到得第三日上，聽木鐵等人的意思，最遲後天，應該就能到了。
「咦？好多果子。」剛拐過一個彎，莫方一眼看到一片掛滿了火紅果子的樹林，頓時大為開懷。
後面的木鐵也高聲道：「進林子。」
這次出來尋找木子清的，除了木鐵等人外，還有大小姐的婆家齊家二公子齊浩峰領的一隊人馬，前些時日分別時就約好了在這裡會面。
眼看林子已近在眼前，那些抬轎子的侍衛長出了一口氣，頓時精神了不少——娘的，都快累死了，終於可以歇歇腳了。
聽說前面有片大的果樹林，扶疏掀起轎簾漫不經心地往外看了一眼，卻忽然一怔——
那些火紅的果子……
突然厲聲道：「所有人不許上前，快停下！」
那些侍衛如何肯聽？不但沒停，反而加快速度向林子裡衝了過去。
扶疏大急，忙叫道：「雁南——」
那些侍衛還沒明白過來發生了什麼，手裡便忽然一輕，那頂足有五、六間房子大的轎子竟然瞬間轉移；而同時一股力量翻江倒海地襲了過來，十六個抬轎的侍衛竟是如陀螺一般朝後滾了出去。

已經堪堪進入林子的木鐵倏然回頭，和其他侍衛一樣看著毫不費力單手托著那碩大金燦燦轎子的俊美男子，全都傻在了那裡！

這年輕人，好大的力氣，好厲害的功夫！

那足有幾千斤重的轎子，他竟然能單手舉起不說，更兼一出手，就一下逼退了十六名侍衛。雖然是事出突然，又有重物在身，這些侍衛來不及防備，卻也委實太駭人耳目了吧！

木鐵尚未反應過來，轎簾一掀，扶疏手裡拿著一支連珠勁弩指著木子清的脖子慢慢走了下來，朝著木鐵厲聲道：「現在領著你的手下，所有人馬上退出林子，我數十聲，要是有一個人沒出來，就等著給你們的小主子收屍——」說著腳下不停，推著木子清就往林子外而去。

楚雁南等人跟著也很快出了林子。

這算什麼條件？木鐵剛要罵回去，卻看扶疏的手已經摁上機關，臉色更加難看，雖不知對方提出這個條件是什麼意思，卻是不敢反抗。

待出了林子，木鐵便怒聲道：「好，妳想怎樣？直說——」

話音未落，卻聽後面響起一陣嗶嗶剝剝的炸裂聲，悚然回頭，卻是那些小燈籠似的果子忽然炸裂開來，汁液落在木子清的那頂轎子上，瞬間濺出一丈多高的火焰，本是靜默的果林立刻噼噼啪啪地燃燒了起來，一時烈焰沖天，即便扶疏等人相距甚遠，也能感受到火焰炙烤的滋味。

木鐵等人簡直目瞪口呆——明明和齊浩峰分別前，大家還嚐過林子裡的果子，端的是汁甜味美，吃在肚子裡感覺不是一般的好，怎麼短短幾天工夫，就變成了噬人的火球？而且更可怖的是，這火還是木子清的轎子引燃的——

木子清是個吃貨這件事，天喬寨舉寨皆知，即便兩家沒約好在此會面，以木子清的性子，見到這麼多果子，也必然不會放過，要是大家剛才沒有聽小姑娘的話從林子裡退出來……

「這到底是怎麼回事？」木鐵看向扶疏的眼神又驚又懼，這小丫頭到底是什麼來歷，怎麼會知道那林子會著火？

又突然意識到自己的語氣有些生硬——現在已然明白，對方剛才之所以挾持少主，不過是為了救人罷了。他神情緩了緩，衝扶疏一拱手。「多謝姑娘搭救之恩，方才多有失禮，還請姑娘不要見怪才是。」

一番話說得木子清眼睛都直了——真是太陽從西邊出來了，木鐵這麼臭硬的脾氣，也會向除了父親和姊姊以外的人低頭?!

扶疏倒也沒有太在意，點了下頭。「這果子本無事，只是上面被有心人塗了燧木液——」

古人有燧木取火之說，木遇金則生火，這些塗滿了燧木液的果子又在太陽下曝曬了這幾天，早已是蓄勢待發，甭說這頂金燦燦的轎子，就是眾人拿在手裡的兵器，也能引起一場漫天大火來！

「莫不是，你們有什麼仇家？」扶疏提醒道。「我猜得不錯的話，應該是有人，想讓你們死。」

「不可能啊。」木鐵皺眉，這天喬寨自古就是木家人所有，木家雖多性情驃悍之輩，卻是厭倦外面的蠅營狗苟之事，自來不喜和外人結交，又怎麼可能惹下什麼仇家？而且看情形，還是通曉神農之術的仇家……

「約在這個地方見面，是誰提出來的？」木子清忽然道。

「是二公子堅持的。」木鐵脫口而出。當時自己本來說另有一條近路可以更快地回到天喬寨，齊浩峰卻說怕那條道路崎嶇，而且山高林密，萬一木子清不聽話很容易就會跑掉，倒是這裡，既不容易藏匿，還有木子清最愛吃的果子，說不好，木子清看到好吃的，心情好了，就會乖乖地跟著大家回去天喬寨了……

難道，竟然是齊浩峰?!

木鐵忽然就出了一身的冷汗——自己走時，可是把木府的安危全託付給齊家了，便是大小姐木子彤身邊，也是小姐的未婚夫、齊府大公子齊東明日夜守護！

說起木子彤的這個未婚夫，木鐵也是和木子清一般的觀感——

除了生得好看些，又有些溫柔小意，實在瞧不出來，哪個地方配得上小姐了？

卻不料小姐就是鐵了心，非齊東明不嫁！可以說，這幾年來，齊家在天喬寨地位上升如此之快，和齊東明入了小姐的青眼有直接的關係。

而現在，竟然有人想要殺害子清，這還不算，謀刺的地方恰恰就是齊浩峰指定的所在，讓人想不懷疑齊家都難。

又忽然想到，大小姐這次中毒昏迷，隨行侍衛可全是齊東明精心挑選，甚至最先找到昏迷在瘴氣中的大小姐的，也是齊東明！

當時老寨主只以為兩人是情深意重，齊東明才會那麼快找到大小姐；難道說其實並非如此，而是真如公子所說，大小姐的昏迷，是齊東明一手操縱……

那不是說，大小姐和寨主現在都處於極端危險的處境之下？

「我們得趕緊走。」木鐵的冷汗一下下來了，要是遲了，寨主和大小姐真有個好歹，也就意味著木家在天喬寨的勢力怕是會被連根剷除！

木子清臉色也很是難看，自己之所以會看齊東明不順眼，不過是一種感覺罷了——鎮日裡和蛇打交道，讓木子清不自覺地更依賴自己的直覺，雖是齊東明待自己也是好得緊，人前人後總是以未來好姊夫自居，甚至每次自己表現出不喜時，那人也絲毫不介意，反而一副無時無刻都為自己打算的樣子……

可無論他如何表現，木子清就是覺得，齊東明太像一條蟄伏在暗處等著吞噬獵物的毒蛇。

不能說齊東明不喜歡姊姊，可木子清總覺得，那種喜歡的背後好像有什麼更複雜的東西。一直到這次遇到扶疏一行人，看到雁南注視扶疏時的專注神情，木子清才意識到齊東明的眼神絕不是這種純粹的、除了對方再也看不見任何人的樣子。

即便對姊姊有一點的喜歡，但齊東明肯定有更喜歡的東西，只不過因為他隱藏得太好，姊姊又太愛他，才會一廂情願地以為，對方定然和自己一樣……

「木公子，你最好委屈一下裝成重傷瀕死的模樣。」雁南忽然開口道。

木鐵臉上神情頓時佩服無比——倒沒料到，小主子這傻子這回倒是交對人了！

敵人既是潛藏在內部，未掌握虛實前，還是不要打草驚蛇。

木鐵當下一點頭道：「好主意。」

一行人很快重新上路，扶疏卻是明顯有些沈默；許是有些被齊家的這個姓刺激到，扶疏不自覺想起自己上一世的未婚夫，恭親王齊淵——

從青岩那裡確知坤方之地的賊人奪走山莊後，扶疏就一直心神不寧，總覺得，事情說不好和齊淵有關。

「想什麼？」明顯察覺到扶疏情緒有些不對勁，楚雁南不由有些擔心。

「齊淵——」扶疏下意識地開口，等意識到自己說了什麼，臉色瞬間一白，糟糕，自己怎麼把心裡的話說出來了？

楚雁南一下站住腳，臉色頓時難看至極——齊淵，不就是那個姬扶疏少主因之而死的男人嗎?!

罷了，既然說出口，也就顧不得了，扶疏深吸一口氣，還是問出了那個自己最關心的問題。「齊淵，就是恭親王齊淵，他死了沒有？」

楚雁南終於回過神來，一股陰鬱的氣息慢慢在周身散發開來。「齊淵他還活著，現在的身分是南安郡王。」

「齊淵竟然，沒死？」扶疏的心，越發沈到了谷底——不但沒死，竟還是郡王?!

上一世裡，在親耳聽見齊淵說他真正愛的是表妹珍娘時，說不傷心欲絕是假的，畢竟，哪個少女不懷春，誰家少男不多情。那般美好的少女歲月裡，齊淵是唯一走進了自己心底的男子。

身為神農山莊唯一傳人，扶疏手裡的好東西比起齊淵來只多不少，但凡有什麼好吃的、好玩的，總會第一時間派人給齊淵送去；甚至齊淵愛吃的果子，扶疏一年四季都會種植……

若非親耳聽到齊淵那般無情之語，扶疏死也不會想到自己對齊淵而言，不過是他藉以登上帝位的跳板罷了。

也因此，才會那般傷心欲絕，甚而到現在，扶疏都無法忘記自己蜷縮在午門外時那個冰冷絕望的漫漫長夜。

只是於感情一途，姬家人大都如出一轍——一旦認定了的，便如飛蛾撲火絕不折返，而一旦遭遇背叛，即便痛不欲生也絕不原諒。

上一世即便心痛欲死，扶疏還是毫不猶豫地斬斷了和齊淵的情絲；除了心被傷透了外，扶疏更是察覺了齊淵的野心，知曉了此人才是背後陷害楚無傷的元凶！

重生後隱隱約約聽人提起當初追殺楚家人的龔瀾，也是齊淵的左膀右臂，好像在太子登基後謀反了，就想當然地認為，作為後臺，齊淵也必然應該被處死或被圈禁了，卻沒想到，對方不但沒死，還做了南安郡王。

「是托了扶疏的福——」提到「扶疏」這個名字，楚雁南一頓，神情黯然。「我說的，是，已故的神農山莊少主，姬扶疏小姐……」

終是從舌尖上逸出一聲嘆息。

為什麼，姬扶疏那般奇女子，卻會愛上齊淵那樣利慾薰心的偽君子?!

第三十七章　陰差陽錯

楚雁南重重嘆了口氣。

當初龔瀾謀逆一案，明眼人都知道，主謀必然是齊淵，卻沒想到，那龔瀾倒也是個忠心護主的，竟然當場自刎身亡。更要命的是，彼時，外因楚無傷身死，軍中無可堪重任之將，四面邊境紛擾不平；內則因姬扶疏突然亡故，神農山莊後繼無人，大齊百姓人心惶惶。一時內外交困，又兼新皇登基，竟是舉朝上下焦頭爛額。

偏是此時，一則消息在民間流傳開來，說是姬扶疏之死，說不得和今上有關，甚至為了趕盡殺絕，連扶疏小姐的未婚夫恭親王齊淵也不放過。

而被牢牢看管起來的恭親王根本就不可能參與謀逆，因為早在扶疏小姐猝然死去的那一刻，齊淵就因為傷心欲絕而發了瘋，這麼一個情深意重之人，又是庇佑了天下無數百姓的神農山莊的女婿，怎麼可能做出喪心病狂的謀逆之事？

這些說法本來還只是在民間傳傳罷了，到得後來，神農家族姬氏隱世族人橫空出現，剛在朝中站穩腳跟，第一個就對齊淵表達了善意，甚至有感於齊淵對姬家小姐的深情厚誼，新任副莊主姬微瀾又把自己的妹子許給了齊淵。

許是姬家女子長相氣質頗為相似，為情癡狂的齊淵在見到此女後，竟然不藥而癒；又聽說龔瀾竟然在自己頭腦不清時聚眾謀逆，深悔馭下不嚴，以致鑄此大錯，自請辭去所有官職爵位，閉門思過。

當此內外交困之際，好不容易靠了姬氏安定了民心，齊淵又成了神農山莊名副其實的女婿，皇上無奈之下，只得放人。之後齊淵帶著妻子外出遊歷之時，偶然到得南安郡，和當今皇叔南安郡王齊敏敬頗為投緣，便在南安郡定居下來。

不想數年前齊敏敬兩子先後亡故，前年上，齊敏敬也溘然長逝，臨死前上書皇上，請求皇上允許過繼齊淵為嗣子。

兜兜轉轉之下，齊淵竟是成了南安郡王。

那南安頗為富庶，齊淵又因癡情之名傳揚天下——據說齊淵本來因扶疏小姐的猝死，而心灰意冷，打算為了扶疏小姐終身不娶，甚至後來離開京都時，差點兒帶著扶疏小姐的靈柩一起離開，雖因種種原因並未成行，卻是在家裡供奉了扶疏小姐的靈牌，還讓長子在宗譜上歸到姬扶疏小姐名下……

如此種種感人舉動，無不在民間廣為流傳，如今，齊淵已是實至名歸、頗得擁戴的南安郡王！

「扶疏——」看扶疏臉色發白，身子也是搖搖欲墜，楚雁南一驚，忙一把扶住。

「妳——」竟是說了一半又噎住，神情又驚又痛之下，更有無法言說的悲涼——

當初知道齊淵未死，自己本想練就一身的功夫，拚死也要殺了他這個幕後主使，為父報仇；可，想到他是扶疏小姐一生唯一所愛之人，幾番猶豫之下，終究錯失了良機。

扶疏嘴唇哆嗦著，卻是無法說出一句話——天下怎麼會有這麼無恥的人！明明是他負了自己，竟然還敢這般惺惺作態，當真令人作嘔至極；難道說自己當初揭破他真面目的話，外人並未聽見？

可也不對啊，即使自己身體虛弱，聲音太小，外人聽不到還能解釋，可大師兄商嵐卻是一直守在自己身邊，大師兄不是應該把自己的遺言昭告天下，代替自己和齊淵解除婚約嗎？為什麼竟然聽憑齊淵胡說八道、顛倒黑白？

越想越覺透體冰涼，雖然不願意承認，可答案只有兩個——

要麼，是大師兄商嵐背叛了自己；要麼，當時午門外守在自己身邊的那個商嵐是有人假扮的……

「扶疏，扶疏——」實在是扶疏的臉色太嚇人了，楚雁南只覺心一下揪了起來。

「我無事……」扶疏往前走了一步，卻覺一陣頭暈目眩，竟是「咚」地一聲就栽倒在地。

「扶疏——」楚雁南一把撈起地上的人兒。「快去天喬寨。」

而此時的天喬寨同樣是一片愁雲慘霧。

一大早就有一個壞消息傳到木家府邸——又有大片天喬木出現枯萎，天喬寨外城已經有瘴氣逸入。

管家木壽小心翼翼道：「寨主，府邸外面現在圍了很多百姓，還要寨主出面拿個處理的辦法才是。」

「我知道了。」木烈嘆了口氣，竟是瞬間老了十歲的樣子，便是本來挺直的脊背也似有些駝了。

這天喬寨本是木家世代居住之地，難道竟要在自己手裡消失嗎？

「你先去外面照看一下，我去去就來。」木烈起身，徑直往女兒木子彤的小院而去。

守在院門處的丫鬟看見木烈來了，忙要進去回稟，卻被木烈揮退，自己徑直往房門處而去，卻在透過窗戶看到裡面斯文俊秀的男子身影時，又站住了。

男子並未發現外面的木烈，兀自低頭，用錦帕沾了水，專注而又溫柔地一點點潤濕躺在床上的一個眉眼剛毅的女子的嘴唇；只是長時間昏迷的緣故，本是英姿颯爽的女子，這會兒卻是消瘦得如同一具骷髏。「子彤，不要再睡了，快醒來好不好？等妳醒來，我就馬上向岳父大人求親好不好？」

也不知這句話念叨了多少遍，男子聲音已是有些沙啞，卻是更多了幾分摧人心肝的傷痛，守在門外的丫鬟一下捂住了嘴，用力忍著，才沒有哭出來。

木烈晃了晃，用力撐住旁邊的大樹才不致倒下，重重地喘了口粗氣，轉身大踏步往外而去——倒沒想到，齊東明待女兒竟是如此情深意重！

之前之所以派木鐵外出尋找兒子，本是怕自己萬一有個好歹，怎麼著也要把寨子交到兒子手裡才是，現在卻覺得，若是把寨子交給女婿，也沒什麼不妥——以東明對女兒的癡愛之深，即便自己不在了，也必然會護這姊弟倆一生一世的吧?!

雖然木烈來了又去，齊東明的頭始終都沒回一下，一直到木子彤的嘴唇再次紅潤起來，才丟開手裡的帕子。

隨著毒性越積越多，子彤應該也撐不了多久了吧？

齊東明伸出手指，一點點描摹著木子彤因過於削瘦而越發顯得凌厲的眉眼，說一點也不喜歡木子彤，那是不可能的，畢竟木子彤那種對自己所愛的人掏心窩的好，是自己這輩子所能體會到的最為濃烈的愛。

只是，再愛自己又怎麼樣？別人眼裡，自己也不過是個吃軟飯的罷了！所謂的岳父對自己不斷挑剔不說，便是和自己年齡相當、除了會玩蛇屁事不懂的木子清，都敢衝自己翻白眼。

竟是和自己在王府的情形如出一轍——再是爹的兒子又怎麼樣？在別人眼裡，自己始終是一個見不得人的私生子罷了！

別說是一個僅僅是有些喜歡的女人，便是愛的女人又如何？只要自己能一步步走上高位，有的是貌美如花的女子可以愛！

「公子。」一個鬼魅似的黑影忽然出現在房間裡。「我們剛才收到消息，說是神農山莊的姬青崖和姬木枋等人，不日就可到達寨裡。」

「我知道了。」齊東明緩緩站起身。「走吧，咱們去見寨主。」

「神農山莊的高人就在外面？」木烈陡地坐直了身子，簡直不敢相信自己的耳朵。

「正是。」齊家老爺子齊英一臉得色。「現在他們應已經到了寨外，寨主看——」

「快去迎接。」木烈一下站了起來，率先大踏步往外而去。

「為首的姓姬名青崖，和小兒東明算是舊識，這會兒聽說是要往通靈谷而去，正好要從天喬寨經過……」齊英邊走邊細細介紹著。

聽說和齊東明乃是舊識，木烈臉上的神情終於輕鬆了些——女兒果然看人更準些，東明還真是個有本事的。

便是平日裡對齊家非常看不過眼的汪家家主汪景明，看向齊英的眼神也明顯有了些不同。

本來汪景明是一點兒也看不起齊家人的。男子漢大丈夫，真想要什麼，就憑自己真本事去搶；哪像這齊英？見到誰都是彌勒佛似的，整天笑咪咪，偏是一肚子壞水，這幾年，汪家就不知吃了多少暗虧！

本來作為寨中當家人，木烈態度還算公允，並不曾偏袒哪一個，但不料，齊家竟然連不要臉的美人計也用上了，讓齊東明那個狐狸精死死巴住了木子彤！從那以後，齊家就開始平步青雲，以致現在地位還有凌駕於汪家之上的苗頭。倒沒想到，齊東明那小兔崽子除了靠一張臉吃飯，竟是連神農山莊的高人也能結識，若真是如此，以後對齊家倒是不能輕易開罪，就是不知是真是假！

眾人剛走了沒幾步，就聽一陣急促的腳步聲匆匆而來，卻是一個僕役，正從後院飛奔而至。

「寨主，快，小姐突然，情形不好——」

木子清等人則是在第二日折返的。

剛進天喬寨，木鐵就覺出寨裡氣氛有異，竟是處處張燈結綵，家家紅綢墜地，明顯是一副要辦喜事的樣子。

詭異的是，大街小巷中還黏貼了幾個人的畫像，雖是離得遠了些，可那畫像怎麼越看越熟悉啊！

「讓人撕幾張過來——」為防打草驚蛇，楚雁南等人化妝成了山民的模樣，抬著「重傷瀕死」的木子清。

有侍衛忙跑過去，待看到畫像上的人模樣，也是一驚——被通緝的不是旁人，可不正是楚雁南和扶疏幾個。

「通緝我們？」莫方簡直要氣樂了，轉頭看向同樣目瞪口呆的木鐵。「喂，老木，我們好像剛給你們幫了個大忙吧，怎麼不感謝我們不說，反而還想要抓我們啊？」

木鐵剛要回答，前面忽然一陣喧譁，卻是一隊勁裝漢子正朝這邊急速而來。

「快停下——」一個黑衣漢子指了下剛才撕通緝令的那名侍衛。「就是你們撕了通緝令嗎？真是好大的膽子！」

「你們是什麼人？」又有一隊人馬趕來，為首的正是姬青崖，打量了木鐵等人一番，然後就頗為懷疑地把眼光轉向低著頭的楚雁南幾個。雖是被扶疏坑了一把，可一行人還是搶先一步到達了天喬寨，更被奉為貴賓。想著要去通靈谷的話，這天喬寨可是必經之地，天喬寨人又是出了名的凶，真能借天喬寨人之手除去楚雁南他們，可謂神不知，鬼不覺。

天喬寨正要求著姬青崖等人幫忙，聞言自然滿口答應。

木鐵一心想快些回木府，見突然出來這麼多不長眼的人攔住去路不說，還敢到處張貼恩人的畫像，氣頓時不打一處來。

「不長眼的東西，連我們也敢攔？還不快滾開！」木鐵抬手就是狠狠的一鞭子，朝著衝在最前面的黑衣漢子抽了過去。

那漢子明顯沒想到——天喬寨現在的情形已經是極其危險，若是那些天喬木死絕，這天喬寨也必然不復存在；而自己這些神農山莊人的到來，無疑為天大的福音，沒看見昨兒個陪同公子到來時，上自寨主木烈，下至平民百姓，無不點頭哈腰、夾道歡迎。

直到那鞭子抽到頭頂，才「呀」了一聲忙要閃躲，卻還是被鞭梢抽了個正著，人一下被帶著從馬上滾落下來，正好滾到姬青崖馬前。

木鐵卻是理都不理，繼續指揮著眾人如飛一般朝著府中而去。

「那是什麼人？」姬青崖頓時臉色鐵青，所謂打狗還要看主人呢，這人明顯是沒把自己放在眼裡，卻在眼睜睜瞧見對方進了木府後，不由一驚——竟然是木家的人？

「怎麼可能?!」剛剛回家，準備一應嫁娶事宜的齊東明倏地回身。「青崖，你剛才說，看見有大批人進了木府？」

難道是木子清回來了？可，不對呀，那麼天衣無縫的一條計策，木子清根本不可能活下來啊！

齊東明頓時心煩意亂。「你們先坐著，我去木府看看。」

木鐵等人這會兒卻是已經進了木府，一腳踏進去，一下張大了嘴巴——外面大街上也就罷了，怎麼府裡大紅喜字也是鋪天蓋地，可古怪的是，偏又不知為何透著一股蕭瑟氣息。

「咦，不會是我爹急著抱孫子，要給我娶媳婦吧？」木子清雖是被包得結結實實和木乃伊相仿，卻仍是忍不住想要探頭，被扶疏一巴掌給打了回去，隨手又拿了顆藥丸塞到木子清嘴裡——

藥丸是木子清免費提供，據說是龜息裝死之上品，自己本來想著這東西許是用不上，讓木子清好歹警醒點蒙混過去就成，現在看著，還是讓這傢伙吃一顆罷了，不然，一準得露餡。還別說，藥丸進了肚子，不過片刻，再摸木子清的脈搏，果然是一副瀕死的模樣。

木鐵已經叫住一個僕人。「快去稟告老爺，就說公子回來了。」匆匆把木子清抬到自己房間裡，又拉了個僕役詢問。「府裡是不是發生什麼事了？」

「虧得爺您回來得早，可巧趕上了，明兒個就是小姐大婚的日子。」那家丁忙道。

「什麼？」木鐵臉色卻是難看至極，不會是自己想的那樣吧？「大小姐，要成親？」

「是啊。」家丁神情黯然。「昨兒個小姐突然病危，虧得來了幾位神農山莊的高人，不然，大小姐怕是當時就……姑爺就求老爺成全，說是怎麼著也要給小姐一個盛大的婚禮——」

院裡忽然傳來一陣雜亂的腳步聲，明顯正是往木子清的住處而來。

「子清，真的是子清回來了？」

木鐵愣了下，忙迎了出去，看到木烈，剛要說話，院門處一響，眼圈發黑、神情憔悴的齊東明出現在那裡。

「東明——」木烈心頭一酸。「你也聽說子清回來了？一起進去吧。」

木鐵僵了一下，幸好早有準備！齊東明這麼快就趕來，明顯是要探一下虛實的。

「木鐵，子清呢？還不快讓他出來見爹爹。」齊東明顯然已經擺出了木府當家人的姿態。

木鐵的怒氣止不住上湧，卻也明白小不忍則亂大謀，現在不是使氣的時候，撲通一聲跪下衝著木烈道：「老爺，姑爺，是木鐵無能——」

「發生了何事？」實在是木鐵的神情太過沈痛，饒是木烈也差點兒站不穩——女兒已是凶多吉少，難不成連兒子也……

齊東明忙搶上前一步，扶住木烈，問道：「到底怎麼了？子清，子清呢？」心裡得意之餘又有些惴惴不安，看木鐵的樣子，十有八九，木子清情形不妙……

「公子他被大火燒傷，如今、如今……」木鐵不住磕頭，卻是說不出一句話。

「子清——」木烈身子晃了下，繞過木鐵，大踏步往房間內而去，待看到躺在床上被包成木乃伊一般，便是裸露的眼睛處也是被烤成黑漆漆模樣的木子清時，幾乎不能相信自己的眼睛。

齊東明搶上前一步，搭上木子清的脈搏，眼睛微微瞇了一下，心終於放了下去，木子清的脈搏竟是比木子彤還要微弱，即便眼下還活著，怕是也不會長久了。

忙扶著身形搖搖欲墜的木烈坐下，又轉頭衝木鐵厲聲道：「木鐵，到底發生了什麼事？哪個膽大包天的，竟敢對子清下此毒手？」

「主子，姑爺——」木鐵又磕了個頭。「屬下無能，這些天一直沒有找到少爺，正準備去和二公子會合，卻發現約好見面的地方忽然大火漫天……等我們趕過去時，就看見好多蛇正裹挾著少爺往外衝……」

齊東明一下紅了眼圈。「怎麼會，子清……」

木子清身後的帷幔忽然抖了一下，卻是藏在後面的扶疏脊背瞬間僵直——老天，怎麼可能？這齊東明，竟是和記憶中的齊淵幾乎生得一般無二！這麼相像的容貌，難不成，是齊淵的兒子？

扶疏心裡忽覺一陣噁心——齊淵比自己大了幾歲，而這齊東明的年齡，瞧著也足有十六、七歲了，那豈不是意味著，其實早在自己覺察到他的私情前，就已經有了私生子了？竟然還敢拿自己作伐，博得個情聖的名頭！

太過恍惚之下，扶疏竟是連齊東明什麼時候離開都不曉得。

第三十八章 天喬寨易主

送走了齊東明，木烈又偕同木鐵一起回返，剛進了屋子，卻忽然一個旋身，竟是抱起床上的木子清就疾步後退，同時擎出腰間寶劍，朝著扶疏藏身的方向用力擲過去。

「何方宵小，竟敢到我木府中裝神弄鬼！」

「主子——」沒想到木烈會鬧這麼一齣，木鐵嚇了一跳，忙要阻攔，卻哪裡來得及，寶劍竟是以萬鈞之勢，朝著扶疏胸前刺來。

扶疏還沒反應過來，已經被旁邊的楚雁南抱住迅疾往旁邊一閃，堪堪避開寶劍，耳聽得「轟」地一聲響，那座用無數顆鑽石鑲嵌的屏風轟然倒塌，露出把扶疏護在身後的楚雁南的身形。

「咦？」木烈明顯愣了一下，頓時倒抽了口涼氣——即便這些時日因為擔心一雙兒女兒而有些精神不濟，卻也不至於連屏風後還藏有其他人也覺察不到。方才還很有把握，後面藏著一個人的，怎麼卻是兩個人！還有方才那般靈巧的身手，明明應是武功高強之輩，怎麼眼前的竟會是一個瞧著並不比兒子大多少的翩翩少年郎?!

「主子且慢——」木鐵也是出了一身的冷汗，唯恐雙方再打起來，忙攔在雙方中間——開玩笑，那楚雁南的身手自己已經領教過了，別看他年少，可自己卻覺著，比起主子來，怕也不遑多讓，若真是打起來，還不把整座府邸給掀了！「主子息怒，這兩位是少爺的至交好友，也是少爺和我們的救命恩人。」

「至交好友？還，救命恩人？」木烈更糊塗了，兒子有多頑劣，木烈比誰都清楚，他的那些狐朋狗友，別說自己，就是木鐵也厭煩得不得了，瞧瞧現在，木鐵小心翼翼的模樣，竟是唯恐得罪了人似的。

剛要進一步詢問，一個金色的蛇腦袋忽然晃了晃，對上木烈的眼睛，又倏忽縮了回去。

「小、小金——」木烈徹底石化了，下意識地看向懷裡抱著的木乃伊，不、是抱在懷裡的兒子，明明小金連自己都不給碰一下，從來都是和兒子形影不離的啊，怎麼會在對面的小姑娘那？

木鐵也是心有戚戚焉——瞧瞧小金這會兒乖巧的模樣，說出去會有誰相信，那麼嬌小聽話的漂亮小蛇，就是即便最凶狠的毒物也不得不俯首稱臣的蛇中之王？

木烈卻是反應得快，馬上明白，兒子這次交的朋友絕不是尋常之輩，還有木鐵方才說，這幾人是他們的恩人，皺了下眉頭道：「你的意思是，你方才所說的清兒身受重傷，甚至齊浩峰為救清兒而死這些事，全都是假的？到底是怎麼回事？」一面命人收拾撞倒後殘破的屏風。

瞧著那麼好看的鑽石，雖是爛了，卻仍發出耀眼的華光，木烈卻是當垃圾一樣直接命人清掃出去，莫方暗暗咋舌——怪不得人說天喬寨豪富，現在看來，果然名不虛傳。

木烈卻是完全沒注意到幾人的異色，直接被木鐵的一番話給劈了個外焦裡嫩——

「齊家人想要謀害小主子——」木鐵撲通一聲就跪倒在地。「主子，那齊家包藏禍心，萬不可讓小姐嫁入齊家啊！」說著把前情過往一一稟報給木烈。

「這齊家，竟敢如此？」木烈只覺額頭突突直跳，氣得渾身都在發抖，卻又想到另外一個問題，臉色頓時灰敗至極。「難道是天要亡我木家嗎？即便我們有能力剷除齊家又如何？那些神農山莊的高人，卻是齊家強大的援助……」若想救回女兒，要把希望著落在那些高人的身上，便是天喬寨的命根子天喬木，又何嘗不需要仰賴神農山莊之力？從前也就罷了，現在這個時候，若是得罪了齊家，後果簡直不堪設想。

扶疏緩緩開口道：「或者，我可以試一下。」

「妳——」木烈皺了下眉頭，半晌長嘆了一口氣，雖然心裡委實不信，可對方好歹是兒子恩人，又是一片好心，當下起身。「走吧。」

木鐵倒是對扶疏的話深信不疑——畢竟，之前在果林裡可是親眼見識到對方鬼神莫測的手段，忙上前帶路。守在外面的都是木烈的親信，眼瞧著方才據說「瀕死」的小少爺竟然生龍活虎地跑了出來，已經嚇了一跳；再看見他們自來傲氣得不得了的大管家竟然引領著一個小姑娘走了出來，便是自家寨主竟也陪同左右，一個個頓時張大了嘴巴——

這小姑娘是誰啊，還真是好大的排場！

「加派人手，嚴守府邸，其間不許任何人進出，若有人想要硬闖，殺無赦。」木烈吩咐完畢，便丟下一干被震傻了的手下，陪同扶疏徑直往木子彤的院子而去。

因是長女，更是木烈默認的下一任寨主繼承人，木子彤的住處華貴之外，還處處透著幾分大氣穩重，甚至閨房的一面牆壁上，也掛滿了各式兵器，無比鮮明地透露出主人殺伐決斷的鋒銳氣勢。

有那般霸氣外露的爹和姊姊鎮著，也怪不得木子清會養成這麼一副萬事不經大腦的不著調性子。

卻不知木烈心頭的疑惑更盛——

女孩子不是最喜歡珠寶首飾的嗎？女兒房間裡的東西，除了天喬寨自家出產的上乘鑽石外，無一不是自己遍尋天下才得到的奇珍異寶，哪一件拿出去說是價值連城一點兒也不為過，即便齊東明也算是家資豪富，可第一次見到女兒房間裡的東西時，也是精神恍惚的模樣！

現在倒好，那個姓楚的小子還會瞥一眼，那個姓陸的丫頭卻簡直淡然至極，眼裡竟一點兒驚豔的神色也無，好像這些鑽石全是土坷垃，完全入不了她的眼的模樣。

難不成，真是個有本事的？

扶疏方才只瞧見床上堆疊起的錦繡被子，這會兒走近了才看清，床上還躺著個女子。能依稀看出女子原本英氣的五官，即便緊閉雙眸，那雙濃黑的挺直眉毛也透著股秀挺之氣，只是這會兒實在是太瘦了，便只餘兩個顴骨高高地聳起，看著讓人不由心酸。

扶疏尚且如此，更不要說木子清，立刻就紅了眼圈，回身衝著扶疏就是深深一揖。「妹子，我姊姊就拜託妳了——只要妹子救下我姊姊，便是把整個天喬寨送給妹子，我和爹爹也願意！」

木鐵咧了咧嘴——小少爺又胡說了，天喬寨也是可以隨便送人的嗎？

木烈蹙了下眉，深深地看了一眼扶疏，卻是一句話也沒說。

「拿個乾淨的玉碗——」扶疏也不答話，直接摘下自己身上裝滿聖葉林露水的葫蘆。

木烈忙命人去取，又親手接了遞給扶疏。

扶疏取出一點碾碎的金瑤傘碎末，傾倒在玉碗裡，又把葫蘆裡的露水倒出些許——

那露水此時已經變成了透亮的冰綠色，襯著玉碗煞是好看，甫一接觸到金瑤傘的碎末，顏色越來越淺，到得最後，完全變成了晶瑩剔透的一泓。

「一片冰心在玉壺——」木烈臉上終於出現了裂紋，到最後變成全然的狂喜，幾乎連話都說不清楚了。「這是、這是金瑤傘，是金瑤傘對不對？還有，聖葉露？」

這般奇景，可不正是傳說中神品的金瑤傘融入發酵過的聖葉露才會出現的？

不說神品金瑤傘只在典籍中記載，卻從沒有任何人見過，便是那聖葉露，也是最不易保存的，甭說發酵，尋常人拿著頂多半日，那露水就會變腐發臭！

心裡忽然一跳，一股濕熱的氣息一下衝入眼眶——這般鬼神莫測的功夫，除了神農山莊，又有哪家能有？

難不成，真是老天保佑，不只女兒有救了，便是天喬寨，也可逃過永絕於世的厄運?!

那邊木子清已經接過玉碗，親自拿著一點點餵到木子彤口裡。

木烈感激地瞧了一眼扶疏，已是有了決斷。「多謝姑娘，若是真能救回我女兒，木家及這天喬寨就全由姑娘作主！」

旁邊的木鐵直接傻了眼——少爺發昏胡說也就罷了，怎麼寨主也是有些魔怔了？

連楚雁南和莫方都傻了。這木烈說什麼？只要木子彤醒了，就把天喬寨拱手相讓？這可是富可敵國，便是大齊及其他邊境諸國日思夜想終不可得的天喬寨呀?!

扶疏怔了一下，明顯也沒想到木烈會有此一說——早體會到了木子清說風就是風，說雨就是雨的咋咋呼呼的性格，對木子清說要送出去天喬寨一說，她並沒有放在心上，但這會兒瞧著木烈鄭重的模樣，卻是完全沒有開玩笑的樣子。

轉瞬想起之前木鐵說的天喬木大面積枯死一事，卻又豁然開朗——

天喬寨之所以存在，全賴天喬木之力，天喬木若不復存在，這裡必然會成為再荒涼不過的一個所在；而眼下，木烈眼裡不只女兒的生命要靠自己營救，便是天喬寨也要一併託付到自己手中了。

扶疏當下微微一笑，道：「老寨主放心，無論是小姐還是天喬寨，扶疏定會全力救助；至於掌管天喬寨這樣的重任，又豈是扶疏所能承擔得了的？」

沒想到扶疏小小年紀，卻是如此通達聰慧，一下看穿了自己的心思，木烈老臉微微一紅，剛要說什麼，忽然瞥到床上的木子彤微微動了一下，腳下頓時一個踉蹌，忙撲過去，緊緊握住木子彤的手，顫聲道：「彤兒——」

「姊姊——」

眼看著黑氣向木子彤的眉峰攢聚，扶疏忙又調了些金瑤傘遞給木子清，交代道：「快餵她喝下。」

木子清接過，扶起木子彤的頭，就著手把藥物餵進木子彤的口中。

來。

甫一服下藥物，床上的木子彤忽然劇烈地顫抖起來，甚至纖細的腰也無比痛苦地弓了起

「彤兒——」木烈臉色大變。

「姊姊——」木子清也慌了手腳，撲過去握住木子彤的手，木子彤正好抬頭，一口暗黑色的血一下吐了出來，濺得木子清衣襟上都是。

「阿弟……」

木子清身體一震，倏地抬起頭來，正對上緩緩睜開眼睛的木子彤，簡直不敢相信自己的眼睛。「阿姊，阿姊！妳真的醒了?!」

「彤兒——」連神農山莊的高人都判了女兒死刑，木烈再沒想到，本已經不抱希望的女兒還能醒過來，頓時喜極而泣。「彤兒，妳，怎麼樣？」

「爹——」木子彤艱難地微微轉頭，視線一一掃過眾人，明顯沒有看到自己要找的人，神情頓時無比失望。「齊、東明……」

「彤兒。」木烈心裡一緊。到了這個時候，木烈早已相信木鐵所言——齊家包藏禍心，想要取木家而代之，甚至女兒中毒昏迷，怕也完全是齊家及齊東明的手筆；可是女兒怕是並不清楚，不然，怎麼甫一醒來，就念叨齊家那個小畜生——

木子彤雖是有男兒氣，於感情一途卻是並不順暢——天喬寨並不算大，和木家名望相當的也就齊、汪兩家。這兩家也算人丁繁盛，可惜那些有能的後輩，要麼嫌棄木子彤為人處事太過強硬不夠溫柔賢慧；要麼別有所圖，想要借娶走木子彤，覬覦天喬寨寨主的位置。

好不容易有個齊東明，雖是於武功一途並不出眾，勝在人長得英俊，又頗有謀略，更兼對木子彤傾心得緊，人前人後不止一次表示，此生非木子彤不娶，除了木子彤，絕不會再看任何女人一眼。

木烈神情黯然，女兒現今體弱，若是知道昔日海誓山盟的言語不過一場鏡花水月，該是何等的傷心！

「姊——」木子清倒是沒想那麼多，蹙了下眉頭，就想把齊家包藏禍心一事說出來，卻被旁邊的扶疏照著腳就用力地踩了一下，疼得「哎喲」一聲，剛想呵斥，待看到是扶疏，咧了咧嘴，只得又把下面的話咽了回去——好吧，妹子和姊姊一樣，都是應該好好呵護的，別說踩自己一下，就是再踩十下八下，也得受著。

木烈感激地瞧了扶疏一眼，輕輕拍了下木子彤的手。「彤兒莫急，東明他、剛剛離開，妳放心，我會派人——」他的話卻被木子彤一下打斷。

「爹，齊家人，不可留……」

這句話似是耗盡了所有的力氣，木子彤說完就又昏了過去。

第三十九章　各顯神通

當下又是一陣手忙腳亂，早有在旁侍奉的大夫上前看診，只說是過於虛弱所致，忙命人熬了肉粥端過來，好歹餵了小半碗進去，又過了一盞茶的時間，木子彤才再次悠悠醒轉。

許是喝了粥的緣故，木子彤明顯精神了許多，看到老父親和幼弟溢於言表的擔憂之情，苦笑一聲道：「爹，您是不是，也都知道了？」

和齊東明恩愛的過往一幕幕閃現在眼前——和自己在一起時，齊東明表現得多清高啊，甚至對自己為了覺得他受了委屈，捧著送到他面前好讓他開心的權力、財富等等，全都不屑一顧——

「彤兒，我愛的是妳這個人，與妳的身分無關，妳手裡的這些東西，或許會讓尋常男子為之傾倒，可那些人裡，卻絕不包括齊東明！」

自己每每為之感動，覺得自己何德何能，此生竟能和齊東明相遇相識並進而相愛……

儘管齊東明一再拒絕，卻並不妨礙自己把各種各樣的好東西流水一般送入齊府，甚至怕自己一個人無法最大限度地守護齊東明，便動用自己的權力，安排了很多齊家人到寨中的重要職位上任職。

現在想想，自己該是多蠢！正是因為自己的放縱，才會讓齊東明的勢力發展如此迅猛，以致終於到了即便沒有自己也可掌控天喬寨的地步！

所以齊東明才會露出本來面目，向自己下毒手吧——

本來去寨外的天喬林，自己並不打算帶上齊東明，那裡緊鄰著瘴氣惡源，自己唯恐他會受到傷害，便不許他跟著；哪知出得寨來，齊東明已經在半路上等著了，自己無奈，只得帶上他，卻是只許他跟在自己後面。不料靠近那濃密的瘴氣時，絲毫沒有提防的自己卻被狠狠地踹了下去。

到現在，木子彤都記得自己猝然回頭時，齊東明冷漠而邪僻的樣子分明是一個冷血的惡魔，哪裡是昔日自己傾心相愛的溫柔愛人?!

被齊東明的人從瘴氣林中拖出來時，因身體底子好，自己還沒有完全昏迷，自己甚至以為眼前這個冷酷的齊東明是有人假扮的！

齊東明卻是邊慢條斯理地往自己嘴裡塞一顆又一顆的毒藥，邊柔聲道——

「妳放心，我一定會娶妳為妻，不管到任何時候，齊家祠堂的牌位上，妳也永遠都是我的結髮妻。好彤兒，妳不是愛我嗎？我記得妳說過，只要我開心，妳願意把天喬寨拱手送上，甚至妳的命也都是我的！

「我只是按妳說的去做了啊，所以彤兒，一定不要生我的氣啊！」

齊東明跪倒在自己身前，每說一句話，還會溫柔地親自己一下，當然，是避開了嘴唇的——被親著時，那特有的酥麻的感覺讓自己明白，原來身體是最忠誠的，即便自己理智上不相信，身體卻早已接納了這個人。

眼前這個冷酷的惡魔，並不是假扮的，就是齊東明本人！

「齊東明！」木烈頭上青筋一條條暴起，到現在這時候，即便是傻子也能明白齊東明打什麼主意。

女兒的性子自己明白，即便再愛一個人，也是有自己底線的，起碼這天喬寨，絕對會保證它只能姓木。

而這一點，應該也是齊東明要對女兒痛下殺手的唯一原因，果然打得一手好算盤——先讓女兒中毒，然後趁女兒病危時提出求娶的意思。這人算得很準，若不是清兒和木鐵帶回齊家叛亂的消息，自己定然會因為太愛女兒，想著怎麼也要成全她的夙願，把女兒嫁給他；然後在感激和愧疚之下，把更多的權力賦予齊東明。

自己猜得不錯的話，等娶了彤兒過門，齊東明應該也不會馬上要了女兒的命，而是等到他手中的權力穩固後，再向女兒動手。

「爹，莫氣——」木子彤苦笑一聲，視線慢慢對住扶疏幾個，神情明顯有些疑惑。「他們是？」

「妳說他們啊——」木烈臉上終於有了些笑。「彤兒，便是這位陸扶疏小姐先後救了你們姊弟兩人；爹已經決定了，這天喬寨以後就歸陸扶疏小姐所有！」

說著木烈站起來衝著扶疏一揖到地，言辭更是懇切至極地道：「老夫所言並非虛語，天喬木大面積死亡，天喬寨的覆亡就在轉瞬間，如今這世間除了小姐，還有誰能挽救天喬寨？便是不為了我兩個孩兒，為了木家列祖列宗和天喬寨無數黎民百姓，也請小姐不要拒絕才是。」

木烈話音一落，包括木鐵在內其他木府人也都跟著跪倒在地——如今情形，他們也都醒悟過來，他們安身立命的天喬寨，於旦夕之間可能就會消失於世，眼前這個瞧著稚齡的小姑娘，怕就是唯一的救星了！

「木寨主，您放心，待事情平定，我自然會去瞧瞧那天喬林到底出了何事，至於這天喬寨，還是你們木家坐鎮便好——」扶疏卻依舊搖頭。

哪知話音未落，木烈一腿踹了傻愣愣的木子清跪下，自己也作勢跪倒。「陸小姐，難道要老夫一併跪下來求妳不成？」

「這怎麼敢當？」扶疏驚得忙一把扶住。「寨主要折殺我嗎？」

哪知木烈竟定然要跪，莫可奈何之下，扶疏只得道：「木寨主還請安坐，天喬林的問題未解決前，我絕不離開就是，至於其他，還是等天喬寨保下再說吧。」

聽語氣，扶疏小姐對如何整治天喬林應是有些把握了？木烈頓時驚喜不已，雖然扶疏還未應承下來做天喬寨之主，一言一行間，卻是對扶疏恭敬有加，一副已經完全拿扶疏當寨主看的模樣，甚至木子清剛開口叫了一聲「妹子」，就被木烈狠狠地剜了幾眼，嚇得再不敢開口。

扶疏只當未見，卻是看向木子彤，道：「如今還有一件急需解決的事情，那就是，和齊東明的婚事——」

「婚事照常舉行。」木子彤眉目間閃過一抹凌厲之色。「不然，豈不辜負了齊東明待我的一番深情厚誼？」

舉行婚禮？扶疏神情間卻是很不贊同。「還是想些其他法子為好，那樣的混帳東西，怎麼配得上妳拿一生來陪葬？便是下地獄，也是他一人便足矣。」

木子彤看向扶疏的眼神頓時多了些激賞之色，瞧著是個文弱秀美的小姑娘，卻不想竟是這麼烈的性子，倒是投了自己的脾氣。如果說先前勉強接受父親提的尊奉扶疏為天喬寨之主的意見，實屬無奈之舉，這會兒卻不由對扶疏生出幾分喜歡來。

木子彤當下微微一笑道：「我這人向來霸道，齊東明既然招惹了我，要和要散可就由不得他作主。他既然不願做我的愛人，那就納來做玩物罷了；男人可三妻四妾，我木子彤自然同樣可以三夫四侍。」

一番話說得雲淡風輕，莫方幾個卻是聽得出了一身的冷汗——都說女人是老虎，這會兒可真是見識了，那齊東明也真夠倒楣的，竟然招惹了這麼個能鬧騰的主！

扶疏眼睛閃了下，真不知是不是該對齊東明表示一下同情——這裡可是天喬寨，最多善於用蠱之人，木子彤既說要納來當玩物，八成，會給齊東明下情蠱……

「在木府中拜堂？」聽到木鐵的話，齊東明明顯愣了一下。

本來兩家聯姻時議定，一切以木家為主，之前木烈更是曾經明確表示過，木家只招夫，絕不嫁女。

只是齊東明雖是答應了下來，卻不止一次故意在木子彤面前做出受了委屈的模樣，偏生木子彤問起，卻是無論如何也不肯說出原因來；然後自有書僮、跟班之類的親信找時機向木子彤密告——

齊東明如何體諒木子彤，又如何因為當上門女婿被別人瞧不起，甚至自家兄弟都諷刺他失了男人的本色……

自然，齊東明之所以抗拒做上門女婿，主要是怕若是成親後住在木府，左右全是木家的人，要做什麼無疑極為不便。

木子彤哪裡清楚這些？只一味地心疼情郎，唯恐情郎會受半點委屈，便主動提出，成親時還是自己嫁過去，只要齊東明開心，無論做什麼都好。

現在乍然聽木鐵說拜堂仍是在木府，齊東明頓時有些狐疑。「岳父他有沒有說為什麼要臨時改變成親的所在？」

早知道齊東明會有此一問，木鐵已是準備好了說辭。「這個主子也是交代了的，實在是小姐太過體弱，怕是禁不起一點顛簸之苦。主子還說，一待姑爺和小姐成親，他就要帶了少爺外出尋醫問藥，到時候木府也好，小姐也罷，怕是都要託付姑爺——既是早晚都要把木府交給姑爺，不若就直接在府裡拜堂成親吧……」

送走木鐵，齊父及姬木枋等人已經在房間裡等著了。

「怎麼臨到成親了，木家又變了卦，這裡面會不會有什麼陰謀？」先開口的是齊家大家長齊英，眼看計劃將成功，整個天喬寨就將收入囊中，可千萬不要出一點兒差錯才好。

「木子清受傷一事並沒有作假。」齊東明沈吟了片刻道：「我那日看得清楚，木子清裸露的皮膚處果然有燒焦的痕跡，氣息也是微弱得緊，瞧著竟是隨時都會斷氣的樣子。」

「真是這樣的話，倒也能說得過去。」齊英蹙著的眉頭微微鬆了些——從來至天喬寨便聽人說，木烈和他的妻子恩愛得緊，連帶著對這一雙兒女也極為愛重，現在兩個命根子都危在旦夕，亂了方寸應該也在情理之中，卻還是囑咐道：「最好再派人去打探一下，可不要讓王爺失望才是。」

南安郡雖是富庶，卻不似這天喬寨，不只豪富，更兼地理位置絕佳，進可攻、退可守，便是想要聯絡外族，也是方便得緊；退一萬步來說，若是王爺失利，這裡無疑也是最佳的藏身之所，及東山再起之地。

「現在正是最要緊的時候，容不得一點兒紕漏，我那日跟你提過的楚雁南等人，還是須多加防備……」

「青崖且安心，我已經著人落下寨門，近日內不許任何人進入天喬寨。」齊東明早有了計議——若是木府中一切如常倒還罷了，自己自然會按原計劃徐徐圖之，若是真有什麼不對，自己不介意在成親宴席上斬殺所有赴宴的客人，屆時將木家和汪家所有的傑出之輩一網打盡；所謂以有心算無心，即便自己這方會有些傷亡，也是有很大勝算的。

十月初六，宜嫁娶。

因是當家人木烈為女招夫，又有消息說，寨中來了神農山莊的高人，旦夕之間就可解決天喬木死亡之事，天喬寨一下就陷入了狂歡之中。

姬青崖等人作為齊家請來的觀禮嘉賓，一大早就被專門的儀仗隊迎著往木府而去。

雖早聽說天喬寨民風剽悍，姬青崖等人卻是絲毫沒放在心上——再凶殘又如何，那天喬木再死下去，這天喬寨都將不復存在；說句不好聽的，自己等人於天喬寨人而言，就等於救苦救難的活菩薩。

把自己當成活菩薩的，無疑不只姬青崖等人，齊東明穿著火紅的新郎服飾，躊躇滿志地騎上簪著紅花的高頭大馬——過了今日，這天喬寨就會改姓齊了。

一路上吹吹打打地來到木府，這次出來迎候的變成了木鐵。

「姑爺，請隨我來。」木鐵一面著人安排齊府其餘人去大堂上歇息，自己則引領著齊東明徑直往木子彤的院落而去，其他人待要跟上，卻被木府家人攔住。

「小姐體弱，受不得驚擾，還請各位先去禮堂稍候，不久自會由姑爺帶著小姐去大堂見禮。」

齊東明卻是了然——別人不知，自己卻明白，木子彤中毒之深，別說下床，便是一點意識也無。當下示意其他人趕去禮堂，自己則帶了幾個身手高強的屬下，跟著木鐵往木子彤的住處而去。

和外面的喜慶相比，木子彤的院落無疑有些沈悶，雖是照舊貼了大紅喜字，卻是一點兒聲音也無。

齊東明不疑有他，熟門熟路地進了房間往內室而去，眼瞧著前面就是木子彤的床榻，齊東明嘴角露出一絲志在必得的笑容，隱忍了這麼多年，終於可以把天喬寨納入囊中了——只要自己成了天喬寨之主，以後父王勢必會對自己另眼相看，包括姬珍娘那個賤人在內，看誰還敢瞧不起自己！

過於激動之下，呼吸不免有些粗重，隱約能看見隆起的錦被下紅色的喜服，齊東明伸手就去掀被子。

「子彤——」下一刻，齊東明臉色卻突然一白，卻是明明應該昏迷著的木子彤，這會兒忽然睜開了眼睛。

「東明——」木子彤卻是一下摟住齊東明的脖頸，力量之大，險些勒斷齊東明的脖子。太過驚悚之下，齊東明根本來不及反應，就被迫朝著木子彤的嘴巴吻了上去。

木子彤張開嘴來，舌頭往上一頂，一個物事隨著津液就進了齊東明的口中，上下牙齒隨即用力咬合，口腔中頓時充滿了血腥的鹹味。

「嗚……」齊東明臉都有些扭曲了，只覺舌頭好像被咬成了兩半似的，而木子彤的舌頭更是緊接著往上一送，好像頂到了自己喉嚨口一般，竟是咕嚕一聲，連帶著自己的鮮血及木子彤送進口裡的東西一併咽了下去。

「子彤，妳餵我——」

「真是個賤人！」木子彤卻是忽然翻了臉，抬手用力一推，齊東明的頭狠狠地撞上旁邊的衣櫃，額角頓時鮮血直流，心裡卻是浮起一陣陌生的情緒，只覺這會兒的木子彤竟是如此地美麗而迷人，自己無論如何也看不夠，甚至有一種想要匍匐在對方腳下，親吻木子彤腳的衝動……

「來人——」齊東明終於覺察到不妙，狼狽地挪開視線，不敢再看木子彤；哪知好半晌，外面都是沒有一點兒聲音。

木子彤已經下床，緩緩來至齊東明身邊，每靠近一步，齊東明就會不由自主地抖一下，心裡更是無比強烈地渴望木子彤來蹂躪自己；雖然心裡一再警告自己，不能有這種念頭，雙手卻是不由自主地抱住木子彤的腿。

「子彤，子彤——」

「愛不愛我？」木子彤緩緩彎下腰，揪住齊東明的衣襟，照著臉上就是狠狠的幾個耳光，瘦得宛若骷髏似的臉卻一點點貼上齊東明英俊的面龐，血順著齊東明的嘴角淌下，沾在木子彤的嘴角……

齊東明絕望地閉上眼睛，即便臉一陣陣地抽痛不已，竟仍是無比渴望，甚至發瘋一樣地湧起對木子彤強烈的愛意……

一個淡淡的聲音忽然在旁邊響起——

「子彤——」

齊東明無比艱難地轉過頭來，發現房間裡不知何時多了個清麗的小姑娘。

「扶疏。」木子彤抬腳踢開齊東明，神情明顯恭敬了許多。

「我有些話，想要單獨和齊東明談一下。」扶疏明顯有些頭疼，眼前的場面好像有些小孩不宜啊！只是聽木子彤說，那情蠱霸道得緊，怕是再過片刻，齊東明眼裡就會只剩下木子彤一個了，有些事，自己必得現在問個清楚。

「好。」滿意地瞥了一眼雖是不甘卻仍是無法控制、對自己一臉依戀的齊東明，木子彤毫不猶豫地轉身往門外而去。

感受到木子彤離開，齊東明霍地睜開眼睛，竟是控制不住想要馬上追隨木子彤而去……

「你是齊淵的兒子？」瞥了一眼癱軟在地上的齊東明，扶疏再一次確定了這個事實。

許是「齊淵」這個名字印象太深，齊東明呆了一下，竟是精神了不少，神情裡甚至有些瘋狂。

「是，我爹爹，正是南安郡王齊淵。小妹妹，妳帶我離開好不好？只要妳肯帶我走，我回去，就娶妳做我的正妃……」

扶疏還未開口，一個耳光就凌空劈下，眼前隨之多了一個人，卻是楚雁南，他氣得臉都黑了！

「果然是，齊淵的兒子。」扶疏臉上的神情更冷，好半晌才道：「齊淵，以及你，到底是憑著什麼，能使得神農山莊俯首聽命的？」

「神農山莊？」齊東明愣了下，心頭忽然升起一線希望，方才親眼見了木子彤在小女孩面前如何聽話，而這會兒聽著，怎麼對方好像和神農山莊頗有淵源的樣子？忽然道：「妳認識神農山莊的人？那妳一定知道姬扶疏小姐了！」

「姬扶疏？」扶疏一愣，直覺有些不妙。

楚雁南握著扶疏的手也不覺緊了一下。

「是，姬扶疏小姐，那是我娘！」齊東明眼中閃過一絲渴望。「看在我娘的分上，請你們救我出去！」

耳聽得「咚」一聲響，卻是衝擊太大了，扶疏腳一軟，就跌倒在楚雁南的懷裡。

而向來喜怒不形於色，即便山陵崩塌於眼前怕也不會眨眨眼睛的楚雁南，則是太過震驚之下，抱著扶疏就坐倒在地。

第四十章　當場打臉

「放肆！」楚雁南最先反應過來，氣得渾身都是抖的。

這世上哪個不知，姬扶疏雖是和齊淵訂有婚約，卻始終是雲英未嫁、小姑獨處罷了，哪裡會蹦出個這麼大的兒子？若然傳出去，可怎麼得了。

「當真該死，竟敢連姬扶疏小姐都敢胡亂攀咬！」楚雁南越想越怒，飛起一腳，朝著齊東明就踹了過去。

齊東明直覺不妙，剛想解釋，身子已經如同斷了線的風箏般飛了出去，狠狠地撞到對面牆壁上，又跌落地面。眼看著楚雁南又要抬腳來踹，嚇得一下抱住了腦袋，唉聲道：「東明並未說謊，公子且聽我把話說完——」

沒想到都這個時候了，對方還如此嘴尖舌巧，楚雁南拔出腰間寶劍，就要作勢砍下。

「慢著。」扶疏已經緩過神來，衝楚雁南搖搖頭，看向齊東明的眼神卻是分外清冷——料得不錯的話，「齊東明是姬扶疏兒子」的謊言，也是齊淵的手筆吧？

原來人的無恥果然可以無下限到這種地步嗎？

「扶疏——」楚雁南聲音中明顯有無法壓抑的憤怒。姬扶疏是什麼人，自己絕不許任何人令她名聲有一點點受損。

扶疏？齊東明呆了一下，看向扶疏的眼神明顯更加熱切，她竟是取了和娘親一般無二的名字嗎，足見對娘親必是仰慕的！卻在對上扶疏的眼神時，宛若一盆冷水兜頭澆下——不過是個小姑娘，怎麼會有這麼可怕的眼神？

「說吧。」扶疏重重吐出一口濁氣——這筆帳，自然會一併記到齊淵頭上。本來重生後，早下定決心，和齊淵橋歸橋、路歸路，老死不相往來，眼不見為淨，可既然齊淵那般想不開，自己要是不配合一下，委實太說不過去了！

齊淵，你可要好好活著，我已經期待著和你再相見的那一刻了。

齊東明忽然打了個哆嗦，不自覺地從扶疏臉上移開眼睛，半晌才定了定神強撐著道：「我並沒有說謊，姬扶疏委實是——」

一句話未完，楚雁南手中寶劍旋即遞出，齊東明的頭髮瞬時落了一地，一陣殺氣同時沿著劍刃滲入頭皮直至四肢百骸。

齊東明嚇得「啊」了一聲，一下癱軟在地，臉色更是慘白如紙。

「我、我方才所言句句屬實，全南安郡的人都知道，我是記在娘——扶疏小姐名下的……」

記在姬扶疏名下？扶疏和楚雁南都是一愣。

「是。」齊東明無助地縮在角落裡，不時無比渴望地瞧一眼門口，精神明顯有些渙散。「我告訴你們，全都告訴你們，讓我見一見子彤好不好？」

情蠱的力量竟是霸道至此？扶疏和楚雁南不由面面相覷。

「齊淵委實是我爹，至於姬扶疏——」

隨著齊東明的敘述，扶疏終於明白了是怎麼一回事。

還以為齊東明八成應該是齊淵和他那個「真愛表妹」的私生子，卻沒想到，全然不是那麼一回事；齊東明的生身母親，根本不是珍娘，而是府裡的一個歌姬罷了。

只是扶疏亡故後，齊淵為了把戲做足，雖是兩人沒有成親，仍是按照「髮妻」的級別在家裡為扶疏做了一場盛大的法事，甚至特意認了一個義子做孝子；更在之後，說是絕不能斷了姬家的承嗣，便又作主，把齊東明記到了扶疏的名下——

那個義子，不是別人，就是齊東明。

事實上，闔府上下都傳言，齊東明哪裡是什麼義子，分明是齊淵的私生子罷了。

齊東明自然明悟自己的私生子身分——

明明應該是王府最尊貴不過的長子，齊淵卻不知為何始終不肯承認自己，甚至遠遠地把娘和自己打發到一個偏僻的所在……

齊東明小的時候也算受盡苦楚，直到姬扶疏的死訊傳遍天下，齊淵才派人接回了齊東明，又讓他對著自己和姬扶疏的靈位磕了頭，才算是正式定下父子的名分。

那時雖然懵懂，齊東明卻明顯感覺到，自從自己認了一個死人做母親，在府裡的地位明顯高了，起碼生活處境發生了翻天覆地的變化。

稍長後與外人接觸，更是發現「姬扶疏」這個名字，竟無論是在民間還是官場，都擁有無與倫比的影響力。如果說一開始還是被迫認母，時間長了，齊東明已經完全自動自發地把自己當成姬扶疏的兒子了。

府裡人慣於踩低就高，雖是明面上不說，私底下，卻沒多少人看得起齊東明這個私生子。

齊東明憤恨之餘，便不止一次想像，若自己真是姬扶疏的兒子，別說闔府上下，怕是親爹都得看自己臉色，漸漸地這竟然成了一種執念；自己是姬扶疏的兒子，這一念頭竟是在齊東明心裡牢牢地扎下了根……

「子彤，我娘親是人所敬仰的姬扶疏，我娘親是姬扶疏啊，我帶妳去見娘親好不好，娘親一定會喜歡妳這個媳婦的……」

一口一個「扶疏娘親」叫得扶疏頭皮都麻了——這都叫什麼事，被迫和人成親還不夠，竟然連兒子都幫著準備好了，好好好，齊淵你果然夠本事也夠狠！

「夠了！你爹和神農山莊到底是怎麼回事？」

「神農山莊？」齊東明被嚇了一下，神智明顯又清醒了些，卻不知想到了什麼，神情竟是憤恨得緊。「神農山莊是我娘的，和那姬珍娘才沒有關係！」

「姬珍娘？」自己好像不是第一次聽到這個名字了，扶疏問道：「姬珍娘是誰？」

「姬珍娘就是那個賤人！」齊東明口氣怨毒。「父王以為我不知道，其實我清楚得緊，當初若不是那個賤人勾引父王，我娘怎麼會被氣死！早晚有一天，我要讓她好看！」

珍娘，姬珍娘？突然想到一個可能，扶疏抬頭難以置信地瞧著齊東明。「你的意思是，齊淵的那個表妹珍娘，其實，就是姬珍娘？」

「是啊。」許是太長時間不見木子彤，齊東明明顯有些坐臥不安，聽了扶疏的話卻還是愣了一下。「妳怎麼知道父王和那賤人的事？」

扶疏沒搭理他，內心卻是波濤洶湧。明明之前雁南說過，南安郡王妃是神農山莊莊主姬嵐的妹妹，怎麼竟變成了那個真愛表妹「珍娘」？

還是說從很早的時候，齊淵就已經和坤方姬氏勾結到了一起?!

虧自己直到死還被蒙在鼓裡！原來從那麼久遠的時候，那對渣男賤女就開始算計自己了嗎?!

「扶疏。」外面響起了一陣輕輕的叩門聲，木子彤的聲音隨即響起。「爹爹著人來問，婚禮要不要照常舉行？」

木烈的原話是，反正人已經到齊了，要是扶疏看齊東明不順眼的話，便是殺了也無所謂。

「子彤——」齊東明霍然從地上爬了起來，神情激動不已。「子彤，是妳在外面嗎？」忙探手綰起髮髻，又整理好自己新郎的服飾，轉身就往外衝，一副急不可耐要見到木子彤的樣子。

扶疏透過窗戶，瞧著外面有些混亂的情形——無比卑微地想要討好木子彤的齊東明，以及高傲得和女王般、居高臨下俯視齊東明的木子彤，微微嘆了口氣，站起身道：「走吧，去喜堂。」

此時喜堂的門已經豁然打開，本是被禮讓到會客廳的姬青崖等人也在木府僕人的引領下進了喜堂，卻在看到喜堂的設置後明顯有些反應不過來——

與外面的喜字連天、紅綢鋪地不同，這喜堂裡竟是蕭索得緊，尋常人家拜天地時所用的一應器具全都沒有，哪像是大戶人家成親時的排場，甚至一般人家納妾都要比這隆重！

姬青崖和齊英等人的臉色便都有些不好看——

兩人都是一樣的心思——木家這是要做什麼？下馬威嗎？分明是故意打臉！

木烈卻彷彿沒看到他們鐵青的臉色，反而先衝汪家家主汪景明點了一下頭，然後敷衍地對姬青崖和齊英道：「各位，請進吧——」

姬木枋也就罷了，姬青崖的火卻是騰地一下就上來了，想到齊東明說過，很快就能把木家連根拔除，好不容易強壓下火氣，陰陰地一笑。

「原來這就是木家的待客之道，還真是好啊！或者貴寨的天喬木也是這種陰晴不定的性格，說不好，今兒個活著，明兒個就死了，明兒個死了，後天再活過來……」姬青崖語氣裡明顯是赤裸裸的威脅之意。

「一切自有命數，天喬寨的事情就不勞姬公子操心了。」木烈懶懶地應了一聲，隨手指了一個靠近角落不顯眼的位置，神情譏諷地瞧了一眼正大踏步往主賓席上而去的姬青崖。

「姬公子的位子在那裡，可不要走錯了。」

本有些嘈雜的喜堂頓時一靜，所有人的眼神都投向了已經自顧自來至主賓席的姬青崖。

「寨主——」汪家家主汪景明看情形不妙，心裡不由有些打鼓，寨主這是怎麼了？大喜的日子，怎麼會做出如此有失禮儀的舉動？而且姬青崖可是神農山莊的人，天喬寨能不能保住，可也得靠了人家才是；再有什麼私怨，還是不要鬧得太僵才是，不然大家怕是都將沒有容身之處。思忖了片刻，忙低聲道：「今天可是大小姐大喜的日子，眼下已是這般時辰了，新郎說不好很快就會帶著新娘來了，還是請各位貴客趕緊入席吧。」說著就想延請姬青崖等人入座。

木烈冷笑一聲，故作驚異道：「大喜的日子？景明弄錯了吧，不過是彤兒納的一個夫侍罷了，哪用得了那樣的排場？若非正好有貴人駕到，便是這宴席也不必擺的——咱們當初納妾的時候，哪家不是隨隨便便從角門就抬進來了。」

不是木家千請萬求地求著齊東明娶了瀕死的木子彤嗎？怎麼到了這會兒竟成木家賞臉了？還有那貴人——

姬青崖忽然覺得有些不妙，難不成，是楚雁南他們?!

正自驚疑不定，外面突然傳來一陣腳步聲。

木烈聞聲回頭，頓時喜形於色，忙大踏步迎上去，說道：「莫公子、陸公子，兩位快請上座。」

莫公子，陸公子？汪景明也有些愣神，卻是從沒聽說過的名號啊，難道這就是之前寨主說的貴人？可於此時的天喬寨而言，還有什麼人是比能救天喬寨於危難之中的神農山莊人更尊貴的？只是看木烈神情恭敬得緊，明顯不是裝出來的，不由更是詫異，忙循聲往外看去，眼睛卻是險些脫窗——

不過是兩個不怎麼起眼的年輕人罷了。尤其是那年少些的，怎麼瞧都是一臉的村氣，說是個懵懂的鄉下少年更恰當，哪裡有一點貴人的氣勢。

姬青崖早已是臉色鐵青——這兩人不是賢王齊灝駕前的侍衛莫方及那鄉下小子，又是哪個！既然這兩人都到了，用腳趾頭想也知道，自己方才所遭遇的一連串打臉事件，肯定和楚雁南有關！

「木寨主，你這是何意？」齊英也察覺到事情不妙，一推椅子就站了起來，怒聲道：「咱們兩家的婚事可也是經過三媒六聘，若非明兒和令嬡情深意重，你以為我會願意自己兒子娶個行將就木的女人為妻？」

齊英這番話倒也在情理之中，若是從前，齊東明配木子彤還有高攀之嫌，可眼下卻是不只天喬寨朝不保夕，木子彤更是來日無多。

說句不好聽的話，一旦天喬木死絕，哪裡還有什麼天喬寨？天喬寨寨主也好，大小姐也罷，都是一句空談罷了。這般情形之下，齊東明還願意求娶一個病入膏肓、幾乎沒什麼利益可圖的女子為妻，無疑已跨入備受人們稱讚不離不棄的癡情漢行列。

而木家卻忽然在婚禮當天鬧了這麼一齣，不免有不識抬舉、背信棄義的嫌疑；若是在世俗中，必然會受盡世人詬病的。

只是齊英卻忘了一件事，這裡可是天喬寨，根本不是世俗鄉里。

天喬寨自來的習慣就是強者為尊，至於道德什麼的，又算什麼東西。說句不好聽的，道德準則之類的，歷來都是由強者制定的，誰的拳頭大誰就是老大；不然，木子彤也不會公然說出要納齊東明為夫侍這樣冒天下之大不韙的話。

雖是收到了齊英充滿期待的招攬眼神，汪景明細細掂量片刻，終究沒搭理——對方掛上了神農山莊的名號，固然讓人心動，可木家經營了天喬寨這麼多年，力量更是不容小覷，自己怎麼著也要摸清雙方各自手裡的牌才好打算；而且私底下，汪景明也是不願看見齊家和木家結為親家的——

這天喬寨本就是木家祖上用性命換來的一處世外桃源，歸木家所有也算是理所當然，要是真歸了齊家，自己心裡可怎麼也無法服氣。而方才進入木府時，齊英排在自己前面也就罷了，竟然連齊家小輩都絲毫不客氣地跑到了自己前面，那般囂張的模樣，明顯已經把天喬寨當成他們家的了。

汪景明當下只做沒看見齊英充滿期待的眼神，徑直轉向木烈道：「哎喲，原來還有貴客在啊，敢問寨主，不知這兩位是……？」

一旁的齊英簡直被氣歪了鼻子——嘿，這老小子，剛才還在不住跟自己套近乎，甚至拐彎抹角地求自己幫他跟姬公子一行介紹一下，現在倒好，竟是翻臉不認人了。

木烈微微一笑，抬手一指莫方。「這位是莫方莫公子。」又一指陸家寶。「那位是陸公子，還有兩位，待會兒會由小女陪同一塊和各位見面。」

什麼莫公子、陸公子的！汪景明簡直頭疼得緊，話說好歹也得介紹一下出身來歷不是？最關鍵的是天喬木的情形，他們能救治得了嗎？

剛想要問，卻被最後一句驚著了——由木子彤陪同，可大小姐不是身中瘴氣之毒太深，早已是病入膏肓了嗎？

「不過是小小的瘴氣之毒，於幾位貴客而言，不過舉手之勞罷了。」木烈似是看出汪景明的疑惑，自得地一笑。

舉手之勞？汪景明腦子簡直都有些轉不過彎來——之前以姬青崖為首的神農山莊的貴客去探看大小姐時，自己因為憂心天喬木的情形，正好身在木府，當時可是聽得清楚，那些人也不過稍微緩解了大小姐的危急情況，言下之意，也是拖不了多長時間的——即便以神農山莊的名頭，也無法即刻推導出聖藥金瑤傘生長的位置，而沒有金瑤傘，大小姐就只有死路一條。

怎麼這年紀輕輕的幾個人，已經把被判了死刑的大小姐給救過來了嗎？那豈不是意味著，他們幾個找到了連神農山莊人都無法覓到的金瑤傘？

也就是說，他們的農藝水平較姬青崖一行還要高超？

這樣一想頓時大喜過望，再不遲疑，汪景明忙向莫方和家寶一拱手。「果然是貴人駕到了，景明有眼不識泰山，失敬失敬！」

真是林子大了，什麼鳥都有！姬青崖簡直要氣樂了。這木烈都這麼大年齡了，竟也敢信口雌黃，真當所有人都是幾歲孩子嗎？木子彤現在的情形分明是神仙也無力回天——

即便那陸家兄妹有幾分本事，可要說能採來神品的金瑤傘，卻是打死自己也不信，世上會有人農藝之高猶在神農山莊之上，作夢還差不多！

齊英明顯也是做此想，又衡量一番自己這方的戰力，比起木府來也不遑多讓；再加上若是兒子能順利擒了木子彤，無疑又是一大助力，當下只冷著臉暗中戒備，做好發難的準備。

喜堂裡一時劍拔弩張，氣氛緊張得一觸即發。

也因為如此，外面的腳步聲便顯得尤其嘈雜，甚至還有可憐兮兮的男子聲音傳來——

「子彤、子彤，妳慢些，走這麼快，要是累著可怎麼好？讓我扶著妳些——」

「子彤，妳為何不說話，是惱了我嗎？若是惱了我，妳要打要罵都隨妳，可千萬莫氣壞了自己身子；妳就笑一笑吧，妳若肯笑一下，便是讓我這會兒即刻就死了，也是願意的……」

齊英臉色越來越難看，便是姬青崖也是吃了隻蒼蠅的模樣——這男子的聲音怎麼那麼像齊東明？莫不是木府特意找來模仿齊東明的聲音來讓齊家人難看的？

其他人聽著也都不由起了一身的雞皮疙瘩，甚至有些信了木烈所言，木家不過是給女兒「納妾」的話；奶奶的，就是做妾的，大庭廣眾之下，也不好意思這麼厚顏無恥地糾纏不休吧？還動不動就死了活的，哪有一點兒男人的樣子，聽著就和妓館裡承歡獻媚、使盡渾身解數討金主歡心的倌人相仿！

偏這「倌人」的聲音又和木家姑爺齊東明一般無二！

齊英臉上再也掛不住，「霍地」就站了起來，衝著外面厲聲道：「這光天化日之下，也不知什麼樣的父母竟會養出如此厚顏無恥之徒，當真是不要臉之至——」

話音未落，門一下被人推開，雖是瘦得和骷髏相仿，卻仍是難掩英氣的木子彤出現在眾人面前；而她身後亦步亦趨、一臉柔情萬種卻又誠惶誠恐、唯恐會惹了心上人生氣的，不是齊東明又是哪個？

竟然真是木子彤？齊英簡直不敢相信自己的眼睛，待看到後面小心翼翼伏低做小的齊東明，更是一口老血險些噴出來——原來自己就是養出厚顏無恥之徒的父母?!

第四十一章 神秘會首

「東明，過來爹這邊——」從頭到腳，從上到下，來來回回打量了齊東明足有一刻鐘的工夫，齊英終於不得不承認，那個即使在大庭廣眾之下也柔情萬千、繾綣難捨得沒出息男子並非別人假扮的，正是齊東明自身無疑。

到這會兒，哪裡不明白，齊東明八成是著了別人的道！

齊東明戀戀不捨地從木子彤身上收回眼神，卻是不肯離開木子彤身邊，有些不悅地瞥了齊英一眼。「爹，今天是我和彤兒的大好日子，等我們拜了天地——」話音未落，卻被木子彤打斷。

「拜什麼天地？你既然已經進了我木府，從此就是我木子彤的人了！從此只須老老實實伺候好我便是，至於其他人，你理他們那麼多做什麼？」語氣竟是如對男寵，絲毫不假辭色，還真的是納妾的態勢了。

所有來觀禮的人都愣了下，轉而好整以暇地看起戲來。

至於汪景明之流，早在看到活生生的木子彤站在眼前時，就已經明白，木烈口中的貴人，果然是比姬青崖等人更為厲害的存在。

齊英先是大怒，繼而又隱隱有些期待——齊東明的脾氣沒有人比自己更清楚，最是驕縱好面子的一個，特別是在外人面前，更是容不得自己受一點點輕視。如今日這般被當眾羞辱，齊東明無論如何也是忍受不了的，忙悄悄對埋伏好的齊府侍衛做了個手勢，但等齊東明有所反應，就立馬衝上前搶人。

齊東明果然一番大受打擊的樣子，卻是沒有如同齊英設想的那般翻臉，竟是瞧著木子彤，一副失魂落魄、快要哭出來的樣子。「子、子彤，妳是不是討厭我了？明明說好的，咱們要拜天地的——」忽然回頭狠狠地瞪了一眼齊英，明明自己方才好不容易把子彤給哄得有點笑意了，都是自己那個所謂的爹不好，一進來就大喊大叫！

對，肯定是齊英惹得子彤不開心了！

從當初奉了爹爹齊淵的命令，和齊英幾個喬裝打扮混入天喬寨後，為了掩人耳目，便對外和齊英以父子相稱；可說難聽點，齊英依舊是個奴才罷了，奴才就要知道奴才的本分，自己多不容易，才能和子彤在一起，這齊英倒好，竟還敢在這樣重要的日子裡來搗亂。

齊東明抿了下嘴，小心翼翼地對木子彤道：「子彤，妳莫難過，妳若是不喜歡，我讓他們都離開便是。」

「那是自然。」木子彤揚眉，不屑的眼神一一掠過齊英等人，那般冰冷鄙夷的模樣，幾乎要把齊英給氣暈過去。木子彤卻不理他們，反而伸手對待小狗般摸了下齊東明的頭，慢吞吞道：「這是我們的家，除了你的那些侍衛要留下來保護我們，我可不喜歡看到那些外人也留在這裡。」

「是、是嗎——」齊東明頓時受寵若驚，不自覺地用腦袋往木子彤手上蹭了下，神情幸福而又依戀，再回身時，卻已經不耐煩至極，對目瞪口呆的姬青崖等人一揮手道：「你們都回去吧，子彤不喜歡看見你們。」又衝著四圍呼嘯一聲，聲音甫落，十多個勁裝的黑衣人倏地出現在喜堂之上。

扶疏和楚雁南正好邁步而入，見此情形不由一呆——這也可以嗎？怪不得方才問起如何處理齊英等人及他們埋伏的人手時，木子彤毫不在意，原來在這兒等著呢！這分明就是借齊東明的手，讓他們自己火併嘛！

「木烈，你好卑鄙——」齊英忽然拔出劍來，轉身向齊東明的方向撲過去——這天喬寨是不用妄想了，能帶著齊東明安全離開就不錯了。

齊英凶狠地瞪了扶疏幾人一眼——自己辛苦經營了十年，卻不料一夕之間都成了泡影！這些人，等自己安全脫身回南安郡，定然一個也不會放過。

只是齊英卻忘了，齊東明也就在對著木子彤時才會性情大變，至於其他人，甚至他這個所謂的「爹」面前，依舊是陰狠毒辣的性子。

看到齊英絲毫不受教，還鐵了心要攪黃自己的婚禮，齊東明頓時怒極，衝著那些早傻眼的侍衛道：「還愣著幹什麼？他已經昏聵了，還不把人給轟出去！」

那些侍衛愣了半晌，雖是不明白到底發生了什麼，卻也知道齊府對外說是齊英持家，其實真正作主的一直是少主齊東明；看齊東明發怒，再不敢猶豫，擎出武器就把齊府眾人團團圍住……

「姬總管——」沒想到會出現這樣的變故，姬青崖臉色頓時有些發白，待匆忙看向姬木枋時，卻是不由一愣——姬木枋的臉上除了失望之外，竟還隱隱有些痛恨及快意？

忙順著姬木枋的眼神看過去，正好瞧見齊東明正搬了把椅子過來，小心翼翼地扶著木子彤坐下，又顛顛地端了杯水餵給木子彤喝，竟是絲毫不理情形已經萬般危急的齊英……

心裡忽然一動——是了，自己也偶爾聽莊裡的長輩說起，這姬木枋姬大總管卻是和已經死去的姬扶疏頗有淵源；而姬扶疏當初會猝死，和南安郡王齊淵的情變可謂大有關係！

反觀現在的齊東明，也是和乃父一般的作風，想要憑藉女人上位，甚至連後續手段也是一般無二——先是利用，待達成自己目的後，就毫不留戀地棄之如敝屣。

只是齊淵卻是因姬扶疏溘然長逝，終於成功把自己塑造成了世人眼中的完美男人、癡情漢的形象，齊東明比起父親來，運道委實差了一些，竟是反被自己想要利用的人給控制……

只是現在可不是看笑話的時候！姬青崖神情有些急躁地道：「姬總管，咱們是不是應該幫一下齊英——」

姬木枋打斷他道：「坐著就好。」心裡難掩失望——富貴迷人眼，更別說坤方之地的姬氏長時間在困苦生活中掙扎，自重回這花花世界，站在權力的巔峰，這些後輩們大多只知享受，絲毫不知道經由學習讓自己能力有所提高，乃致於處事能力竟是連小孩子都不如。

「他們對付完齊英，會不會對咱們，和南安郡王齊淵……」姬青崖卻仍是不放心。

「無妨。」姬木枋淡淡道。因和齊府人一道前來，自己這些人接下來的處境必然尷尬，可即便如此，楚雁南也好，木烈也罷，並不會拿自己這行人如何。這裡雖是天喬寨，可也是在眾目睽睽之下，不管是木烈還是楚雁南，都不會蠢到對自己等人動手——

一則大齊和謨族和談乃是一等一的大事，楚雁南再如何放縱不羈，也不敢在這樣的事上沾染分毫，不然就是叛國大罪；至於木烈，也絕不敢同時惹上大齊和謨族兩個國家……

而此時打成一團的齊英等人，勝敗已經見了分曉——

木烈手下的侍衛這時也加入了戰鬥之中，一番爭鬥之下，包括齊英在內的其他齊府人已經盡皆成擒，眼瞧著喜堂霎時變成了戰場，點點滴滴的鮮血灑得大堂都是，配上木子彤和齊東明身上的大紅喜服，當真是刺眼至極。

「妖女，妳到底用了什麼妖法，竟害得東明至此——」被推搡著經過齊東明和木子彤身邊時，齊英絕望地罵道。少主這般樣子，明顯是失了神智的模樣，如果說以前少主心目中最重要的就是權力，甚至那個至高無上的位置，現在眼中明顯只有木子彤一個罷了。

齊東明剛好湊到木子彤耳邊，似是要說什麼悄悄話，被木子彤抬手狠狠地推倒在地。

「滾開！你爹說我是妖女，又說我要害你，既如此，你又何必和一個要害你的妖女在一處！」

「子彤——」齊東明大急，臉色頓時一白，一把揪住木子彤的衣袖。

木子彤卻是用力抽出衣袖，連帶地讓齊東明再次趴在地上。

「子彤，妳放心，我一定給妳出氣——」齊東明急赤白臉（注）地從地上爬起來，順手抄起一把刀朝著齊英就擲了過去。「敢說我的子彤是妖女，當真該死！」

眾人眼睜睜地瞧著那把刀貫穿齊英的胸口。齊英猝然回頭，直直地瞧著齊東明，轟然倒在地上。

注：急赤白臉，意即心裡著急，臉色難看，形容非常焦急的神情。

齊東明竟然弒父？堂上其他人再沒想到會有此變故，頓時鴉雀無聲。

齊東明卻是眼睛都沒抬，無比溫柔地瞧著木子彤，一字一句深情無比道：「我的子彤是世間最好的女子，任何惹妳不開心的人，就是我齊東明最大的敵人！我已經替妳出氣了，子彤莫要再氣！」說完一揮手，冷聲道：「還愣著幹什麼，快給我拖出去！」

這個已經完全成為木子彤附庸的男人，真是風流儒雅、自詡智計百出的俏郎君齊東明?!

所有人心裡都是一凜——怪不得人人都說天喬寨是世間極惡之地，連木子彤這般女子都如此肆意妄為、心狠手辣，生生導演了一齣人倫慘變的大戲！

眼看齊英等人被拖出去，木烈緩緩起身，環顧周圍，目光所到之處，在場諸人盡皆低頭。

「今天誠邀各位到此，主要是有一件天大的喜事要宣布，時隔三十年後，天喬寨長老會會首一職，終於有了合適的人選。」

天喬寨長老會會首？汪景明霍地一下抬起頭來，簡直不敢相信自己所聽到的——

天喬寨長老會會首歷來都是木家人中最德高望重的人擔任，下轄的二十二位長老皆是各自領域的頂尖大師，甚至能直接決定寨主的廢立。因上一位充任會首的木家祖上太過功勛卓著，因此自從他仙逝後，已經有將近三十年，天喬寨未設會首一職，現在木烈卻突然宣布會首有了新的人選，怎麼能不教人震驚？

便是姬木枋等人，也是聽過天喬寨的相關傳聞的，至此也不由一震——但不知是何方神聖，竟能鎮得住天喬寨這一班惡人?!

所有人都眼巴巴地往外瞧去，卻均是一愣，大門旁除了一個異常俊美的年輕人及一個容貌清麗的小姑娘，哪還有其他人？

汪景明最先站了起來，衝著木烈一拱手，問道：「寨主，敢問會首現在何方，我們是不是要一起前往迎接？」

「也好。」木烈點頭，待來至扶疏面前，竟是當先一掀袍子，咚地一聲跪倒在地。「天喬寨第三十八代寨主木烈參見會首。」

「木寨主——」扶疏有些頭疼——這木烈當真是個固執的，自己已經說得明白，不可能留在這天喬寨，好不容易推了寨主之位，現在又送上個會首。

「會首放心。」木烈恭恭敬敬道：「除非有天大的事發生，否則天喬寨一干事務都絕不會擾到會首，會首只管愛做什麼就做什麼，還請會首再莫要推託。」

不會吧？開什麼玩笑！姬青崖眼睛一下瞪得溜圓——不是說會首只能由木家人充任嗎？眼前這個人卻分明是跟在楚雁南身邊的那個姓陸的小丫頭啊！

齊家人謀劃十年而功虧一簣，甚至齊淵埋下的那些暗樁也被一朝拔除，連帶著跟了幾十年的老總管齊英橫死當場，堂堂郡王長子戲劇性地化身男寵，這麼慘重的代價下，卻是一無所得，倒是瞬息間落入一個小丫頭的手裡，也委實太匪夷所思了吧！

正自百思不得其解，外面又是一陣雜亂的腳步聲，汪景明最先回神，走在最前面的可不正是自家長輩？忙迎上一步。「叔爺爺，可是天喬木——」卻被汪子騰一下撥開。

「一邊站著去。」汪子騰轉而無比熱切地瞧向扶疏，激動得都快哭出來了。「會首、會首，果然，成了！」其他長老也圍了過來，個個眼含淚花，瞧著扶疏的眼神如對神祇。

「會首果然高明……」

「天佑我天喬寨，才會賜下會首這般奇人！」

饒是扶疏早習慣了眾星捧月的情形，可被些爺爺輩的老人這樣圍著吹捧，還是不習慣得緊，忙擺手道：「成了就好，前輩們休要如此，可不要折殺我了！」

「什麼前輩？」汪子騰最先不樂意了，覥著臉道：「您是會首，卻說我們是前輩，這怎麼使得？您老莫要客氣，叫我子騰就好。」

汪子騰說一句，汪景明就哆嗦一下，直到最後，簡直恨不得找個地縫鑽進去——這都什麼跟什麼啊！對方不過是個小姑娘罷了，叔爺爺卻這樣尊敬地一口一個「您老」的，讓自己這張老臉都有些掛不住了。

正要再問，外面的大街上忽然傳來一陣驚天動地的歡呼聲，同時有嘈雜的腳步聲正匆匆而來；還未回神，木家、汪家各自派出日夜觀察天喬林情形的幾個後輩衝了進來，人人都是欣喜若狂的模樣。

「啟稟家主和各位長老，不只那片即將枯死的天喬木一夜之間便青翠如故，便是以前死去的天喬木也似是又有了生機……」

包括汪景明在內的其他天喬寨人，這會兒終於後知後覺地明白：天喬木復活了，而讓天喬木復活的不是旁人，正是眼前這個瞧著弱不禁風的小姑娘！

第四十二章　天外有天

「這，怎麼可能？」姬青崖呆呆地瞧著如眾星捧月般，被一干惡名在外的天喬寨人圍在中間的扶疏，嘴裡止不住喃喃道。

沒有人比自己更清楚，那些天喬木為什麼會出現大面積死亡——本來這一切就有神農山莊的首尾。

自從坤方之地重掌神農山莊，很快便被這花花世界迷昏了頭，眾人花費起來，自然毫無節制，漸漸地便有坐吃山空之慮，最終為了支付整個家族的巨大開銷，終於不得不和齊淵合作。近幾年來，齊家私下裡從天喬寨運出了一大批珠寶，其中相當一部分是落入了姬家人的口袋。

只是所謂拿人手短，姬家也答應齊淵，必要時會出手相助，而對天喬林的破壞，便是近幾年來山莊付出了相當大心血的一件事——

委實是天喬木太過少見，而且生長之地遍布瘴氣，普通人別說探查其習性，可能僅僅靠近就會沒命！竟是翻遍了莊內所有典籍，都沒有見到相關記載。

就在大家失望之時，卻是在姬扶疏的父親姬臨風的手札裡找到了一些零零星星的記錄——原來當初姬臨風為妻子採藥時，也曾到過此地，幾經波折之後險些喪命，才終於參破了天喬木的秘密！

天喬木的習性實在太過詭異——雖為樹林，卻宛若人類的一個王國，所有樹木都是由一棵主樹繁衍變化而來；更奇妙的是，即便離得再遠，那些天喬木都還和主樹有著千絲萬縷的聯繫，一旦主樹受損，連接著的那些天喬木便會按照距離主樹的遠近相繼死亡。

光為了尋找主樹，就花費了山莊十多個好手足足三個月的時間。

而傷害主樹時，還必須掌握一個限度，輕了達不到設想的讓天喬寨人心惶惶的效果，重了的話，說不定整片天喬林都會死亡——天喬林沒了，天喬寨自然也就不在了，這麼大筆的財富可就要永遠埋在深山裡了！

因此又耗費了將近半年的時間，最終才確定了要在那處根莖下手。

而現在，那個陸扶疏竟然在一夕之間，神不知鬼不覺地就解決了山莊耗費了大量人力、物力才辦到的事情，這也實在太匪夷所思了吧？

要是對方是個德高望重的老者也就罷了，偏還是個十來歲的小姑娘！

自己可不信，這世上會有人農藝之高，竟然連姬臨風也比不上的。

難不成是對方曾經偷偷去過神農山莊，也看到了姬臨風的手札？

姬青崖很快又推翻了自己的想法，莊裡存放典籍的地方最是戒備森嚴，別說是陸扶疏，就是楚雁南的身手，怕也無法靠近。而且那麼多書籍，對方又怎麼可能一下就翻到姬臨風的手記！除非是姬扶疏在世，否則世上怎麼會有這般妖孽。

忽然想到扶疏瞟過來時淡然而又隱含諷刺的眼神，不覺激靈地打了個冷顫——

姬扶疏，陸扶疏，名字裡竟然都有個扶疏，會不會是姬扶疏的鬼魂……這樣想著，竟是不敢再看扶疏的眼睛。

姬青崖下意識地碰了碰姬木枋，問道：「姬總管，這陸扶疏……不會是鬼吧？」

「鬼？」姬木枋神情一震，似是受到了什麼驚嚇，半晌頹然道：「即便沒有鬼，神農山莊也不知還能存世多久？」

難道是老天要懲罰坤方族人嗎，不然為何要降下這樣驚才絕豔的人物？反倒是山莊裡的後輩，真心喜歡農藝的幾乎沒有，若非當初姬扶疏父女執掌山莊時還培養了一批好手，怕是山莊早就捉襟見肘了。

又思及莊裡絕大部分一心抱著「自己吃盡了苦頭，所以更要雙倍地享受生活」的族人，不由更覺心灰意冷，自己和主子這般嘔心瀝血，到底為的是什麼呀！

「那個陸扶疏的眼神，委實不像小孩子——」姬青崖卻依舊惴惴不安。

「不像小孩子？」姬木枋眼睛挑了挑，也不由皺起了眉頭，忽然道：「我記得你那日說，青岩在楚雁南那裡，除了楚雁南，當時青岩身邊還有一個小女孩……」

「就是這陸扶疏。」姬青崖肯定地道：「當時商嵐也在，奇怪的是這陸扶疏明顯對我很是仇視，偏是對商嵐態度不是一般的好；還有商嵐——」

「商嵐怎麼了？」姬木枋敏感道。

「商嵐也很古怪，平日裡我看商嵐從不和任何人多說一句話，委實是個再木訥不過的人，偏是不知為何，對這陸扶疏很是維護，若非確知他們只是第一次見面，我都以為是再熟稔不過的。」之前只是覺得古怪，這會兒姬青崖卻是越說越覺得詭異——怎麼凡是和姬扶疏有關的人到了陸扶疏這兒，全都反常得不得了？

姬木枋越聽臉色越難看，「忽」地一下就站了起來，徑直分開人群往扶疏身邊而去。

「陸小姐，姬木枋有事想單獨求教小姐。」

「走吧——」扶疏衝一臉不贊成的楚雁南擺了擺手。

這姬木枋是個聰明人，不然也不可能那麼成功地隱身山莊這麼多年，當此情形下，絕不會傻到向自己動手；而且，這一切，原本就在自己的安排之中……

看到姬木枋跟著扶疏離開了，一個人冷冷清清待在位子上的姬青崖更坐不住了，站起身來就想離開，剛推開椅子，眼前一花，忙定睛瞧去，卻是那位汪家長老，汪子騰。

「你小子要去哪兒？」汪子騰嘴角掛著冷笑，眼睛裡一抹妖異的光一閃而過。

「我——」姬青崖不覺晃了下腦袋，只覺木木的，好像很是混沌的感覺。

「哎，也是個可憐的。」看姬青崖侷促，汪子騰眼神忽然柔和下來，甚至握住姬青崖的手。「好孩子，走吧，我送你回去。」

姬青崖站起，乖順地跟在汪子騰身後往外而去。

「他真的會不記得方才發生的事？」瞧著兩人遠去的背影，莫方驚奇得緊。

「放心。」木烈撫鬚一笑。「汪老的手段可不是一般的高明，不過是抹去這兩人方才的記憶，委實是太容易的一件事。」

何止太容易，說是殺雞用牛刀一點兒也不為過。以汪子騰此時的功力和地位，這種小蝦米哪還用得著他出手？不過因為是扶疏小姐吩咐的，才這般上心，不願出一點兒差錯罷了；

只是那姬木枋，自己瞧著，意志力比起姬青崖來，還是有那麼一些棘手的……杯。

而此時，姬木枋和扶疏正相對而坐，卻是久久無言。

「扶疏小姐——」先開口的是姬木枋，許是有些心事，姬木枋不自覺地轉著手裡的茶杯。

「姬先生——」扶疏抬眼，端起茶杯啜了一口，姿態優雅，如行雲流水一般。

姬木枋眉頭蹙得更緊，若有所思地瞧著扶疏。「冒昧問一句，妳與我們神農山莊可有淵源？或者說，妳可與神農山莊姬扶疏小姐相識？」

扶疏瞇了下眼睛，放下手中的茶杯，發出「咚」的一聲響。「不錯，算是相識。」

「妳——」雖是已經有所猜測，姬木枋卻仍是駭然變色，甚至說話都有些不太利索。「僅僅是相識嗎？」

僅僅是相識的話，為什麼連喝茶的動作都如此相似——記得那時自己跟在商嵐身邊，這對師兄妹平日裡除了俱是愛極了鑽研農藝之外，還都愛品茶，那般怡然自得的樣子，恍若現在還在眼前。那時的姬扶疏便如現在這般，無比愜意地享受著茶香時，總會下意識地瞇一下眼睛……

「也許是比相識還要更深一步，姬先生以為呢？」扶疏卻仍是要笑不笑的樣子，偏是自得的情緒裡又夾雜著一絲絲的厭惡。

姬木枋臉色一點點發白，雙手撐著桌面，直直地盯著扶疏的眼睛。「妳、妳到底，是誰？」

扶疏抬頭，粲然一笑。「我說，我就是姬扶疏，阿木你以為呢？」

阿木？十年前，姬扶疏也是這樣稱呼自己——一樣輕柔的嗓音，一樣自得的表情，便是那骨子裡與生俱來的居高臨下氣勢也是一般無二……

姬木枋騰地一下就站了起來，動作太急了些，竟是帶翻了旁邊的椅子，那厚重的紅木椅一下重重地砸在他的腳上，姬木枋卻懵然未覺，仍是怔怔地瞧著扶疏——記憶中姬扶疏雖不過中人之姿卻無比自信張揚的面容，漸漸和眼前這個清麗的女孩融為一體……

「妳真的是扶疏小姐？怪不得青崖說，商嵐待妳如此不同，還有青岩……」

扶疏嘆了口氣，眼睛卻是略過姬木枋，瞧向外面無邊的天空。

「商嵐？這世上，還有商嵐嗎？我猜得不錯的話，他和你的身分，是一樣的吧？」

「小姐說什麼，我不懂——」姬木枋似是忍受著極大的痛苦，慘然一笑。「妳既然是，姬扶疏轉世，會不知道商嵐是個什麼樣的人？姬木枋承認，背叛了小姐，至於商嵐——好幾次我都聽見，商嵐一個人嘮叨，說很想妳……」

然後竟是緊閉牙關，任憑扶疏如何詢問，再不肯說出一個字，直到最後，實在扛不住汪子騰藥蟲的霸道，竟是兩眼一閉，昏了過去——

扶疏怔怔地瞧著痛苦得弓著身子趴伏在地上的姬木枋，抬手蓋住自己的眼睛，有淚水悄然滑落——上一世，何曾想到有朝一日，自己竟是連大師兄也不得不猜疑……

「小姐，地上這人——」聽到裡面動靜不對，木府侍衛不及告進，便推門而入，待看到躺在地上的姬木枋，不由一怔。

「拖出去。」扶疏擺了擺手，雖然痛恨姬木枋的背叛，只是眼下還不是懲治他的時候，為了不打草驚蛇，眼下只得先放他離開。

汪子騰已經打了包票，等姬木枋醒來，自然會把方才發生的事忘得一乾二淨。

天喬林恢復生機，天喬寨舉寨歡慶，作為新任會首，盛情難卻之下，也只好又停留一天；本想著隔天一大早就動身前往通靈谷，不料大哥家寶卻忽然病倒，依家寶的意思是要強撐著一塊兒上路的，卻被扶疏給強令留下——

此去通靈谷，路途怕是會更艱險，扶疏怎麼忍心讓家寶拖著病體跟著自己艱難跋涉？

「大哥，你只管好好將養身體便是，有雁南和莫方在，你只管放心。」

一旁靜靜候著的楚雁南卻是猛一回頭——就在方才，楚雁南突然感到有灼熱的視線正膠著在自己身上，回過身卻只看到一個女子的背影，這個背影好像有些熟悉啊……

一直到走了很遠，楚雁南才恍惚憶起，方才那個人影，好像同謨族公主葉漣有些像呢！卻又很快把這個念頭拋開——

姬青崖等人被攆出去了，葉漣只好跟著一道回返，怎麼可能一個人留在天喬寨？就是她想，姬青崖等人也萬萬不會同意的！

家寶一直強撐著把扶疏等人送出天喬寨，才轉身準備折返木府。為了不打擾會首兄妹話別，木府下人便遠遠地候著，瞧見扶疏等人離開，剛要上前伺候，旁邊胡同裡忽然轉出一個女子，許是走得太快，那女子竟是咚地一下和家寶撞到一處。

「小姐——」眼看那女子就要朝地上栽倒，家寶嚇了一跳，忙一把扶住，入目正是一張芙蓉美面。

「公、公子……我的腳……」女子臉色極為痛苦，垂下的眼簾中卻是閃過一抹狡色——這陸家寶最是個性情單純的老好人，有了他，自己要想逃出這天喬寨，應該就容易多了吧？如果楚雁南在，即便這女子易過容，怕是也會一眼認出來，可不正是葉漣……

「葉漣跑了，這是什麼意思？」連州城中，瞧著衣衫襤褸、狼狽無比地從天碭山中回返的姬青崖等人，饒是老奸巨猾如鄭國棟，也嚇得差點兒跳起來。

抓獲謨族公主葉漣，那是多長朝廷臉面的一件事啊！

皇上聽說這個消息後，當即大宴群臣，又明令昭告天下，不止一次在眾臣面前說：「邊境安寧終可期」；而自己之所以會以欽差之威，陪同姬青崖到此，也正是因為這位被抓獲的異族公主！現在姬青崖卻突然告訴自己，駙馬當不了了，因為葉漣跑了，煮熟的鴨子又飛了！

皇上若雷霆大怒，即便是自己怕也是無法承受得起的。

當初姬青崖言說要帶著葉漣一塊兒進山採藥時，自己就覺得不妥，只是耐不住姬青崖勸說，說什麼斷不會讓葉漣逃跑，更可以借此機會摸清謨族虛實，也讓葉漣對他更加死心塌地……甚至還特意跑去，找陸天麟立了軍令狀！

更倒楣的是，自己也是昏了頭，竟然被姬青崖蠱惑，還給他做了保人！誰承想，姬青崖竟灰頭土臉地回來告訴自己，葉漣跑了。

有這麼坑爹的嗎？

「混帳！」鄭國棟終於忍不住，一腳踹翻了旁邊的一把椅子，用的力氣大了，險些扭了腳，一時疼得不住吸氣。

姬青崖臉色很是難看——鄭國棟雖是沒明說，但方才那一句「混帳」，明顯是針對自己的；只是這會兒，卻是不敢說什麼，又瞥見姬木枋盯著自己時森冷的眼神，神情更是慌張——

是自己當時被葉漣美色所惑，才會被葉漣騙到，死鬧活鬧地帶了人一起上路，現在倒好，人卻半路跑了！人都說紅顏禍水，這會兒才算體會到，自己到底被禍害得有多厲害了。

鄭國棟不住地喘著粗氣，好半天才轉過頭來，惡狠狠地瞧著姬青崖道：「這件事，姬公子可想好了要怎麼做？畢竟，你可是立了軍令狀的！」言下之意即是，皇上真怪罪了，自己可絕不會幫著分擔罪責的。

「我……」姬青崖頓時語塞，心裡卻是恨恨不已，這老混蛋，自己當初說要讓葉漣對自己死心塌地，以後也好掌控謨族勢力時，鄭國棟可是滿口說好的，這會兒倒好，什麼都成自己的錯了！

姬青崖卻也不敢強辯，半晌定了定神，強撐著道：「我們被趕出來時，有侍衛說是瞧見楚雁南等人就和天喬寨諸人站在一處，葉漣能逃跑，肯定和他們有關……只要我們咬死葉漣的逃跑是楚雁南搗的鬼，甚至本就是陸天麟看我們神農山莊不順眼，才故意逼我立下軍令狀後又做出此等事來……只要皇上有一點疑心，陸天麟在朝中又沒有什麼後臺，即便我們受些責罰，也必不會太重，反倒是可以把這連州軍營大帥的職位空出來……」

鄭國棟越聽眼睛越亮——大齊四境，無疑連州是重中之重。若真能借這個機會撤去陸天麟的職位，換上自己的親信，算得上是一筆划算的買賣，說不定還可以借機除去楚雁南，報了兒子斷臂之恨。

鄭國棟臨離開時又囑咐道：「你們現在就寫一道奏章，講述清楚前因後果，待明日，我派人八百里加急送往京城。另外，為了確保安全，你們這幾日就小心待在這裡，記住莫要被人發現行蹤。」

這人竟然只想得利，絲毫不願承擔一點兒干係！

姬青崖如何不明白鄭國棟的心思，只是禍都是自己闖出來的，眼下又是有求於鄭國棟，卻也莫可奈何。

第四十三章　栽贓陷害

「混帳！」神農山莊的大廳內，姬微瀾整張臉都有些扭曲。

怎麼會有這樣的蠢材，這麼容易的事都給辦砸了！現在倒好，駙馬沒當成，反倒還把那敵國公主給弄丟了！

自從坤方姬氏族人掌控神農山莊，當家人也就自然而然地易主；現在的神農山莊當家人有兩位，一位是莊主姬嵐，另一位就是副莊主姬微瀾。

據說兩人乃是兄弟，只是身為兄長的姬嵐雖擔了個莊主的名頭，卻是不熱衷於權力，甚至很多時候都不在莊裡，而是滿世界地亂跑；反倒是弟弟副莊主姬微瀾，掌控了莊裡的絕大部分事務。

不得不說這人身上遺傳了乃祖長袖善舞的個性，十來年的經營之下，雖是神農山莊在民間的聲譽有所下降，官場上卻獲得了頗多稱讚，說是如魚得水也不為過。

而姬微瀾的慾望，顯然不僅止於一個除了好名聲卻和世俗權力毫不沾邊的神農山莊莊主——再是莊主又如何，總覺得說出去還是個種地的，怎麼也比不上那些王侯將相威風。

正是因為這一點，在聽說葉漣點名想要招一個神農山莊人做夫君後，立馬興致勃勃地派了姬青崖前往，甚至為了確保萬無一失，還派出姬木枋保駕。

現在倒好，駙馬還沒影呢，倒是一樁天大的禍事砸到頭上，真是一個不好，說不得，神農山莊就會獲罪於朝廷。

當然，虧得這之前姬臨風父女把神農山莊經營得太好，讓皇上輕易不敢動山莊的心思；只是自己的本事自己明白，放眼整個山莊，除了那人，他對其餘人的農藝並不敢恭維，不然，自己也不會挖空心思往權貴圈裡鑽。

面對姬微瀾的雷霆怒火，回來送信的侍衛跪在地上，直嚇得大氣都不敢出。

姬微瀾在原地轉了幾圈，又回到書桌上扒拉了一番，揀出幾封奏摺來——

事關農事或者災情的奏摺，皇上一般會命有司直接轉到神農山莊，讓神農山莊的人負責做出安排，再交由朝廷實施。

本來這幾封姬微瀾準備拖一拖的——今年以來，又有幾地發生災情，大災過後，因大水漫流或過於乾旱的緣故，多處土壤特質發生變化，這幾地尤其厲害，說是赤地千里也不為過。

只是神農山莊人手有限，處理起來竟是焦頭爛額，至今仍無頭緒；不得已，姬微瀾就揀選出來，先放在了一邊，而現在情形緊急，也是時候交出來給皇上施加一下壓力了——

只要讓皇上明白，於大齊而言，神農山莊絕對是不可少的，那麼不論這件事最後的結果如何，起碼山莊都會立於不敗之地。

大齊自建國三百餘年來，還是第一次出現這樣的奇事——

神農山莊竟然和新任戰神陸天麟打起了擂臺！

回想起十年前，姬扶疏為了救助楚家幼子，不惜敲響登聞鼓，甚至又驚又怒之下，猝然身死。現在大齊皇室仍看重姬家，戰神雖是改了姓，可也和楚無傷是拜把兄弟不是，怎麼也能算是一家人吧，從前互相仰慕互為支撐；現在倒好，竟是要拚個魚死網破之勢，更不要說之間還牽扯到楚無傷的幼子，剛立下赫赫戰功的楚雁南。

至於說皇上齊珩，先是雷霆大怒，當場就把御案上的東西砸了個乾乾淨淨——活捉葉漣，該是多給朝廷長臉的一件事啊，齊珩從登基到現在，也就這段時間過得最是舒心，現在倒好，輕飄飄一張奏摺飛過來，竟然說讓葉漣給跑了！

當然，齊珩也沒有聽信姬青崖等人的一面之詞，畢竟陸天麟的性子自己瞭解，絕不是那般因私廢公之人；至於楚雁南，更是甚肖其父，性情傲得很，應該不屑於做出這等齷齪事來——說什麼楚雁南愛上葉漣，又想栽贓神農山莊，怎麼聽怎麼彆扭！

只是要說姬青崖會放走葉漣，也完全沒可能啊！

期間齊珩也想過，是不是葉漣自己跑了？只是看奏摺上，卻是為了保證葉漣的安全，選的全是一等一的侍衛，沒道理一個大活人就會無緣無故憑空消失？姬青崖等人更是信誓旦旦，說是他們特意打探過，竟有人親眼見到公主和那叫陸家寶的村夫一道離開……

所以最後，齊珩得出了這樣一個結論，葉漣逃跑，怕是雙方都有責任，說白了，說不定就是這兩家的內訌，才給了葉漣可乘之機，讓她找到機會逃跑。

不得不說齊珩還是有兩把刷子的，眼前的神農山莊和陸家確然互相看不順眼……

而想明白這一層，讓齊珩憤怒之外又很是頭疼。從心底說，齊珩也不喜歡神農山莊和陸天麟走得太近——畢竟，兩者都是國之柱石，真是好得蜜裡調油似的，自己怕是要坐臥不寧了；可現在這般勢如水火的情形，又何嘗不讓人頭疼？

這就好比自己的兩條大腿啊，去了哪一個，都勢必給大齊造成強烈的動盪。

下意識地瞧了眼案頭上尚未批示的幾封奏摺——是前兩天神農山莊姬微瀾呈上來的，大齊又有數地大災，一個處理不好，說不定就會激起民亂；自己正要下詔令姬微瀾速想出對策來，現在出了這檔子事，抬頭瞧了一眼對面始終低垂著頭的一個五十許的男子，深深嘆了口氣，問道：「依卿看來，此事當如何處置？」

「皇上。」一旁邊侍奉的正是寧國公張顯。順著皇上的眼光看過去，聽皇上發問，又迅速垂下眼——

那姬微瀾當真是個權術高手，竟然不發一言，就能使得皇上不得不先保他家，幸好這人也算是自家盟友——

目前諸位皇子盡皆長成，朝中大臣哪家不想為子孫後代謀一份從龍於潛邸的擁立大功？一門心思做純臣，說不好就會得罪了某個皇子，被碾壓成齏粉而不自知。就如同今日的陸天麟，難保不是太不識抬舉，惹得三皇子齊昱厭煩……

也因此，當初幾位皇子先後拋過來橄欖枝時，不過稍一思量，張顯就有了決斷——因大皇子的夭亡，二皇子齊昭倒是占了個「長」字，奈何其母位分太低——自古母憑子貴、子以母顯，與之相比，三皇子齊昱的娘親卻位列皇上四妃之首，內有鄭妃娘娘日日在皇上面前進言，外有鄭家多年經營，齊昱的勝算無疑最大。

張顯不過稍一思量，就毫不猶豫地選擇了三皇子齊昱來做未來的靠山，只是出於多方考量，雙方的關係卻是相當隱晦。

這會兒聽皇上詢問，張顯故作憂心忡忡地思量了片刻，然後才道：「皇上，這裡面是不是有什麼誤會？那陸帥也是不世出的奇才，臣聽聞，他生生把個連州轄下經營得鐵桶一般，怎麼會發生人犯逃走這樣的奇事？至於神農山莊也是國之股肱——今年大齊多處災荒，眾多百姓啼饑號寒，日夜期盼神農氏解民苦難於倒懸，這兩家不論是傷了哪一個，都非大齊之福。」

說話間似是不偏不倚，但稍一思量無疑便能聽出，張顯明顯有指責陸天麟的意味——那連州可是你的地盤，不管如何，葉漣跑了，你都是有責任的。卻又暗示齊珩，於今時今日的大齊而言，必須仰仗神農山莊安撫民心。

齊珩皺了下眉頭，卻也只能承認張顯說的在理。

「依卿看，怎樣處置此事為好？」

「這般大事，非嚴懲不足以平民憤。」張顯重重點了下頭。「只是臣方才也說了，這兩家都是大齊的臂膀，必得查個清清楚楚，方好做出決斷。只是既然要查，神農山莊那幾人並無官職在身，倒是好說；至於陸帥，為了避免不必要的糾紛，還是先收了他手裡的兵權為好。」

齊珩道：「朕信得過陸卿，斷然不是那般淺薄之人。」

張顯愣了一下，忙道：「臣不是那個意思，只不過以為兩方均應避嫌罷了，才好得出一個最客觀公正的結論，等事情水落石出，涉事人等自然就能各司其職。便是陸帥，說不好心裡也有此種想法。」

齊珩默然半晌，方道：「事已至此，也唯有這樣了。明日，就由你和賢王齊灝充任欽差特使，親往邊疆調查此事——賢王目前人就在連州，你拿了聖旨速速去往邊疆，與他會合便是。」

竟然，還真成了？聽聞張顯要作為欽差特使前往連州，甚至屆時將會統管連州大營，鄭氏一派無不額手稱慶——倒沒想到，連州軍權得來得這般容易；甚至鄭國棟的兒子鄭康為了親自見證楚雁南鋃鐺入獄的歷史性一幕，也鬧著進了張顯的隊伍。

「暫時替我掌管連州大營？」陸天麟瞥了眼兀自皺著眉頭的齊灝，和明顯有些得色的張顯，至於鄭國棟幾人，早樂得找不著北了。

「好。」陸天麟卻是爽快得緊，徑直把帥印往桌上一放，抬腳就要離開——自己正愁找女兒的時間不夠用呢，這下倒是合了自己心意，從此後再不必管那些惱人的軍務，只一門心思地找女兒便好。

「陸帥——」齊灝上前一步，攔住了陸天麟的路，半晌衝著外面厲聲道：「元帥親衛何在？」

陸天麟一驚，臉色頓時一沈——這是，要把自己扣起來？

鄭國棟等人則是大喜，若是賢王出面，這就解決了陸天麟，實在是再好不過的一件事。

卻不料齊灝冰冷的眼神一一掃視過眾人，最後注目暗衛，一字一字道：「你們都給本王聽好了，全力守護陸帥的安全，若陸帥有半點閃失，全部提頭來見。」

不是讓這些暗衛抓陸天麟，而是，讓他們保護陸天麟？

這不是明擺著打張顯的臉嗎——剛接了元帥的位置，所有親衛卻要一窩蜂全分給原大帥，瞧這架勢，分明是一個也不留。

不只鄭國棟、張顯等人瞬間陷入呆滯，便是陸天麟自己也是丈二金剛，摸不著頭腦——這齊灝怎麼回事啊？明明平日裡煩自己煩得要命，恨不得日日瞧見自己倒楣他才開心的樣子，現在倒好，自己真要倒楣了，他竟然又蹦出來給自己保駕護航了？這腦子莫不是有病吧？

眾人還沒想出個所以然來，齊灝又一瞪眼道：「案情沒弄清楚之前，不得隨意拘捕無關人等！」說完一甩袖子，徑直離開。

這大帳裡的人，包括陸天麟在內，可沒一個是自己看著順眼的！

只是齊灝並不是拎不清的人，於公而言，即便東鄉侯張顯當年也曾領兵打仗，還打過幾次勝仗，可這麼些年養尊處優地生活下來，曾經的軍事天分怕是早就還回去了；而連州大營則是重中之重，稍有閃失，怕就會出大事，那陸天麟無疑是連州形勢穩定的關鍵要素。

當然，會保陸天麟，除了為公之外，卻還有外人所不知的私心——縱然自己看陸天麟不順眼，可若是他真出了事，自己卻袖手旁觀的話，娘親又不知道該如何傷心了……

只是張顯既帶有皇上的旨意，自己也不敢太過違逆，元帥之位是暫時沒辦法幫他討回了，就只能在他的安全上多費些心思了。

至於說姬青崖等人口口聲聲說的「楚雁南愛上葉漣，陸天麟想要對付神農山莊」這類說辭，齊灝卻是一個字都不信——

不說其他，單就楚雁南喜歡葉漣這件事，真是滑天下之大稽——別人不明白，自己可是清楚得很，楚雁南那小子喜歡的，明明就是扶疏！

不讓抓捕人犯？一句話說得鄭國棟、姬青崖幾人更是惱火——

已經準備好了，楚雁南雖暫時動不得，可不是還有他護著的那個前神農山莊侍衛青岩嗎？還有陸家兄妹的家人，全部鎖拿起來，嚴刑逼供之下，不怕他們不寫出讓自己滿意的供狀來；可現在倒好，賢王竟然說什麼不能抓人！

「咱們不抓人，咱們只把人『請』到軍營來詢問一些事情。」鄭國棟冷笑一聲。

張顯本是蹙緊的眉頭又展開——是啊，本以為奪陸天麟的權是最難的，現在這件最棘手的事已經解決了，這整個軍營就在自己掌控之中，只要把人給弄進來，想怎麼著還不是自己說了算！

為防消息走漏，忙忙地派人分別去了楚雁南的營房和連州陸家，但傳來的消息卻是讓張顯幾個半天沒說出話來。

就在昨日，陸家人忽然舉家搬遷，至於搬哪兒了，問遍左鄰右舍，卻是無一人知曉；至於那青岩就更離奇，竟然在這軍營裡直接就不翼而飛！

有心想要發出抓捕公文，但賢王爺剛剛才吩咐過「除非證據確鑿，否則不許隨便抓人」，所以說，賢王您早料到這一點，才說出這樣的話來吧？

齊灝走出軍營，蹙著的眉頭才微微放開了些，抬頭往天碭山的方向看了過去——

自己雖是不相信姬家的一面之詞，可整件事本身又透著說不出的蹊蹺，到底發生了什麼，還得等扶疏他們回來才能知曉……

第四十四章　天喬寨驚變

「我們已經離開軍營多久了？」站在完全被雲霧籠罩著的天碭山峰頂，扶疏久久地注視著眼前這枚晶瑩剔透的蓮靈果，眼淚差點兒掉了下來——青岩，有救了。

「到今日為止，已過去一月又十日。」楚雁南明白扶疏的心思，伸手拂去扶疏頭上的冰凌。「咱們快些，早點趕回軍營。」

「嗯。」扶疏小心地掐斷蓮靈果旁邊一莖幼枝，又從母株旁小心地挖了些冰凍的土壤把嫩莖給裹起來，然後小心地放到一個玉盒裡。

不得不說這一路上收穫頗豐，扶疏得到了一些奇物及大部分天地珍寶的種子或根莖。當然，這些東西也就對扶疏有用，其他人便是拿到手裡，也只能仰屋興嘆——實在是它們生活的條件千差萬別不說，更兼嬌貴得緊，換的環境有一絲一毫的差異，都是活不成的。

這般技法，委實已經超越了父親，至於說確實達到了什麼程度，扶疏自己也是不曉得的。

莫方接過來，小心地放回背包裡，手卻止不住地有些哆嗦——別的也就罷了，這可是蓮靈果，於武人而言簡直是聖品中的聖品；現在倒好，自己不但見著了實物，而看扶疏小姐的意思，她竟然還能種出來！

這簡直是天下所有武人的福祉啊！當然，其他武人自己不管，但起碼就自己而言，真要受傷了，可不得指著扶疏小姐救命——

呸呸呸，自己怎麼傻了，竟然想要自己咒自己，還是找機會求扶疏小姐用這些天地珍寶幫助自己的武功達到天下第一才是。

「好，咱們立馬返程。」扶疏扠腰深吸一口氣，完全忽視了一旁正拚命地用眼神表示著膜拜之意的莫方。

楚雁南點點頭，俯身抱起扶疏，往山下飛身而去。

「哎，等等我——」等莫方反應過來，兩人身形已經在數十丈開外，認命地揹起地上兩個小山似的大包裹快步跟了上去。

下山的速度明顯比上山的速度快了許多，三人又都是歸心似箭，不過三、四日，便來到了通靈谷的入口處，眼看天色已晚，今日勢必要歇在此處了。

「照這個速度，頂多再有十天——」出了通靈谷就是天喬寨，再由天喬寨回返軍營，也就六、七日的時間便夠了，扶疏一直提著的心終於放下了些。

明顯感到扶疏好像有什麼心事——一路上一次又一次瞧著扶疏展現出令人五體投地的絕對實力，現在莫方可不敢天真地以為扶疏這麼趕，是為了救他們的王妃娘娘。特別是看到那枚蓮靈果後，他更明白，扶疏真正要救的，怕是和自己一樣的武人才是，而且那人明顯受傷嚴重，以至於王妃的那些藥，不過是順帶罷了。

卻又暗暗覺得慶幸，要說王妃也是好運道，正碰上這陸扶疏的朋友有難，不然想要支使這樣一位奇人，怕是難得緊。也不知什麼樣身分的人，才能勞動扶疏小姐這樣的奇女子為之辛苦奔波？

楚雁南剛要答話，眉頭忽然蹙了一下，身形跟著一躍而起，高踞在一個高高的樹杈上，往谷外瞧去。

扶疏心知有異，忙也睜大眼睛往外看，臉色也是一變——本是荒涼無比的谷口外，這會兒竟然有炊煙裊裊升起。

腦子裡不由轉了個彎——難不成，是同樣來找血蘭的姬青崖等人？除了他們，扶疏實在是想不出來還有誰願意到這樣偏僻荒涼而又殺機重重的所在。

楚雁南和莫方明顯也做此想。

姬青崖一行本來比他們更早進入天喬寨，可惜卻攙和進了木、齊兩家的火併中，最後更是落了個被驅逐出去的狼狽下場，真是這會兒才走到此處，倒也在情理之中。

只是總覺得有些不對，看那炊煙升騰的情況，明顯不像是幾十個人的模樣，說是幾百人還差不多。

以姬青崖對三人的敵意，真是帶了這樣幾百人過來，又是在荒山野外，難保不會痛下殺手……自己兩人也就罷了，要殺出重圍來並不難，偏是扶疏，卻是一點兒功夫也不會——

真是碰著或傷著哪裡了，那還不得心疼死？

三人最後達成意見，不然先不生火，等到半夜時分，再繞過這群人悄悄離開。

看莫方也被楚雁南給傳染的，一副自己是什麼易碎品的模樣，扶疏不由失笑，掏出個袋子在兩人面前晃了晃，低聲道：「放心，我有自保的能力，要不然，我再尋些狼啊、豹啊、老虎之類的幫忙？」
這次出來，覓到了這麼多好藥，還有那自己也不敢相信到底強大到何種程度的和萬物溝通的能力，正好拿這些混蛋試試手。那些坤方之地的姬氏人一直以為世俗的權力才是最厲害的，自己不介意讓他們見識一下，到底什麼才是神農家族真正的力量。
楚雁南低低笑了一聲。「好，等咱們待會兒離開後，就讓他們見識一下扶疏的厲害。」
這還是不願正面對上的意思了？扶疏雖是有些躍躍欲試，卻也知道楚雁南是為了自己好，當下也不再堅持。
吃了楚雁南覓來的一些果子，扶疏便乖乖地進了帳篷，哪知前腳進去，後腳就驚呼了一聲。
楚雁南和莫方吃了一驚，也顧不得避嫌，一起破門而入，正正瞥見扶疏頸子上掛的一條金燦燦的小蛇——不是小金，又是哪個？
楚雁南滿臉黑線——這會兒，小金明顯開心得緊，除了尾巴不斷搖動外，舌頭更是一吞一吐地不住舔著扶疏的臉，甚至看到楚雁南進來，還得意地跳了曲金蛇狂舞。
小金既然出現在這裡，那木子清一定就在左近！難不成自己等人想岔了，谷口外那群人其實不是姬青崖，而是木家的人？
「會不會是來接小姐的？」莫方立馬想到扶疏的「會首」身分，可這麼多人來接，是不是有點兒太嚇人了？
「咱們去看看不就知道了。」木子清的性子自己明白，斷不會對自己使什麼壞心眼，既然主動讓小金來尋找自己，八成是有什麼急事，哪知剛走幾步，就被兩隊突然冒出來的衛士給攔住。

「什麼人？站住！」

幾個人的心倏地一沈，這些人確是穿著天喬寨的服飾不錯，可個個都一臉疲憊又是怎麼回事？特別是不遠處的火堆旁，明顯躺著很多受傷的人，甚至有幾個，扶疏還能認出，正是天喬寨大姓子弟——

難不成天喬寨，出事了？

木烈的帳篷。

「寨主，咱們只能在這裡等著嗎？」汪景明明顯有些不耐。

幾大家族經營了那麼久的固若金湯的天喬寨，竟然一夕之間就落入摩羅族人手中，真是死也不甘心啊。

「不等著又怎麼樣？」木烈也很是煩躁，刷地拉開帳篷，指著那些歪七扭八、毫無形象躺在火堆旁的幾個小輩道：「你覺得就憑這些酒囊飯袋，有幾分把握奪回天喬寨？」

汪景明啞然，老臉頓時一紅——那幾個少年人中，恰好就有自家的後人。

不得不說這一代的天喬寨人生到了好時候，嚴格說來，天喬寨人開始發達，其實源於百年前偶然發現的金、銀礦及一個寶石礦，然後又幾經艱辛，最終才有了現在的局面。至於說早前的天喬寨人，別說富可敵國，根本連吃飽肚子都是妄想，也正因為物質條件的富裕，直接造成後輩沈溺於享受中。

「若是他們如先祖般個個悍不畏死，即便有外敵，咱們也定能守住天喬寨！」木烈神情不是一般的沈重，不過幾十年的好日子，凶名在外的天喬寨竟是已經如此不成器了嗎？而現今的情形，沒有強悍的實力，自己就是把天喬寨交到他們手中又能保住多久？

「那不就是敵人人多嗎？」汪景明老臉上也有些掛不住，嘟囔了句。「他們足有兩、三千人，而且全是精銳士兵，咱們能參戰的人滿打滿算也就不足一千人！而且，若不是那柄權杖——」

何況當時正值黑夜，大家倉卒上陣，能殺出重圍已經萬幸了——說到這裡，汪景明不是對木家及新任會首大人沒有意見的；若非會首的兄長落入摩羅族人手中，再加上金蛇郎君木子清尋人時太過大意，直接吩咐守門衛士，但凡持有權杖的人就是自己的朋友，要立即放人絕不可阻撓，又怎麼會給摩羅族人以可乘之機？然後即便萬軍也無法攻破的寨門，才會被人輕而易舉地詐開。

不得不說，汪景明這樣的看法其實代表了天喬寨部分人的心思，汪景明聽得多了，自然也就順嘴說了出來。

「景明慎言！」木烈厲聲打斷他的話。

武林人最重信義，既然原本就說要把天喬寨送給會首大人，即便會首沒有接受，木烈心裡也已經是這般認定了的。既然整個天喬寨都是會首的，別說天喬寨因為會首哥哥的緣故失守，便是會首直接要把天喬寨送人也未嘗不可。

「混帳東西，又胡說八道！」一旁邊一直靜坐的汪家長老汪子騰更是一頭火，自己這個侄孫小時候還聰明，怎麼這會兒瞧著倒是越活越回去了！說句不好聽的，現在天喬寨的情形比起原先還要更讓人頭疼，而唯一有可能救下天喬寨的也就會首大人了，不然，這幾百口人又怎麼會乖乖地在這裡等候？汪景明倒好，竟還敢編排起會首大人了！

汪子騰氣得抬手就是一巴掌拍了過去。「要不是會首大人，你這會兒早成喪家犬了！哪輪得到你在這裡胡說八道，看我今天不打爛你的狗頭！」

「哎喲！」這一巴掌打得著實狠，汪景明立時覺得眼前都是「小星星」，想也不想就道：「叔爺爺，您莫打了，我可是您侄孫，我要是喪家犬，您可就成什麼了……」

此言一出，帳中諸人「噗哧」一聲就笑了出來，方才還有些僵冷的氣氛頓時為之一緩。

汪子騰的臉卻一下黑了，也不顧自己長老的形象，氣得脫下鞋子劈頭蓋臉地就追著汪景明打了起來，直把汪景明揍得哭爹叫娘，一迭聲地討饒。

「哎喲，疼疼疼，別打我的臉——」

他掀開帳篷就要往外跑，卻在看到正快步走過來的一行人時，一下愣在了那裡，汪子騰正好追過來，抬腳朝著汪景明的屁股踹了過去，耳聽得「啪嗒」一聲響，汪景明整個人以五體投地的姿勢趴在地上。

「家主——」一火堆旁的汪姓子弟嚇了一跳，忙跑過來扶。

汪景明直臊得恨不能把頭埋到地下，當即黑著臉虛張聲勢道：「混帳，怎麼一個個都學得這麼沒規矩了，沒瞧見，會首大人——」

那些小輩們吃了一驚，不及考慮，便跟著撲通跪倒，心裡又是激動、又是吃驚地瞧著扶疏和楚雁南幾人——

早聽說天喬木瀕死時，便是會首大人力挽狂瀾，更兼逃亡的這幾日來，也聽各家長輩念叨過，如今要奪回天喬寨，也只能寄希望於會首大人身上了，慚愧自己沒用之餘，崇拜之情較之從前更甚。

這會兒聽汪景明說這來的幾人中便有會首大人，而且汪景明作為汪家家主，都用如此大禮參拜，頓時驚得大氣都不敢出，只一窩蜂按照汪景明吩咐地紛紛磕頭不止。

聽到外面情形有異，木烈也站起身。「這個景明，又搞什麼，我們去看看吧。」當下最先站起來，抬手掀開帳篷，卻是一下陷入了石化狀態。

「怎麼了？外面——」汪子騰緊跟著出來，看木烈神情不對，忙跟著看過去，卻是身子猛地一晃。「竟然是——」

「會首——」帳中的人呼啦啦就湧了出來，卻是一個個傻在了那裡。

下一刻，木烈撲通一聲跪倒在地。

扶疏嚇了一跳，忙要伸手去扶，就聽木烈長嚎一聲——

「會首，您懲罰我吧，天喬寨，被我丟了！」

雖然已經有了心理準備，扶疏的心還是猛地一縮，實在是離開那日的情景還記憶猶新，寨中諸人俱是滿面笑容，大人、小孩都無憂無慮；再瞧瞧眼前，一個個滿身疲憊，甚至不少人傷痕累累……

半晌扶疏定了定神道：「起來吧，咱們進裡面說。」

很快，會首回來的消息傳遍了整個營區，歡呼聲頓時到處可聞。

帳篷裡的扶疏心情卻是越來越沈重，再沒有料到，葉漣竟是沒有和姬青崖等人一起回返，而是制住大哥後逃出天喬寨……

「……據那葉漣交代，他們沒跑多遠，就碰上了摩羅族匪人——」摩羅族和謨族一般，土地最是貧瘠，族人為了餬口只能四處遷徙；平日裡還好說，每到寒冬之時，卻會有大量牲畜死亡，是以每年這個時候，必會派出大批人馬四處掠奪財物，以幫助族人熬過寒冬。

而這次，領兵出來的正是摩羅族最凶悍狡詐的四王子赤布。

赤布本是聽說謨族被齊人殺得大敗，想著趁謨族虛弱看能不能沾些便宜的，卻不料竟無意間抓了葉漣和家寶，在家寶身上找到一柄可以自由進出天喬寨的權杖不說，還找到扶疏送給家寶可以解瘴氣毒的金瑤傘！

竟是憑著金瑤傘暢通無阻地通過了瘴氣林，然後又拿出權杖，誆開了天喬寨的大門……

這一役下來，天喬寨死傷慘重，尤其是木府人，自覺有護衛會首兄長的責任，竟是拚了命地從摩羅族人手中搶了家寶和他身邊那個叫葉漣的女子出來，其間，木子清、木子彤姊弟俱是身負重傷。

聽眾人說完前因後果，扶疏一顆心一下提了起來——再沒想到天喬寨失守，竟全是葉漣所致。雖然大哥是被葉漣挾制，自己卻依然愧疚不已，起身對著木烈等人深深一揖。「木寨主，是我連累了大家，實在是，對不住之至。」

「會首說哪裡話來——」木烈慌忙攔住，卻是一點兒也沒有怪罪扶疏的意思。「當日若非會首仗義出手，我女兒也好，天喬寨也罷，說不好早已不復存在了……」

「咱們，要趕快離開——」楚雁南擺手，示意眾人不要再自責。

天喬寨可是直通連州，現在既是落到了摩羅人手裡，豈不是意味著和連州之間已是一片坦途？連州危矣！

而連州則是有大齊北門鎖鑰之稱，真是丟了的話，怕是北面大半河山都會盡皆不保！為今之計，必須盡快奪回天喬寨，趕赴連州。

「放心，天喬寨，始終是我們的。」扶疏一字一句道，若是之前或許自己還有些心有餘而力不足，但自進入通靈谷以來，自己掌控溝通萬物的能力飛漲，而天喬林又不同於一般的樹木，說不好可以用一個兵不血刃的方法重新幫木家奪回天喬寨……

「會首大人已經有了主意？」木烈等人簡直不敢相信自己的耳朵，會守在這裡等扶疏，原也是實在沒辦法了。曾經那天喬林是寨子的最好屏障，現在則成了阻礙眾人回去的一道天塹。

本想著能讓扶疏想法子幫大家順利越過天喬林就好，至於奪不奪得回來天喬寨，卻也並沒有多少信心，卻不料，會首的話裡，竟根本就是信心百倍。

「不錯。」扶疏點頭。「你們還記得上次天喬木大片死亡的景象嗎？」

「當然記得。」木烈等人點頭。「會首不是說，是天喬木的根部被人動了手腳——」

「別人能在那裡動手腳，我們，自然也能——」扶疏話音一落，木烈等人臉色卻是一變。

「會首，不可——」

要是動了天喬木的主根，造成天喬木大量滅絕，天喬寨還有何天險可依？怕是即便將這天喬寨奪回來，自己等人也守不了多久。

扶疏搖搖頭，很是自信地一笑。「放心，我動手的地方，並非損害天喬木的生機，而是暫時讓天喬木，失去遮罩瘴氣的能力——」

若是從前，自己自然沒把握可以做到這一步，這會兒，卻是不一樣了——扶疏隱隱覺得，自己眼下對植物的掌控力已經遠遠超過了上一世的自己，雖然不好說具體到達了什麼境界，暫時改變天喬林的用途，卻依舊是綽綽有餘。

木烈等人一下瞪大了眼睛，更甚者則是一下張大了嘴巴，再無法合攏——會首的意思是說，她可以暫時讓天喬林失去遮蔽瘴氣的作用？那豈非意味著，外面的瘴氣可以乘虛而入，不但不再護衛天喬寨，反而會成為天喬寨的最大危險？到時候摩羅族人要麼死，要麼就棄天喬寨而逃，而等他們離開後，會首再出手讓天喬林恢復之前的功用——

也就是說，自家竟然能不費一兵一卒就搶回天喬寨！

「他們必然不會坐以待斃。」楚雁南插口道，握緊手中的劍。「到時咱們只須在天喬寨西南及西北兩處埋伏便好，保管讓他們有來無回！」

西南及西北？

木烈及其他長老不由都是臉有異色——他們在天喬寨生活日久，自然知道那兩處地形可是最具迷惑性，沒有深入探查過天喬寨周邊形勢特點的話，十人中有十個都會被誤導，以為那裡是逃跑的最佳所在，卻不知那兩處地方，委實是死地，不知坑殺了多少新來乍到卻想要覬覦天喬寨的人。

這姓楚的年輕人竟然一眼就能看破個中玄機，委實讓人無法相信。

扶疏也有些發呆——瞧木烈等人的臉色，意思是雁南說對了，那兩處正好是最易設伏之地？還是第一次親眼見識楚雁南於打仗一途上的天分，回想從前自己誤以為楚雁南八成是被家族不容然後遣到邊疆受苦的受氣包情形，不由失笑。

「雁南於打仗一途最有經驗，到時候便由你協助寨主狙擊赤布等人。」

「何止有經驗！」莫方也笑著插口道：「各位可聽說過金門一戰，大齊出奇制勝，以少勝多，不只大敗謨族，更兼活捉謨族公主葉漣一事？」

木烈怔了一下，神情越發狐疑。

「自然聽說過。」木烈上上下下打量楚雁南，明顯無法相信。「難不成，楚公子也參與了那場大戰？」

「可不只是參加。」莫方驕傲地一挺胸膛。「不瞞木寨主，那場大戰，完全就是楚將軍的手筆。」

「什麼？」帳篷裡眾人驚愕地抬頭瞧向楚雁南，這幾個人生來就是為了襯托大家人生失敗的吧？會首年紀這麼小就有如此鬼神莫測的本事，還以為那個瞧著也不過弱冠之齡的楚雁南，應該就是會首的貼身侍衛罷了，再料不到竟然是金門大捷的主帥！

木開鴻忽然想到一層，試探著衝楚雁南道：「敢問楚公子，和楚無傷大帥如何稱呼？」

楚雁南肅容斂身道：「正是家父。」

卻不防話音剛落，剛喝了茶到口裡的扶疏，一口茶全噴了出來，顧不得失禮，蹬蹬蹬往前走幾步，抖著手指指著楚雁南。「你、你方才說什麼？你是楚帥的兒子？」卻又險險停住，再瞧瞧眼前比自己高出了一個頭還不止的挺拔青年，頓時有一種幻滅感——

老天，您耍我不是？十年前自己還把這小子抱在懷裡，卻不料十年後兩人的情形完全顛倒了過來！

扶疏一時又是心酸又是感慨，再沒想到，當初那個靠自己庇護的柔弱孩童，能長成今日這般頂天立地的偉丈夫，一時又有一種「我家娃娃初長成」的自豪……

其他人瞧著扶疏的眼神，嚇得紛紛後退——會首這是怎麼了？明明是個稚嫩的小姑娘罷了，怎麼突然用這種令人毛骨悚然的慈祥眼神瞧著楚公子？讓人真是止不住起一身的雞皮疙瘩啊。而且，兩人自來不是最為親密嗎？怎麼會首這般震驚的樣子，明顯也是剛知道楚公子的真實身分。

「好，好，好——」扶疏百感交集之下，卻是連說了三個「好」字，若是能夠，那模樣，似乎還要再摸一下楚雁南的頭才甘休，嘴裡也喃喃道：「你能平安長成這樣，實在是太好不過，楚帥有你這麼個優秀的兒子，當也能少些憾事了……」

楚雁南低頭盯著扶疏的小臉，深邃的眸子裡閃過一絲異彩，然後從懷裡掏出手絹，一點點輕輕抹去扶疏嘴角的一點茶漬……

旁邊的莫方一下張大了嘴巴——老天爺，扶疏小姐您這樣一副心中大慰的表情真的合適？他同情地看了一眼楚雁南，這傢伙興許是從小缺少母愛吧，竟然對這樣的眼神甘之如飴……

木烈等人卻是相視一笑，早覺得會首和這楚公子關係非比尋常，現在瞧著，怕是一對呢。

本來看兩人之間似是有異時，大家還私心裡覺得楚公子一個侍衛，怎麼配得上自家會首？沒想到卻是戰神楚無傷的兒子！

年紀輕輕便取得那般成績，假以時日，可不就是又一代所向披靡的戰神？戰神配會首，好像也算剛剛好呢！

第四十五章　大軍壓境

天喬寨。

「王爺，彌兒赤回來了——」摩羅族四王子赤布正坐在木家奢華的大廳裡，饒有興致地把玩著手裡一件價值連城的玉器，聽到手下的回報，一下就站了起來。「在哪裡？快讓他進來！」

赤布占領天喬寨後，馬上意識到攻占大齊最好的機會來了，當下一面派人探查連州消息，一面派出心腹彌兒赤回王城稟報。

彌兒赤回來了，應該還有帶來父汗的旨意。

果然，彌兒赤跪下道：「啟稟殿下，大汗已經派了大王子闊敏，率領十萬鐵騎趕赴邊境，這一、二日即可抵達連州；大汗還說，等攻破大齊國都，再親自為您慶功。」

「好！」赤布仰天大笑，方才派去連州的斥候也回來報告了一個驚天好消息，說是連州主帥已經易人，現在的元帥之位，換上了寧國公張顯。

若是陸天麟，想要啃下連州怕是有些難度，沒想到大齊皇上竟然自毀長城，換了個自己聽都沒有聽過的張顯——有大哥的十萬鐵騎，再有自己這支騎兵，前後夾擊之下，連州何愁不破?!

「果然是天助我也！傳令下去，今日好好休養，明日三更開拔！等到了連州城，咱們再用匹夫張顯的項上人頭慶功！」

張顯完全沒有料到，他的人頭這會兒已經被人惦記上了。

久不掌帥印，現在重又高踞在大堂之上，俯視下面威風凜凜的一干將領，張顯只覺志得意滿。

旁邊陪坐的鄭國棟、姬青崖等人雖是盡力克制，濃烈的喜悅之色，卻同樣溢於言表——張顯終於順利執掌連州大營的帥印，也就意味著連州這十多萬軍隊以後就盡歸三皇子所有了！

倒料不到，一番籌劃，會有今日之喜。

張顯剛要訓話，卻發現下面站的眾人中竟沒有陸天麟，除此之外，好像還少了楚雁南帳下的兩員將領，臉色不由一沈。

「今日升帳，人數是否已然到齊？」心下卻是暗喜，自己正愁無法立威，今日就借陸天麟的顏面，殺一殺這些人身上的煞氣，也好讓所有人認清，連州軍營眼下是由哪個作主。

負責核查人數的當值將領名叫孫彪，聞言不由一愣，忙道：「啟稟大帥，人數已然齊至。」

「到齊了？」張顯冷笑一聲，抓過名冊，手指用力搗向排在第一位的那個名字。「你當本帥是瞎的嗎？陸天麟，在哪裡?!」

孫彪到這時候，豈能不明白張顯的意思，只覺得火氣一下一下地往上冒，其他將領臉色也都有些不好看。

這些人久在邊疆，雖也有些是各位皇子安插的將領，可大部分卻是對陸天麟都敬仰得很，眼見大帥無緣無故被撤職不說，這位新任大帥還一副要找碴的模樣，真是欺人太甚。

看出下面人的不忿，張顯也不多說，刷地舉起手裡的聖旨，冷笑一聲道：「各位，你們千萬記得自己是大齊的子民，可不是某人的家兵！各位的父母親人，可都還在殷殷期盼著諸位榮歸故里！」

一句威脅性十足的話，成功地讓帳內眾人低下了頭。

張顯自以為得計，卻不知已經深深得罪了這些熱血男兒——自己在邊疆為國拋頭顱、灑熱血，而這人竟然拿親人性命來威脅，這樣的大帥，怎麼配得上自己的擁護？

看所有人低頭無言，張顯得意地一笑。「元帥升帳，身為將領，竟然無緣無故缺席，還真是好大的膽子！所謂王子犯法與庶民同罪，傳我的令下去，陸天麟回來後，著他自去領十記軍棍，以儆效尤！至於孫彪，辦事不力，即刻拖到營門外，重責二十大板！」

十記軍棍，自然傷不了陸天麟，可只要他挨了打，從今以後，就別想在眾人面前抬起頭來；若然他不去，那知法犯法，可是罪加一等。即便他陸天麟再凶悍，自己背後可是有十萬大軍，諒他也不敢不從。

一揮手，命人押了孫彪離開，剛要吩咐退帳，外面忽然響起一陣噠噠的馬蹄聲，一個斥候打扮的人翻身下馬，急道：「快帶我去見大帥，摩羅族大軍正直逼大齊邊境而來！」

「摩羅族大軍往邊境而來？」張顯愣了一下，鄭國棟等人也是面面相覷，也太巧了吧？

這邊剛處置了陸天麟，那邊摩羅族就來犯？

倒不像是要來打仗，怎麼瞧著倒像是給陸天麟撐腰來了？

帳下本是要四散開去的將領聽說軍情有變，也紛紛站住腳。

「對方有多少人？誰人領兵？走的哪一條路線？」張顯語氣明顯有些不信，方才這些人的做派自己瞧得清楚，若不是有手裡這道聖旨壓制，怕早就反了天去！現在又來說什麼摩羅族人來犯，說不好其實是陸天麟使的一條計策也不一定！再有，即便真是摩羅族來了，以為自己就會怕了嗎？

「卑職看對方王旗，瞧著應是大王子闊敏，而人數，怕是至少有七萬人，他們目前已行至塔拉口處。」那斥候忙道。

「七萬人？」張顯卻是嗤笑一聲。「怕是虛張聲勢罷了！摩羅族人最愛玩這一套，不過多壘些鍋灶，來混淆耳目罷了。小小一個摩羅族，除非他們傾巢出動，不然，想要聚集七萬兵馬，難度可不是一般的大，依本帥來看，撐破天，頂多也就五萬罷了！至於塔拉口處，可不只是靠近咱們大齊一國，本帥記得不錯的話，由那裡往西南方向，便直通謨族領土，焉知對方不是衝著謨族而來？」

張顯說得頭頭是道，到得最後，甚至自己也越發相信自己的判斷是正確的，前些年，摩羅族可是吃過大虧，說是差點兒連老窩都給占了也不差。

因為那一次的主帥是陸天麟，自己嚮往已久的戰神稱謂，也因此被他搶走。

「大帥，話雖如此，可萬一摩羅族來意不善，卑職以為，還是快些派人去尋陸大將軍——」鎮軍將軍鍾勇猶豫片刻，還是向張顯進諫。

和張顯早已疏遠軍事不同，陸帥屢次和摩羅族交手，而且從無敗績，自然對摩羅族的戰術最是瞭解，所謂知己知彼，百戰不殆，這個時候，最好是快些尋陸帥回營；卻不知一席話，使得張顯臉色一下難看至極——

所謂文無第一，武無第二，作為開國元勛之後，張顯心裡一直都看不上陸天麟——楚雁南也就罷了，好歹也算出身名門，這陸天麟又算得了什麼，不過是出身於貧寒之家罷了，祖上一窮二白，聽說還要靠給人幫傭過活，這等出身卑賤之人，竟也敢對戰神之譽居之不疑，當真豈有此理。

自己倒想要那摩羅族來犯呢，到時候定然割下對方的人頭，也好叫天下人瞧一瞧，到底哪個才是真正的戰神！

而鍾勇這番話，無疑讓張顯以為，鍾勇此言，明顯是沒把自己放在心裡！

當下怒極反笑道：「鍾將軍，這是怕了嗎？無妨，你自可去尋陸將軍，一起找個地方躲起來便是——摩羅族來襲，陸將軍便不見了人影，焉知不是已然尋好退路？」說著衝兩邊士兵喝道：「把這鍾勇給叉出去！」

短短片刻間，張顯竟然接連處置了三員將領，其中一位還是前大帥陸天麟，一時眾將人人側目。

張顯一一掃過下面站的一眾低著頭看不清面容的將士，一時躊躇滿志、得意至極地道：「斥候火速去探，那摩羅族不來便罷，一旦來犯，定叫他有來無回！」

這等好高騖遠、志大才疏之輩怎堪為帥？若摩羅族不來犯也就罷了，真是兩軍對上，怕是大齊危矣！

被人狠狠摜在地的鍾勇，悲憤交加地從地上爬起來，梭巡片刻，牽來一匹戰馬，徑直飛身而上，往連州方向而去。

清河鎮。

「大帥。」柳河撥轉馬頭，有些興奮地衝陸天麟道：「前面斜坡上有幾戶人家，咱們要不要過去瞧瞧？」

自從張顯暫代了陸天麟的元帥職位，陸天麟就甚少回軍營去，只帶了這幾十名親衛及柳河、李春成、陳乾幾人四處轉悠，心無旁騖、一心尋女。

柳河等人雖是不知道陸天麟讓他們尋的小女娃到底是何等人，卻也明白，怕是和大帥關係匪淺。

這些人跟著陸天麟風餐露宿，幾乎踏遍了邊關附近村鎮，可惜卻始終無所得。

今天跑的這個清河鎮更是，人煙稀少得緊，走了很久都見不到一戶人家，這眼瞧著天色不早了，怕是，又要失望而歸了。

「大帥——」柳河忽然往一個斜坡上一指，卻是那裡正冒出縷炊煙來，明顯是有人家。

陸天麟心裡一喜，忙一夾馬腹，匆匆往那家人而去。

那戶人家人口倒也簡單，一對老夫妻及兒子、兒媳和一個小孫子，看到突然來了這麼多人，明顯很是害怕的樣子。

倒是那小孩子有些好奇，不住地想往前湊，卻又被母親死命拉住，拚命想往房間裡拽。

柳河笑嘻嘻地抓了一把飴糖遞過去。「來，小弟弟，這些糖給你——」

他們身上帶了好多零食——說起來好笑，這些小孩們愛吃的零嘴，全是陸大帥吩咐大家買來的，甚至大帥還親自去買了好多好吃的、好玩的，一路隨身帶著，聽陳伯的意思，竟是給那個他們要尋的小姑娘準備的。

實在難以想像，戎馬半生素以鐵血無情而著稱的大帥，竟還有這麼溫情的一面。

大家簡直有些等不及看看那小姑娘到底是何方神聖了，竟能把大帥這麼一塊百煉鋼化為繞指柔！

「娘，虎子想吃——」小男孩瞧著也就六、七歲的樣子，死命抱著門柱，不願往房間裡去。

可憐兮兮的樣子，令得隨後進來的陸天麟心裡一酸——自己的女兒也就比這小傢伙大上兩、三歲吧？平日裡可是有飴糖這樣的零嘴吃？

愣怔片刻，陸天麟索性接過來抓住男孩的手，把糖放在男孩的小手裡。「給你，伯伯這兒還有很多，待會兒再給你拿些好不好？」

小男孩顧不得說話，捏起一顆一下塞進嘴裡，樂得頓時眉開眼笑，伸手就想去抱陸天麟，卻被母親乘機抱著轉回了屋，還是能聽見孩子因吃到了少見的飴糖而咯咯笑個不停的愉悅聲音。

瞧見陸天麟對自己孫子如此和善，那老漢惶恐的神情明顯褪去了些。

「……這清河鎮原也算富庶，只是這裡距離摩羅族的領地太近了，隔個不久啊，就得遭一次劫，瞧瞧現在，都成什麼樣了……」說著拭起眼淚來。

旁邊的兒子頓時有些尷尬，忙指了指陸天麟掌心中的玉珮，小聲提醒道：「爹，人家是問您見沒見過這樣的玉珮……」

「噢？是，是，看我都老糊塗了。」老漢忙擦乾眼淚，拿起陸天麟遞過來的玉珮仔細端詳了一遍。「咦——」

「老伯您，見過？」陸天麟手一下子攥緊。

老漢卻不說話，又舉高了認真看了一番，終於重重點了點頭道：「應該就是這一塊……」

太過狂喜之下，陸天麟聲音都是抖的。「老伯，您，可記得，有這件玉珮的那家人，姓甚名誰？」

「這個我倒不曉得。」那老漢卻是搖了搖頭。「不瞞您說，老朽看到的並不是實物，而是一張畫像，應該就是八年前吧……」

老漢記得很清楚，當時兒子、兒媳一起上山去了，家裡就自己和老伴；然後突然就進來一大隊人馬，那些人身上穿的衣衫都是綾羅綢緞，一看就是大戶人家。

然後他們就拿出一張畫，問自己有沒有見過上面的玉珮，還隨手給了自己十兩銀子打賞。

自己這輩子還沒見過那麼多賞錢，也就看得無比仔細，甚至那之後，因為拿了人家十兩銀子不踏實，老漢還時常在腦海裡回想那人畫上玉珮的樣子，想著什麼時候真碰見了，就幫他們找；卻沒料到，時隔這麼多年，終於見著了一塊！

「您的意思是說，他們找到了我——」陸天麟聲音都有些抖。「那個孩子，被他們帶走了嗎？您可還記得，為首之人姓甚名誰？」心裡卻是無比驚駭，怎麼這世間，竟還有人如此熟悉自己的家傳玉珮，還憑玉珮來尋自己的孩兒？

難道是甯兒？卻又旋即苦笑，自己一定是魔障了吧？甯兒若是活著，怎麼會不來尋自己？

可不是甯兒的話，又有誰會如此熟悉自己的家傳之物？

一時竟是毫無頭緒。

「他們倒沒有帶走孩子。」老漢搖搖頭，續道：「當時因為這附近也就我們一戶人家，他們倒還在我家住了一段日子，我也聽他們說了些，那孩子怕是不好了。」

「不好了？」陸天麟臉色頓時一白。「您說，不好，是什麼意思？」

「不瞞爺您知道。」老漢嘆了口氣。「我聽他們話裡的意思，好像他們要找的人，應該是在清河鎮上一戶姓陸的人家；可惜的是，就在半年前，一群摩羅族匪徒忽然來犯，一夜之間就把清河鎮殺了個血流成河、雞犬不留……」

也因此，那幫來尋人的，明明看著極有權勢，可即便翻遍了這清河鎮每一寸土地，卻依舊是全無所得，到得最後，只得鎩羽而歸，自己聽他們的言下之意，那擁有玉珮的人，九成九是不在了。

「不是——」陸天麟卻忽然紅著眼睛道：「擁有玉珮的人還活著，她當時逃了出來——」

不然，這塊玉珮怎麼可能重現人間？只是那樣的兵荒馬亂中，自己的小女兒又該受盡多少苦楚？

「真的嗎？」那老漢眼睛也是一亮。「要是還活著，那可真是老天保佑了！就是沒有辦法告訴那些來找人的人了。」自始至終，人家也沒告訴自己他們的姓氏及來歷……

「也就是說，對方應該確信，她當時是在這鎮上生活過了？」還姓陸，但不知是循了自己的姓氏呢，還是收養了她的那戶人家是姓陸的？陸天麟忽然起身衝老漢深深一揖。「老丈，您後來可又見過清河鎮的人？」

「哎喲，這位爺，可不敢當。」那老漢嚇了一跳，忙去攙扶陸天麟，皺眉思索良久，忽然一拍大腿。「對了，我倒知道，連州城裡有一個姓董的人家，好像叫……對，董朝山。」

「當初，我和他也算認識，曾經借給他一兩銀子，結果他也沒還，人卻不見蹤影了。我還以為他們家也死在那摩羅族的流寇手裡了呢，倒不想前些天有事去連州城，正好碰到他。這人倒是命大，恰好在流寇進鎮的前一天搬到連州去了。這董朝山平日裡雖是遊手好閒，卻是個喜歡聽人八卦的，爺若是方便的話，不然就去尋他問一番，說不好能找到些什麼有用的消息。」

董朝山？在連州城嗎？

雖然只是一線希望，陸天麟卻是再也待不下去，起身和謝老漢一家道了別，又給小虎留下些小孩愛吃的零嘴及一包銀子，然後飛身上馬，就要趕回連州城。

那謝老漢沒想到，自己不過說了那麼幾句，這男子就要打賞自己，忙要拒絕，陸天麟卻已然調轉馬頭絕塵而去。

第四十六章　戰火彌漫

眾人也趕緊跟了上去，馬蹄噠噠處，掀起一片煙塵，很快跑進一個低谷，那低谷地形狹長，又是一條羊腸小徑，用了小半個時辰才算走出來。

柳河站在高坡上，長吁一口氣，不經意間回頭，忽然勒住馬。

「大帥——」

卻是這一帶因摩羅族屢次進犯、戰亂頻仍的緣故，人煙稀少得緊，這麼幾十里地的地勢不可謂不開闊，雖則他們已經離開很遠，卻仍能清楚地瞧見方才離開的那戶人家附近突然塵土飛揚，明顯又有大批人馬到來。

陸天麟蹙了下眉頭，一勒馬韁繩，馬匹一聲嘶叫，四蹄隨之高高揚起。

「我們回去。」

這兒地勢荒涼得緊，方圓幾十里，也沒有多少村莊，自己是要尋女也就罷了，怎麼還會突然有這麼多人出現？

忽然想到老漢方才提到多年前同樣來尋人的那群人，會不會和他們有關？還是，又有摩羅族匪人為非作歹？

因心裡有事，陸天麟等人的速度比方才還要快些，待再次穿過斜谷，李春成臉色最先一變，說道：「不好，是摩羅族人！」

卻是這會兒已經隱約看見，對方頭插翎毛、身著寬袍，可不正是典型的摩羅族裝扮？甚至模模糊糊還能聽見哭號聲以及打鬥聲。

所有人心裡俱是一緊，再不敢遲疑，個個猛一抽馬匹，朝著謝老漢家的方向而去。一干人中，以陸天麟馬匹最為精良，馭馬手段也最為高妙，很快把眾人遠遠甩在後面。

而此時，斜坡上的謝家早亂成了一團。

聽到雜亂的馬蹄聲，謝老漢還以為是陸天麟等人去而復返——回到房間裡才發現，方才那位客人隨手給的賞銀，竟足有五十兩之多。

打開看後，一家人登時嚇了一跳。謝老漢更是為人厚道慣了，見自己隨口幾句話，就得了這麼多的賞，頓時六神無主，待聽到外面的馬蹄聲，慌慌張張地就從屋裡跑了出來，甚至手裡還捧著那些銀子。

「這位爺，這些銀子您——」卻在看到柵欄外立著的二、三十個漢子時一下臉色煞白——院外面哪裡是陸天麟等人，分明是摩羅族人！

驚嚇太過，謝老漢一個趔趄差點摔倒。謝老漢的兒子謝勇反應倒快，先一把搶過老父手裡的銀子，然後低聲道：「爹，你們快跑——」

那些摩羅族人明顯看清楚了老漢手裡白花花的銀子，凶狠的眼神之外，頓時染上了一層貪婪——本想著搜刮些吃的，卻沒料到，還能有這般收穫，獰笑著就從四面包抄了過來，一腳踹開院門。

「呦呵，倒是頭肥羊啊，油水還挺足呢！」

謝勇一抬手，手裡的銀子朝著這群摩羅族人擲了過去。

銀子四散開來，落得滿地都是，便有些匪人忙去撿拾，正好謝老漢夫婦也和兒媳抱著小虎跑了出來，一家五口倉皇無比地就想從後門跑。

「想跑，沒那麼容易！」一個眉眼處有一塊大傷疤的匪人獰笑一聲，忽然抬手就把手裡的刀擲了出去。

「娘——」謝老太太的媳婦反應快些，驚叫一聲，忙用力推開老太太，自己卻被那刀一下砍中胳膊，頓時血流如注。

「媳婦兒，啊——」老太太忙要去攙扶兒媳，卻不防又有幾把兵器呼嘯著飛了過來，竟是把婆媳兩人一塊砍倒在地。

「娘，淑芬——」謝勇眼睛都紅了，順手撿起地上的柴刀，朝著離得最近的一個匪徒劈了過去，那人猝不及防，正好被砍中左肩，半邊身子都差點被卸下來，疼得慘叫一聲，便撲倒在地。

謝勇平日裡經常上山打獵，也會幾手拳腳，此時猝然遭逢劇變，親眼目睹老娘、媳婦遭此重創，早瘋了一般不要命地和這些匪徒戰成一團，這夥摩羅族人猝不及防之下，倒也有幾人被謝勇傷到。

「爹，快帶虎子走——」謝勇一邊揮舞著柴刀一邊嘶聲道：「去，連州，快走——」

連州靠近陸大帥的營地，那些匪徒從不敢靠近。

謝老漢頓時淚水漣漣，是自己連累了一家人啊。本來兒子早就勸說自己，說鄰人都搬走了，就剩他們一家，怕是不大安全，不然，也去連州城算了。是自己不捨得這個窮窩，又放不下那幾畝薄田，還想當然地以為，邊關有陸大帥守著，不是好幾年都平平安安嗎？就一直拖著不願離開，沒想到卻連累家人至此。

卻也明白，眼下這種情形，後悔也沒用，忙扯著小虎的手就掉頭往後山跑。

小虎被謝老漢拖著踉踉蹌蹌地往前跑，卻還不時回頭呼喚奶奶和娘親，待看到兩人先後被砍倒，「哇」地一聲就哭了起來，竟然用力掙脫謝老漢的手，從地上撿起把小刀就往回跑去。

「娘，奶奶——」

謝老漢頭「嗡」地一下，忙跟著往回跑。「小虎，回來——」

卻哪裡還來得及？

正好被一個隨後追上來的匪徒一下掐住小虎脖子，又一刀砍翻趕過來的謝老漢。然後高高舉起小虎對準前面的一塊巨石，衝著依舊不要命反抗的謝勇獰笑一聲，說道：「快放下刀，不然，我一下摔死這個小崽子！」

謝勇抬頭，正好看到這一幕，頓時呆在了那裡。

「小虎——」謝家兒媳正好悠悠醒轉，恰好看到兒子被高高舉起的一幕，顧不得身上的劇痛，艱難地撐起身子，往匪徒身邊爬了過來。「放了我的兒子，求求你們，放了我的兒子——」

謝勇手裡的刀噹啷一聲掉到地上，一個匪徒舉起手中的劍，朝著謝勇就劈了過去。

「爹——」小虎驚恐至極，忽然低頭，朝著匪徒的手腕狠狠地咬了下去。

「哎喲——」那匪人吃痛不過，疼得連聲尖叫，抬手就把小虎丟了出去，同時舉起手中的大刀。「兔崽子，敢咬我，爺這就送你和你老子作伴——」

耳邊卻忽然傳來一聲尖銳的利箭破空的嗡嗡聲，頓時覺得不妙，忙要回頭去看，卻一頭栽倒在地，大睜著雙眼愣愣地瞧著破胸而出的一支箭尖，似是無論如何也不敢相信，自己竟會這般死去。

「誰？」為首的刀疤臉匪徒嚇了一跳，忙回頭瞧去，卻是一個身材頎長、器宇軒昂的三十多歲漢子正騎著馬如飛而至，而更不可思議的是，明明馬匹上下起伏顛簸得緊，那人卻不停地拉弓射箭，不過轉瞬間，自己這邊又有好幾人先後倒地。

「快停下——」這裡明明人跡罕至，瞧這人的模樣，明顯和這戶農家相識，眼瞅著來者身後煙塵滾滾，明顯還有大批手下即將到來，刀疤臉大驚之下，厲聲道：「再敢上前一步，我就送這些人統統——」

話音未落，陸天麟手一鬆，又一支利箭朝著刀疤臉的面門射來，刀疤臉嚇得臉都白了，忙抬起大刀想要去擋；哪知甫一觸到利箭，整個人便如遭巨錘，竟是被撞得飛出去幾丈遠，最後更是一頭撞在旁邊一塊巨石上，頓時腦漿迸裂，一命嗚呼。

那些匪人頓時齊齊失語，方才打殺謝家人時只覺快意無比，眼下卻無比真切地感受到了死亡逼近的恐懼，再顧不得謝家老小，打了個呼哨，轉身就想跑。

陸天麟卻已經飛馬來至近前，待看清那滿地的鮮血及謝家一門的慘象，眼睛微微瞇了一下，渾身的殺氣似是能夠溢出來一般，手裡弓箭連發，只聽幾聲鈍響，又有幾名匪徒仰面倒在地上，無一例外全是被一箭穿心而死。

這些摩羅族人竟敢跑到大齊的境內如此虐殺百姓，簡直該死至極！

當初，女兒是不是也曾經這樣體會過差點被虐殺的痛苦？

眼前種種完完全全地激起了陸天麟身上的獵殺者特性，取下馬前懸掛的方天畫戟，衝入匪人群中，手落處，一片血肉翻飛，而穿行於血雨中的陸天麟黑髮飄揚，猶如來自地府的修羅，毫不留情地收割著這群匪人的性命。

那些匪人平日裡不過仗著人多勢眾欺負人罷了，何曾見過這樣漫天血雨的可怖景象，直嚇得兩腿都在打哆嗦。

「你是，大齊戰神陸天麟？」一個匪人忽然直著嗓子怪叫一聲。

陸天麟？一個勉強舞刀想要反抗的匪徒，明明已經到了陸天麟馬前，聞言激靈打了個寒顫，別說打了，竟是連走路的力氣都快沒有了——陸天麟啊，那可是大齊的戰神，別說他們這些小嘍囉，就是大汗都不是對手，扭頭就想跑。

陸天麟怎肯放過他？當即猿臂長伸，方天畫戟兜頭砸下，那人一聲不吭地就栽倒在地……

等柳河一眾人等趕到時，地上除了亂七八糟或被殺、或重傷倒地的人，這次來的摩羅族匪徒竟是無一能逃亡，說是全軍覆沒也不為過。

大帥，您吃肉好歹也讓我們喝口湯啊，有您這麼幹的嗎？這麼多匪徒硬是殺了個碗兒朝天，竟然一個也沒給我們留下。

「陳乾，你快去幫老伯一家人瞧瞧——」陸天麟忽然一頓，卻是外面又傳來了一陣噠噠的馬蹄聲。

李春成一樂，敢情這些兔崽子們還有援兵呢，正好，便宜了自己。忙一夾馬腹，就要上前迎戰，卻在看清來人是誰時愣了一下，問道：「咦，孫彪，怎麼是你？」

「我來找大帥的。」孫彪神情焦灼，從昨日離開軍營，孫彪一路走、一路打探，好不容易才尋到這裡。「昨兒個斥候來報，說是摩羅族大軍緊逼邊境，可那張顯……」當下把當時的情形轉述了一遍。

李春成也聽出情形不妙，再不敢耽擱，忙引領著孫彪去尋陸天麟，剛進小院，迎面卻正碰見陸天麟牽著馬出來，沈聲道：「陳乾領著幾個人把這裡安置一下，其餘人馬上跟我回營。」

卻是方才已經審問了重傷的匪徒才知道，就在前幾天，摩羅族突然爆發瘟疫，所有牲畜幾日間就折了一半還多！又聽了孫彪和李春成的對話，馬上意識到，摩羅族人此次來犯絕不是做做樣子，一場大戰怕是在即。

哪知一行人還沒到連州城，便在路途中遇到大批流民，聽到了一個石破天驚的壞消息——

午前，大齊軍隊和摩羅族鐵騎直接對上，卻是不過一個多時辰，就一敗塗地，這會兒，正往連州方向倉皇逃竄。

「張顯匹夫！」陸天麟呆了一下，狠狠一踹馬鞍。

大營的位置雖不在連州，沒有城牆、護城河種種要塞可據守，卻是自己精心選擇之處，最是進可攻、退可守的險要之處；現在那張顯竟然放棄了那麼有利的地形，徑直往連州方向逃竄，如此一來，明顯是要把整個連州城拱手送到敵人手中。

其他人神情也都是一凜——那可是自來戰無不勝、攻無不克的連州鐵軍啊，竟然敗了？那個張顯，該是如何的酒囊飯袋，竟生生拖累連州大軍到了此等悲慘的地步？

好在連州城尚有齊灝在，應該不至於那麼容易就失守吧？

「什麼，我軍失利，正往連州方向一路潰敗而來？」齊灝騰地一下就站了起來，簡直不敢相信自己的耳朵。

「是，王爺——」尹平志頭上的冷汗一層層冒出來，卻是不敢抬手去擦，惶急無措地道：「都這般時候了，王爺金枝玉葉，怎可留在如此險地？不然，咱們——」對上齊灝分外銳利的眉眼，勉強把「棄城」兩字咽了下去，吞了下口水道：「目前要如何處置，還請王爺示下。」

「去城頭。」齊灝匆匆起身，帶上莫平就往城頭而去，待站在高牆之上，看到遠處的情景，不由倒吸了口涼氣——

曾經連綿不斷、整肅無比的連州軍營，這會兒已經看不見一點形跡，取而代之的是黑壓壓的摩羅騎兵，正追逐著大齊軍隊往連州城池方向撲來！

又驚又怒之下，齊灝一拳砸在城樓上，頓時有血色滲出。

「張顯這個飯桶！」齊灝轉身吩咐尹平志。「傳本王的鈞令，速速升起吊橋，四門緊閉！」又從懷裡摸出賢王令塞到莫平手裡。「你拿我的權杖速去尋找陸天麟，待找著人，告訴他，讓他重掌帥印，若有人膽敢阻撓，格殺勿論！」說到最後，齊灝已是神情猙獰。

尹平志嚇得頭一縮，平日裡瞧著賢王爺是一個風度翩翩的少年郎，卻沒想到竟如此可怕，模模糊糊覺得，張顯，怕是要倒楣了！

第四十七章　兵敗如山倒

「大帥，不能再退了！」鍾勇抹了一把臉上的鮮血，橫槍立在張顯面前。

方才還威風凜凜的張顯這會兒卻是狼狽至極，不只髮髻散亂，連鞋子都跑丟了一只。

旁邊的鄭國棟父子更是嚇得魂兒都飛了，不是說連州大軍最是精銳，能擋得住敵方百萬雄兵嗎？怎麼如此不堪一擊！

鄭康簡直悔得腸子都青了，自己在京城裡的生活過得多舒服啊！沒事逗逗鳥、遛遛狗、逛逛窯子，想怎麼享受就怎麼享受，偏要腦子抽風，信了張顯這老匹夫的話，跑到邊關來看楚雁南的笑話；結果倒好，楚雁南一根汗毛也沒見傷著，倒是自己，身陷亂軍之中，隨時會成為刀下亡魂。這會兒恨不得插上翅膀，飛到連州城裡，馬上找個安全的地方躲起來才好。

鄭康眼看連州城在望，卻被人攔住去路，頓時氣不打一處來，抄起鞭子朝著鍾勇就抽了過去。「混帳東西，還不快滾開，信不信爺——」

「打都不敢跟人打，只會跑路的軟腳蝦，還有臉罵老子？」鍾勇氣得臉色通紅，當即破口大罵——

鄭康不開口說話還好，這一開口，頓時激起了鍾勇沖天的怒氣。

旁人不知道，自己卻清楚，方才若不是這鄭家父子一見摩羅族鐵騎，立馬嚇破了膽，竟是一個照面都沒跟人打，當即掉頭就跑；特別是鄭康帶著他手下那幫酒囊飯袋，一邊跑還一邊號叫著，胡亂衝撞之下，使得中軍頓時大亂，甚至慌忙之下，連帥字旗都被踩踏在地，一時軍心大亂！

自己衝鋒陷陣這麼多年，還是第一次見到這般奇景——前方將領還在浴血奮戰，後面主帥竟是被裹挾著一路逃亡！

所謂兵敗如山倒，堂堂連州鐵軍，竟是被摩羅族幾乎不費吹灰之力一擊而潰！

從軍戍邊這麼久，鍾勇還從沒打過這麼窩囊的仗！

一番話罵得旁邊的張顯臉色也是青紅不定，實在是這會兒，張顯也是懊悔不已。原以為斥候所報的七萬人定然誇大了，卻不料，對方哪裡是七萬人，分明足有十萬之多，更可怖的是，還個個悍不畏死。

張顯本來根本沒把摩羅這等蠻夷小族放在眼裡，一門心思地想借著這一仗立威，聽說摩羅族果然有異動，當即點齊全部人馬，意氣風發地就迎著摩羅族而去。

甚至鄭家父子，也興致勃勃地跟著上陣，說是要為新任戰神的誕生做個見證。

待瞧見黑壓壓鋪天蓋地而來的摩羅族人，張顯立即意識到自己過於托大了！

當時還想著為了面子著想，怎麼著也要勉強一戰，卻不料幾支流箭飛來，正好射中鄭康的髮髻，那鄭康自來在家裡嬌生慣養，當即嚇破了膽，竟是大呼小叫地領著手下家丁掉頭就跑，等張顯意識到不對時，卻是已經回天乏術……

「你，你敢罵我？」還從未被人這麼指著鼻子痛罵過，鄭康簡直目瞪口呆，半晌回過神來，氣得指著手下家丁道：「你們還愣著幹什麼？還不快把這個膽敢以下犯上的混帳給亂棍打死！」話音未落卻被鍾勇拽著鞭子一用力，鄭康整個人「咚」地一下就從馬上飛了下來，狠狠地摔在地上。

鍾勇手裡閃著凜冽寒光的槍尖隨即對準鄭康脖頸，厲聲道：「呸！窩囊廢！信不信老子現在就戳死你？」

鄭康嚇得「嗷」的一聲，頓時涕淚交流，直覺對方絕不是在開玩笑，立馬哆嗦著身子再不敢多說一句話，只是拿眼睛朝自己爹爹鄭國棟求救。

鄭國棟滿腔怒火——好你個鍾勇，竟敢拿寶劍指向康兒，待某家平安回京，必斬殺你滿門以消心頭之恨！

卻也明白這個當口，自己真是處置不當，那莽夫說不好真會傷了寶貝兒子的性命。

鄭國棟當下強壓住心頭的怒火，衝張顯道：「大帥不妨聽他要說些什麼？」

明顯聽出鍾勇語氣裡的怨懟之意，張顯這會兒也覺得鍾勇太不識相，強壓下心頭的邪火，皮笑肉不笑道：「那以鍾將軍之意，眼下待要如何？」

「大帥——」鍾勇神情悲憤，回身一指身後狼狽不堪的士兵。「方才一路逃亡，我軍傷亡慘重，可又有幾個是和賊人血戰而死？」

不過這短短一個多時辰，怕不折損了幾千兄弟，而這幾千兄弟卻沒有幾個是死於摩羅族之手，竟是泰半緣於指揮失當、自相踐踏而亡！所謂青山處處埋忠骨，死亡並不可怕，只是這般窩囊死法委實讓人死不瞑目！

而這還不是最糟糕的，和己方人馬亂成一團相比，摩羅族無疑士氣正旺，竟是緊緊地咬在大軍後面，眼看著距離連州城已經不足十里！

若連州城門一開，怕是摩羅族人便會緊跟著不費吹灰之力就能占了連州城！

連州那是什麼所在？號稱北門鎖鑰，最是大齊北方的門戶所在，一旦失陷，大齊北邊大片江山怕是危矣！

自己手下的兄弟自己清楚，雖是一時亂了陣腳，卻沒有一個是貪生怕死之輩，只要稍加整合，未必沒有和摩羅族一戰之力！

鄭國棟看了張顯一眼，下馬扶起兒子，暗中吩咐親信牢牢守住四周，不許任何一個人靠近。

估摸著鄭國棟應該已經安置停當，張顯長吁一口氣，轉頭假惺惺對鍾勇道：「鍾將軍言之有理，你瞧我初掌帥印，並不甚熟悉軍務，不然你過來，咱們參謀一番，該如何重新謀劃？」說著拿出一張地圖，招手讓鍾勇上前。

鍾勇不疑有他，便也下了馬，往張顯身旁而去，剛要低頭看地圖，後心處卻突然一痛，鍾勇愕然抬頭，正瞧見張顯冰冷的笑臉。

「鍾勇，你不就是想取我而代之嗎？本帥成全你——」

此次大敗，皇上必然雷霆大怒，怎麼也要找一個「畏罪自殺」的替罪羊才是；而遍觀軍中除了陸天麟外，也就這鍾勇資歷最老，官位也最高……

「張顯，你——」鍾勇用盡全身的力氣揪住張顯。

後面那侍衛卻提起劍用力一絞，鍾勇終於慢慢鬆手，仰面跌倒。

張顯長出一口氣，剛直起身子，忽聽旁邊有人驚呼一聲，倏然回頭，卻是秦箏，突然從旁邊冒了出來，正目瞪口呆地瞧著眼前一幕。

「秦公——」張顯愣了一下，想要解釋。

秦箏臉色一變，徑直撥轉馬頭就要離開。

「你——」張顯一咬牙，衝著其餘侍衛使了個眼色，事已至此，索性一不做二不休，連這秦箏也一道殺了，到時只說是死於亂軍之中罷了！

秦箏大驚，忙衝旁邊的鄭國棟高喊道：「鄭公——」哪知鄭國棟卻恍若未聞，竟是連頭都不回。

秦箏心知不妙，一咬牙，掏出懷裡匕首，朝著馬屁股就狠狠地刺了下去，馬兒受驚，一揚蹄子就衝進了戰陣中。

「莫讓他跑了！」張顯頓時大驚失色，劈手奪過弓箭，就要射殺秦箏。

遠處卻忽然傳來一陣歡呼聲，那聲音宛若炸雷一般，瞬時驚得張顯手裡的弓箭險些都拿不住。

猝然回頭，卻見幾匹健馬正如同一道閃電般衝進重圍中，所到之處，頓時殺開一條血路，而身先士卒衝殺在最前面的不是別人，正是自己一直視為對手的陸天麟！

和張顯幾人的失魂落魄不同，看到突然出現在戰陣中的陸天麟，那些大齊兵將如同看到了心目中的神祇，本是敗逃的步伐瞬間止住，竟是自動集結，宛若一道洪流般跟在陸天麟的身後朝著摩羅族鐵騎就撲了過去，一時「大帥、大帥」的嘯叫聲響徹連州大地。

「不好，是陸天麟——」正指揮著兵士準備一舉拿下連州城的闊敏大驚，忙止住前行的步伐，不甘心地瞧著大陣中心宛若一道閃電，突兀地在自己的鐵騎中劈開一條血路的眉眼剛毅男子——

這陸天麟不是已被貶為庶人了嗎？怎麼又會突然出現？

坐於馬上良久，卻發現因為陸天麟的突然出現，對方竟瞬間由不堪一擊變成了鐵板一塊，以致自己一方竟是再無寸進的可能，只得傳令——

「鳴鑼！」

再是戰神又如何，這陸天麟絕不會想到，此時的天喬寨已經落入族人的手中，待得明晚赤布趕到，前後夾擊之下，必叫他戰神變死人！

而此時，天喬寨人已經在木烈的帶領下，隨同扶疏行至天喬林外。

瞧著夜色中暗沈沈一片的天喬寨，木烈眼睛頓時有些發熱——天喬寨，我木烈又回來了，摩羅小兒，等著受死吧！

眾人趁著夜色悄無聲息地進了天喬林。

「呀——」剛走了幾步，在最前面探路的一個侍衛卻踉蹌了一下，差點被絆倒。

楚雁南最是警覺，忙跨前一步擋在扶疏身前，警惕地瞧著發出驚呼的地方。

「什麼事？」木烈也趕了過來。

那侍衛已經匆匆回返，靠近木烈低低說了句什麼，雖是沒聽真切，還是依稀能聽見「屍體」、「死人」這樣的字眼。

木烈神情一下難看至極，顧不得和扶疏說話，便隨著侍衛匆匆往發現屍體的地方而去。

幾個侍衛也忙跟了上去，旋即聽到有人驚呼一聲——

「胡大哥——」

「我們去瞧瞧。」扶疏猶豫了一下，還是決定前去一看。黑漆漆的夜裡突然聽說有死人，自然有些心驚肉跳，可方才聽那侍衛的意思，對方應該是天喬寨的人。

楚雁南有些擔心地瞧了扶疏一眼，動了動嘴唇，終是沒有違拗，卻是探手把住扶疏的胳膊，朝木烈等人的所在而去。

雖然已經做好了心理準備，眼前的慘景還是讓扶疏不可遏止地抖了一下，旋即變成滔天的怒火——

慘白的月光下，橫七豎八地躺了足足有十幾具屍首，更讓人無法接受的是，還有一個三歲的孩子，他的旁邊，則是一具明顯被侵害了的赤裸的女子屍身，女子呈趴伏狀態，染滿鮮血的手絕望地伸向孩子的方向……

而方才侍衛口中的那位「胡大哥」，則是四肢俱無，整個人猶如一截樹樁，身上更是爬滿了螞蟥……

「這幫禽獸！」扶疏不自覺用力握住楚雁南的手。

楚雁南脊背挺直，把扶疏的頭摁在自己懷裡。

「大勝兄弟——」木烈單膝跪倒，手撫上胡大勝依舊圓睜的眼睛，哽咽道：「你安心去吧，放心，我木烈在此發誓，不殺盡來犯摩羅小兒，誓不為人！」

木府裡——

赤布的大軍已於白日午時開拔，如今把守天喬寨的正是彌兒赤。

雖說把守，彌兒赤卻是放心得緊，天喬寨這般險峻的地形已經是世所難尋，更不要說還有外面那麼濃密的毒瘴！

「美人兒，還不過來伺候爺——」彌兒赤無比享受地歪在錦榻上，神情說不出的得意，他的腳下，則跪著兩個被剝光了衣服正瑟瑟發抖的女子。

彌兒赤淫邪的聲音，嚇得兩個女子一抖，卻是齊齊往後縮去。

「過來吧——」彌兒赤卻是不肯放過她們，淫笑一聲，俯身一手抱住一個。「爺保證，讓妳們欲仙欲死，咦……」感覺頭忽然有些暈暈乎乎的。

「將、將軍——」外面傳來一陣跌跌撞撞的腳步聲，隨之，守衛的聲音在外面響起。「天喬寨人，又打回來了！」

「什麼？」彌兒赤一愣，一把推開兩個女人，披上衣衫就去拿刀，卻不知為何，平日裡得心應手的武器，這會兒竟是舉不動了。

好不容易拖著刀爬到馬上，到了城門處，卻再也支持不住，竟是直直摔了下來，待看到城門口的景象更是驚得魂飛魄散——自己派過來守城門的兵丁，竟是全東倒西歪地躺在地上！

這是，中毒?!

絕對的死寂中，城門外整齊的腳步聲也就顯得分外嚇人。

彌兒赤大睜著雙眼，第一次體會到了無助而絕望的感覺。

直到城門大開，天喬寨人排著整齊的隊伍進城，彌兒赤終於不得不絕望地承認——天喬寨，丟了。

卻是無論如何也想不明白，這些人，到底是用了什麼法子，竟會在絲毫不被覺察的情況下，讓自己的手下全部中毒……

第四十八章 大帥威武

「……左軍將軍寧遠戰死……中郎將程斌戰死……此一戰，共計有二十六員將領戰死，又有或戰死、或自相踐踏而亡的士兵，一萬又三百二十三人……」

隨著一個個名字被唸出，臨時搭建的帥帳裡一片死寂，所有人都低下了頭。

陸天麟一身征袍早被鮮血染成了褐色，上身微微前傾，放在桌案下的手卻緊攥成拳。

這些，都是自己的袍澤，更是自己的兄弟。

出身書香門第、氣質悠然的寧遠，上面八個姊姊、三代單傳而像個孩子似的、整日樂呵呵的程斌，前些日子還念叨著要領了餉銀回去趕緊把未婚妻娶過門的胡阿成，以及剛收到家書，說是老婆生了個大胖小子等他取名字的王喬生……

這些曾經鮮活的生命，好像就在昨天，他們還圍在自己周圍，無比熱切地一聲聲叫著「大帥」，不過數日之隔，就成了一具具冰冷的屍體！

寧遠最大的願望，是以自己的軍功給早年守寡受盡苦楚的老娘換一襲鳳冠霞帔；程斌最頭疼的是八個姊姊輪流哭訴求他快些回家生個兒子；胡阿成最驕傲的是對他死心塌地的漂亮未婚妻阿花；知道自己有兒子了，開心得整宿睡不著覺，碰見誰都傻呵呵地念叨一句「我有兒子了，我要當爹了」的王喬生……

而現在，倚門期盼的爹娘再也等不到愛子；恩愛逾恆的妻子再也盼不回夫君；姊妹永遠只能在夢中和兄弟相見；孩兒只有透過別人的描述，才能想像爹爹的模樣……

陸天麟閉了閉眼睛，努力逼回湧上來的熱辣辣的淚意，帳下已是一片嗚咽之聲。

「披鐵甲兮，挎長刀。與子征戰兮，路漫長。」陸天麟起身，挺拔的身姿宛若一桿永不屈服的長槍直插天地之間。

那些淚流滿面的將領也跟著齊聲吟唱。「同敵愾兮，共死生。與子征戰兮，心不怠。踏燕然兮，逐胡兒……與子征戰兮，歌無畏……」

先是大帳，然後是整座軍營，低沈的歌聲漸漸匯成一股洪流，漸漸形成一種穿雲裂石之勢，使得天邊的流雲都好像為之凝滯！

「兄弟們英靈未遠，且慢行一步，陸天麟發誓，待天麟割下闊敏小兒頭顱再與諸位痛飲三杯！」陸天麟大步走出營帳，方天畫戟直指摩羅族軍營。「殺！殺！殺！」

血仇須得用鮮血才能抹平，敢犯我邊境殺我兄弟，但有陸天麟在一日，必讓爾等千百倍償還！

「殺！殺！殺！」緊隨在陸天麟身後的將領，身上的頹廢絕望悲傷氣息一時消除殆盡，個個紅著眼睛盯著摩羅族的營壘，恨不得現在就衝過去和摩羅族人決一死戰。

「這是什麼聲音？」闊敏本來正在帳中暢飲，被突然傳來的喊殺聲驚得手裡的酒碗都差點打翻，忙快步走出營帳，才發現，那片殺氣騰騰的嘯叫聲竟是來自大齊軍營，心裡忽然生出一股怯意——

不愧是大齊戰神，竟是這麼快就讓一支剛吃了敗仗一蹶不振的軍隊，煥發出這麼強大的氣勢！

怪不得父汗在這人手裡從沒有討過好，甚至到現在，一聽到陸天麟的名字都會吃不下飯！

真是硬碰硬對上的話，闊敏直覺，自己怕是會比父汗敗得更慘。

好在，自己還有赤布這支奇兵……

回頭看看自己身後同樣神情驚疑不定的將領及有些惶惑不安的士兵，闊敏益發不悅，冷哼了聲又轉回帳中。

而此時，張顯及鄭國棟一行也匆匆來至帥帳外。

本來幾人應該能來得更早些，只是處置鍾勇的屍首費了些時間。

原本以為大軍必敗，想著讓鍾勇做個「畏罪自殺」的替罪羊呢，卻沒料到陸天麟會突然出現，在關鍵時刻扭轉戰局。

既然形勢已然扭轉，再「畏罪自殺」的話怕是有些太說不過去了，張顯無法，為防人發現破綻，就想來個毀屍滅跡，可惜周圍人來人往，只得草草劃花了鍾勇的五官，匆匆把人埋了了事。

這一耽擱，也就回來得遲了些。

哪知前腳踏入軍營，後腳就傳來一陣響徹天地的「殺」聲，幾人猝不及防，嚇得齊齊一哆嗦，尤其是鄭康，更是腿肚子轉筋，差點扭頭就想跑。

待聽說，這一切都是陸天麟搞的，鄭康氣得頓時破口大罵。「混帳東西，喊這麼大聲，差點嚇死小爺，這陸天麟想幹什麼？還真把自己當成個人物了！以為這軍營還是他的嗎？」

還要再說，卻被旁邊突然閃出的一個人影一下掐住脖子，用力一拉，就從馬上跌落下來。

卻是柳河，恰好從旁邊經過，聽得這油頭粉面的小子竟然辱罵大帥，登時氣得臉色鐵青，狠狠地把鄭康摜在地上，伸指罵道：「小兔崽子，敢罵大帥，信不信某家現在就擰斷你的脖子！」

眼看獨生愛子短時間內，竟被兩個莽夫威脅，鄭國棟已是氣得七竅生煙，卻在接觸到周邊兵丁怒目而視的眼神後，又把到了嘴邊的惡言給咽了下去，只拿眼睛瞧著張顯，說道：「大帥——」如果說被鍾勇威脅時形勢所逼之下只能忍了，現在可是在大齊軍營，是你張顯的地盤！

張顯果然很不高興，自己現在可是三軍統帥，這人明明瞧著官階比那個鍾勇還要低，竟是一副絲毫沒把自己放在眼裡的樣子，當即沈下臉來，怒道：「你是何人，竟敢在本帥面前放肆，吃了熊心豹膽不成！」

柳河蹙了蹙眉頭，這才認出，面前這個年過五旬的富態老者，就是令得連州鐵軍顏面掃地的寧國公張顯，臉色越發難看，強壓下心頭的怒火轉身就走。

「你——」明明自己已經亮明身分，對方還敢這麼無視自己，張顯簡直暴跳如雷。

剛要喝罵，轉頭卻瞧見日裡剛處罰過的孫彪正領了一隊人馬從旁經過，瞧那模樣，竟是一副要出營的樣子，忽然覺得有些不妙，忙喚道：「孫彪，你這是要去哪裡？」

「奉了陸帥鈞令，去營外罵陣，以雪之前望風而逃之辱！」孫彪倒也沒瞞他，神情卻是充滿譏諷。

望風而逃之辱？明顯聽出孫彪的指桑罵槐之意，張顯臉上一陣青一陣紅。

旁邊的鄭康聽清了兩人的對話，嚇得一激靈就從地上爬了起來，問道：「還要打仗？」不是吧，這陸天麟是不是腦子有毛病啊，好不容易那些惡賊消停點，竟還要主動往槍尖上撞？

張顯的想法卻是不同——

陸天麟既然回返，看情形說不好還真有打勝的可能；雖然之前自己一心想著借打壓陸天麟來樹立自己的威勢，現在情勢所逼之下，也只得先暫時忍了這人。

若非不得已，自己也不願這樣灰頭土臉地回去——即便有了替罪羊，自己也必然會受罰。現在陸天麟既然願意出頭，自己不用擔風險還能坐享勝利果實，又何樂而不為？只是這一切有一個前提，那就是整支隊伍必須是在自己的掌控之下，既要立功，便是借此立威的初衷也是不能改。

而現在，陸天麟竟然沒跟自己商量就擅自作主派兵叫陣，委實是對自己威信的一種挑戰。

張顯當即冷笑一聲。「本帥還沒有發話，你們就如此膽大妄為，當真該死。所有人等一律在此候命，不然軍法處置！」說著一拂袖子，帶領一眾侍衛徑直往中軍帥帳而去。

「孫將軍——」旁邊的參將遲疑著看向孫彪。

「理他作甚？咱們的大帥是陸帥，和那人有何相干？」孫彪表情猙獰，那麼多袍澤的死，張顯難辭其咎！

張顯快步來到帳外，正看到坐在最中間神情嚴峻的陸天麟，站在門口清咳了一聲。

不只陸天麟頭也沒抬，便是其他將領也不過瞥了張顯等人一眼，便繼續聽陸天麟吩咐軍務——

「趙承運，你領一萬人扼守南路。」

「周放你率領四萬人悄悄去往十字坡。」

「另外，傳我將令，埋鍋造飯，準備好兩日的乾糧，白日休整，夜晚待命。」

摩羅賊人情形委實有些詭異，明明之前還是氣勢如虹，殺得己方丟盔卸甲，竟然不思乘勝追擊，反而緊閉營門不出；若是一般將領有了這般勝利，八成會沾沾自喜，以為是自己威勢所致。

陸天麟卻不是那般的淺薄之徒，早就看出摩羅賊人表現太過詭異，才特意派出兩支隊伍前往試探，對方卻始終免戰高懸，卻不知，這反而更讓陸天麟堅信了自己的判斷——雖弄不清到底是怎麼回事，但賊人肯定大有所圖。

雖然這會兒還想不通對方到底要從何處下手，卻能猜出，這幾日夜間怕是會不甚太平。

張顯等候半晌，卻沒有一個人站起來迎接，更可氣的是陸天麟，竟始終穩坐在帥位上。登時繃不住，氣勢洶洶上前，厲聲道：「陸天麟，你好大的膽子，這帥位也是你隨隨便便可以坐的嗎？還不快下去！」

陸天麟抬頭，似是終於注意到張顯的到來，上下打量了片刻，往張顯身後瞧去，沈著臉道：「寧國公，鍾勇將軍何在？」

鍾勇自來勇武，正對著摩羅族的西路，交給鍾勇最為合適。

鍾勇？張顯臉色頓時白了一下，心裡有些打鼓，難不成這陸天麟察覺到什麼了？只是，陸天麟竟然叫自己寧國公？

張顯臉色愈加鐵青。「陸天麟，你這是什麼語氣？這可是中軍帥帳，你竟敢坐在本帥的位子上，還用這種語氣質問本帥，想要以下犯上不成？你眼裡可還有朝廷律法君父？」

聽說鍾勇沒跟著回來，陸天麟明顯有些失望，當下軍情緊急，也不耐煩再和張顯爭執，當下一擺手。「來人，把寧國公請下去。」

眼看著陸天麟話音一落，果然有一隊士兵圍了過來，一副張顯等人不聽話，立馬就要把人拖出去的模樣，鄭國棟也慌了手腳，問道：「你們做什麼？想要造反不成？寧國公可是皇上欽點的元帥！」

「那是從前——」侍立在陸天麟身旁的莫平聞言上前一步，從懷裡摸出賢王令在幾人面前一晃。「賢王鈞旨——張顯治軍無方，致我軍死傷慘重，著即革職，前往連州待罪。至於帥印交由陸天麟大帥執掌，任何人膽敢違拗，格殺勿論。」又瞧著面如土色的張顯涼涼地加了句。「賢王已經連夜派人拜表朝廷，寧國公，您識時務的話，還是乖乖地下去待罪吧！」

「你——」張顯簡直不敢相信自己的耳朵，掙扎著道：「我看你們誰敢，本帥可是皇上欽點……」話音未落，早被不耐煩的其他兵將一擁而上，扯了胳膊就推出營帳！

摩羅族闊敏這會兒卻是和張顯一般鬱悶——

外頭操著各種順溜摩羅方言的辱罵聲不絕於耳，闊敏簡直要氣樂了。還以為這陸天麟如何英勇卓絕、智計百出，哪料到竟會縱容部下做出如此潑婦之舉，竟然罵了這麼久都不帶重複的。

耳聽得對方又換了個人，這回更好，竟是罵自己祖父嫖女人不給錢的所謂風流韻事；更可氣的是，那人明顯還是善做口技之人，竟然一人分飾兩角，時而學那娼妓尖聲辱罵，時而扮作「祖父」，高一聲、低一聲地討饒，真是要多猥瑣就有多猥瑣。

闊敏聽得額頭青筋直跳，再一看那些屬下，一個個拚命低著頭，從聳動的肩膀卻可以看出，明顯在拚命地忍著笑，氣得狠狠一拍桌子，桌上的酒碗、茶具嘩啦啦頓時掉了一地。

當下站起身，往一個高崗走去，入目正好瞧見那群來罵陣的兵將扠著腰耀武揚威的模樣，更有很多兵將因為罵了這麼久，摩羅族都沒露面，神情明顯有些懈怠，在陣前或躺或坐，甚至嬉戲追逐玩樂，哪像要來打仗的模樣，再來些瓜子茶水，明顯就是去戲院看戲的姿態！

闊敏長出了口氣，能讓陸天麟掉以輕心，也不枉讓祖宗受了這麼久窩囊氣！等過了今夜，自己定要敲碎這些人的牙齒，拔了他們的舌頭，挑斷他們的筋脈……

這樣想著，喘氣終於勻了些，轉頭望向天喬寨方向——陸天麟，且讓你得意一時，待得三更時分，赤布的人馬趕到，定讓爾等悔不當初。

只是闊敏這會兒卻絕沒有料到，赤布前腳才離開，後腳天喬寨就易主，而從天喬寨下來的，更不只赤布一個……

「楚將軍──」木烈擦了一把頭上的汗，從昨日起就晝夜兼程一路疾行，饒是如此，距連州大營卻還有一日的路程，只是人畢竟不是鐵打的，天喬寨的兄弟雖是個個驃悍，眼下瞧著卻仍是有些疲累。

「不然，讓兄弟們喝口水，坐下歇歇腳？」

楚雁南看了看因長時間跋涉而一臉疲色的天喬寨兄弟，拿出手裡地圖，再次細細查看片刻，手中的小棍點在一個名為十字坡的所在，赤布的人馬比自己早出發了將近一日，今晚必能到達連州轄地，自己料得不錯的話，決戰應該在今夜就會打響。

二叔的連州大營距離連州尚有百十餘里，摩羅族之前既然得了天喬寨，此次南侵必然大有所圖，斷然不會輕易折返，這場大戰怕會是大齊建國以來最大的一次戰役。

連州於大齊而言具有不可替代的戰略意義，即便情形如何艱難，二叔必不願連州被戰火波及，基於此，十有八九，會引寇虜到一個既遠離連州又合適決戰的地方，而十字坡無疑就是最佳的決戰之地。

由此處趕往連州大營的話，即便仍舊不眠不休不食，最快也要到四更時分，才有可能追上赤布。

只是戰局瞬息萬變不可預料，而且天喬寨的兄弟再是勇武，畢竟也不是鐵打的，這樣一路奔波又餓著肚子，即便真能趕上大戰，也絕對沒有辦法發揮出多大的優勢，說不好，還會吃大虧！

而去十字坡的話，卻可以提前兩個時辰——

如果二叔沒有把人引到十字坡，說明戰局還在掌控之中，自己便是再掉頭往大營方向而去，也不致耽誤大事……

思量片刻，楚雁南很快做出了決斷。「告訴兄弟們，就地紮營，兩個時辰後出發至十字坡。」

夜深人靜，萬籟俱寂。

輪番罵了一天的陣，齊軍自然疲累無比，甚至在營外高懸的風燈下的士兵都倚著欄杆有些昏昏欲睡，渾然不知危險正在逼近。

「大王子果然英明。」說話的是闊敏手下第一驍將哲吉，眼看已經逼近齊國營壘，裡面的情形自然可以盡收眼底，借著微弱的星光，依稀能瞧見靠近周邊的營帳裡橫七豎八的人影，甚至還隱約有響亮的鼾聲傳來，明顯絲毫沒有防備的樣子。

聽聞前方的奏報，闊敏沒有作聲，卻是掩不住內心的狂喜，甚至以為這之前有關陸天麟的傳聞是否有些誇大其詞？

照自己看，慢說還有赤布那支奇兵，即便自己一支說不好就可以拿下對方。

闊敏緩緩舉起手中令旗，命道：「殺——」

隨著闊敏一聲令下，打前哨的哲吉，率領一萬前鋒軍如猛虎下山般往齊國連營撲去，一時喊殺聲震天。

哲吉帶領一大隊人馬直往中間帥帳衝去，一腳踹翻帳篷，滿心想著活捉陸天麟立一大功，竟是亂刃齊發，對著床上模糊起伏的人體就是一通亂砍，耳聽得一陣陣「噗噗噗」的聲響傳來，卻是並沒有預想中鮮血四濺或痛呼呻吟聲傳來。

「不好——」哲吉大驚，自己一棍下去，明明應該聽到的是筋骨斷裂的聲音，怎麼竟是軟綿綿的，毫無著力之處？不敢置信地低頭細看，哪裡是人，分明是用草堆積成人體的模樣。

「中計了！」心知不對，哲吉不敢戀戰，忙打一聲呼哨，就要傳令退兵，一道勁風卻是朝著後腦勺襲來。

哲吉慌忙就地一滾，堪堪避開對方的攻擊，倉皇間反手倒提狼牙棒朝著來人狠狠砸下。

來人手中兵器朝上一推，恰好架住哲吉的狼牙棒，同時雙臂猛一使力，耳聽得一陣喀啦啦嚇人的鈍響，竟是生生把哲吉的狼牙棒擰成了麻花似的，連帶著哲吉的雙臂，因來不及撒手，也被寸寸絞斷。

「啊——」哲吉喉嚨裡發出一陣陣狼嚎一般的絕望慘叫，那聲音實在太過淒慘，直嚇得跟在後面的摩羅族士兵腳下都是一軟。

同一時刻，軍營頓時燈火通明，哲吉終於看清來人的面容，只見對方一襲白衫獨立不群，明明有龍章鳳姿之勢，卻偏是一臉的殺氣！

「陸天麟——」哲吉瞳孔倏地一縮，只是沒等他再吐出一個字，陸天麟手裡的方天畫戟已經當頭砸下，竟是當場將他砸成了肉泥相仿。

「敢殺我袍澤，辱我兄弟，這就是下場——」陸天麟神情森然，一舉方天畫戟。

「殺——」

「為陣亡的兄弟報仇——」眼看大帥竟然身先士卒，僅僅一個回合就殺了摩羅族第一驍將哲吉，大齊官軍頓時熱血沸騰，竟是個個奮勇爭先，前後夾擊之下，摩羅兵士頓時亂成一團。

隨著大批齊軍蜂擁而至，群龍無首之下，摩羅兵將立時被分成了無數小區塊，等闊敏意識到不對，忙派人援救時，哲吉的上萬人馬，已經所剩無幾。

一聽說在這麼短的時間內，自己帳下第一勇將哲吉及上萬鐵騎竟然幾乎盡數殞滅，闊敏險些從馬上栽下來——

合著自己白日裡當了一天縮頭烏龜，不只沒有迷惑對方，反而是被陸天麟給算計了！

直到這一刻，闊敏終於無比真切地理解為何陸天麟會成為父汗終生難以擺脫的噩夢——夠狠夠毒更兼心機縝密！有這樣一個敵人，怕無論是誰終生都會寢不安席。

幸好，還有赤布的那支騎兵。

闊敏定了定神，拔出寶劍，高聲道：「全軍出擊，但凡活捉或殺死陸天麟者，邑萬戶、賞萬金！」

而此時的連州城內，齊灝也正在城頭觀戰——

白日裡陸天麟在讓人「送來」張顯一干人等的同時，還附帶著呈上一份作戰計劃。

知道夜間或有大戰，齊灝早早地就來至城頭瞭望，本以為這場大戰會到天明才有結果，沒想到僅僅半個時辰後，就有捷報傳來——

哲吉戰死，摩羅族約萬人幾乎傷亡殆盡！

遠遠地瞧著那邊燈火通明，喊殺聲響徹雲霄，齊灝只覺目眩神搖、熱血沸騰——

陸天麟果然是一條真漢子！怪不得，無論父王如何想盡法子，百般體貼之下，都無法取代這人在娘親心目中的位置……

旁邊侍立的尹平志神情則是怔忡不安——心裡竟是第一次無比遺憾，當初家人實在太過糊塗，竟是錯把金玉當成了頑石；還以為這陸天麟再無出頭之日，所以才對妹子百般威逼，卻不料，竟然勇猛如斯！倘若今日陸天麟大捷，這人的富貴怕是自此無可限量！

「咦？」齊灝忽然蹙了下眉頭。

情形好像有些不對，明明剛才摩羅族賊人吃了大虧，這會兒不應該龜縮回自己的大營嗎？怎麼比起之前反倒更加氣勢洶洶？這闊敏竟是如此悍不畏死嗎？還是，有其他陰謀？

回頭喚侍立在旁的侍衛。「莫峰，你悄悄潛出城去，摸清前線形勢後速速來報。」

尹平志擦了一下頭上的冷汗，只覺心裡矛盾至極，一方面無比希望陸天麟此戰旗開得勝，不然自己這連州怕是就丟定了，到時候別說這連州府尹的職位會丟了，說不好一家老小都會獲罪；另一方面卻又擔心陸天麟真是大捷歸來，此後步步高陞的話，尹家怕是更加難以與之抗衡……

第四十九章　沙場血戰

「大王子，陸天麟突然停下了——」眼看著前面出現一大片狹長的坡地，衝在最前面的木胥離忙一勒馬頭。

木胥離和哲吉齊名，都以驍勇而聞名整個摩羅族，卻不料，聲名猶在自己之上的哲吉竟然不過兩個照面就慘死在陸天麟手裡，手下兵將更是幾乎無一生還，種種情形由不得木胥離不心生戒懼。

「那又如何？」闊敏冷笑。「任他蓋世無敵，今日也必葬身此處。」

如今天色將亮，自己看得分明，這陸天麟果然托大，身邊竟不過帶了兩萬人罷了。略一思索便即明白，對方肯定是已經猜想出來自己還有後招，為防萬一，已經兵分別處；只是他作夢也想不到，自己的後招卻是來自絕無可能的凶地天喬寨！

即便兩家兵力相當，鹿死誰手也未可知，卻不要說自己手下人數現在遠超過對方；不出所料的話，這十字坡就將是陸天麟的埋屍之處！只要陸天麟死了，那大齊的天也就塌了，到時候揮兵南下，何愁大齊不破？

「殺——」

「大帥——」李春成一勒馬頭，神情明顯有些焦灼，實在是雙方力量太過懸殊，即便加上之前預先埋伏在這裡的周放，最後結局依舊不可預料。

「要不要派人調回壺口兵將？」

「不行！」陸天麟卻是斷然拒絕，在沒有摸清闊敏的底牌前，派去守護壺口的部隊絕不可以輕舉妄動——

壺口乃是烏蘭河的必經之處，是連州和大軍唯一的水源所在，一旦那裡被占領，不出十日，不只大軍會不戰而潰，便是連州也必然失守！

只要能堅持到午時，趙承運扼守的南路沒發現敵蹤，自可以趕來馳援。

說著摘下馬鞍旁邊的弓箭，抽出三支鵰翎箭搭在弓上，瞄準密密麻麻的人群中闊敏的帥旗所在，手一鬆，勁弩帶著尖利的哨音朝著闊敏的方向飛了過去。

木胥離一眼瞄到陸天麟的動作，來不及示警，忙猛一拍闊敏的坐騎，自己則揮起鐵錘就想將利箭格開，闊敏的馬匹受驚，前蹄猛地揚起，差點將闊敏掀翻在地，模樣頓時狼狽至極。

而同一時刻，第一支箭已經飛到，木胥離用力一揮，滿指望能一下將箭擊落，誰料想那支箭竟然因力盡而自己落下，木胥離則因用力過猛，差點沒從馬上栽下來，心裡頓時懊惱不已——自己果然被陸天麟的名號給嚇住了，距離這麼遠，怎麼可能射得著？

眼看著第二支箭同樣射到，木胥離臉上閃過一絲譏諷的笑容，還以為多厲害呢，現在瞧著，不過虛有其名罷了！竟是不避不閃，抬手輕輕一揮，下一刻卻是慘叫一聲，竟是那支箭穿透胳膊，繼而釘著木胥離朝著帥旗的方向砸了過去！

「啊——」木胥離只來得及慘叫一聲，第三支箭緊跟著飛至，連木胥離及旗桿一起射翻在地。

「大哥——」緊跟在木胥離身側的木胥其忙上前去扶，卻見木胥離雖是圓瞪雙眼，卻已然氣絕身亡。

再沒想到甫一交手，竟是又折了一員大將！闊敏頓覺渾身發冷，倒抽了口涼氣——怎麼可能有這般神乎其技的射箭水平，同一張弓射出來的三支箭，卻是有著不同的力道，還兼妙到毫末！更可怕的還有陸天麟揣摩人心的精準。

這樣一個勁敵，絕不可留！

闊敏咬牙森然道：「木胥其，你速帶一百名神射手，尋找有利地形，只鎖定陸天麟一人即可，記住，不論付出怎樣的代價，都必須取了此人性命！」

「大王子放心。」木胥其神情猙獰而淒厲。「屬下必取了陸天麟項上人頭，以慰大哥在天之靈。」取出隨身攜帶弓箭就要瞄準陸天麟，下一刻神情卻是有些扭曲——

之前陸天麟一身白衣，在兩旁廝殺的黑色洪流中尤其顯眼，木胥其本以為，不用細細辨認，只要專射白衣人就必然是陸天麟，卻在看清戰場上的形勢時，臉色立時變得難看至極——

怪不得陸天麟敢於穿白衣，說句不好聽的，甭管他穿任何一種顏色的衣服，都是最好辨認的，實在是但凡陸天麟馬匹所到之處，霎時廝殺的人流就會以他為中心，形成一個碩大的漩渦，凡是靠近漩渦的人，無不瞬間就被絞殺！

緊緊跟在陸天麟身側的李春成等人，卻是眼睛有些發熱——怪不得大帥堅持要穿白衣，黑夜裡，不只可以吸引摩羅族寇虜，更令無數大齊兒郎在看到那一襲白色的影子時頓生沖天的豪情；而現在天光大亮，大帥的驍勇之姿，無疑給跋涉了一夜的所有人予以無比的勇氣！

因著陸天麟如定海神針般始終屹立在大陣中心，儘管兩方人數相差懸殊，齊軍竟是沒有一人有氣餒沮喪絕望之色，兩軍頓時廝殺成一團。

眼看著齊軍竟是絲毫不受人數多寡的影響，卻是越戰越勇，闊敏神情都有些扭曲，咬牙命令一直護衛在自己周圍的六員大將。「你們六人一起圍擊陸天麟，木胥其，你和那些神射手做好準備，到時亂箭齊發——」若是再任由陸天麟這般橫行肆意下去，自己的手下必將死傷慘重！

旁邊的木胥其臉頓時通紅，伸手從懷裡摸出一支明顯浸透了毒液的黑魆魆的箭。

長時間的奔波征戰，陸天麟這會兒已是汗濕重衣，眼見得又是幾員敵將飛騎而至，嘴角顯出一絲冷笑，竟是要用車輪戰嗎，只是那又如何？

舞起方天畫戟和六人戰成一團，只是畢竟長時間征伐，動作較之此前敏捷度明顯差了些。

而齊軍人數也因較之摩羅軍相差太多，漸漸處於劣勢。

「什麼？」聽莫峰說完打探來的消息，齊灝險些站立不穩。

情形竟然糟糕到這般地步嗎？轉念一想，卻也明白了陸天麟的用心良苦，內心一時又是酸楚又是敬佩——陸天麟，果然不愧是大齊第一英雄好漢。

當初是朝廷對不起陸天麟，而陸天麟不只不計舊怨，國難來時，竟然選擇如此決絕的方式以死報國——

若是為自身計，齊集連州大軍，陸天麟未嘗沒有取勝的機會，現在則為了連州和大齊的安危，竟是僅帶了幾萬人馬和幾乎倍於己方的摩羅族決一死戰。

「王爺，要不要屬下帶人——」莫峰神情明顯有些沈重，據自己方才所見，陸帥乃至大軍，情形怕是都不樂觀，卻被齊灝打斷。

「本王親自去。」無論如何，也要帶了陸天麟回來。

於公，這是大齊的江山，到了此刻，齊灝已經無比真切地意識到陸天麟之於大齊，有著不可替代的地位——沒了陸天麟，連州勢必城破，摩羅族毫無阻礙，必將一路南下，到時候整個大齊江山都將危矣。

於私，娘親本已病入膏肓，要是聽聞陸天麟的死訊，怕是這人世間更沒有任何一處再讓她牽掛的了。

低頭快速寫了一道奏章，盡述此前種種，莫平眼睛一紅——王爺這般行徑，怎麼竟是一副交代後事的模樣？

那邊齊灝已然寫好兩封信件，一封蓋上公章，另一封則小心折疊起來。

「莫平，你馬上出城，八百里加急趕往京城，將此封奏摺呈給皇上，至於這封信——」猶豫了下，還是遞給莫平。「你先拿著，若然本王有什麼不測，就把這封信呈於娘親……」

「王爺——」莫平一下跪倒，眼睛倏地紅了。「屬下不走，屬下要跟隨在您左右！」

齊灝堅定道：「你不要再說了，本王心意已決！」

旁邊侍立的尹平志也驚得撲通一聲跪倒。「王爺，萬萬不可，您可是千金之軀！」

「正因為本王是千金之軀——」齊灝一字一字道：「若然陸帥無事也就罷了……不然，也只有本王才能振作大齊士氣……」

陸天麟可以為國而死，自己是大齊皇室，到了這般時候卻要龜縮在後方不成？竟是推開兩人，徑直上了馬，帶了數百兵丁往十字坡而去。

「這、這可怎麼好？」尹平志僵立半晌，忽然一拍腦門，啊呀，自己怎麼忘了一個人！寧國公張顯這會兒不是正在城中嗎？賢王既然離開，那自己就一切聽他的好了。

「賢王趕往前線援救陸天麟？」張顯和鄭國棟及姬青崖等人對視一眼，頓時一陣狂喜——

大戰發生前，因被「葉漣逃匿案」牽連，姬青崖等人一早就被送到連州府徜軟禁了起來，然後沒過多久，張顯等人也先後來到，這些三皇子黨終於再次聚首。

連續多日來，幾人都是憂心忡忡，從未有一夜安眠，苦思冥想該如何做才能解了眼前的危局；而現在，齊灝竟然豬油蒙了心，自己開城門去了前方戰場。

瞧這意思，前線戰場定是危急到了極點。

齊灝此一去，十有八九，就會和陸天麟一起戰死沙場！只要這兩人死了，之前發生的事，又會有何人知曉？

「尹大人放心，有本公在，定可保連州城無虞。」張顯絲毫沒有推辭地就接受了尹平志的建議。別說這兩人不見得能從摩羅族鐵騎下逃生，即便真的逃回來了，這連州城可是在自己掌握之下，想要收拾個把人，那還不是易如反掌！

略一思索之下，又命人取來文房四寶，刷刷刷地寫了一道奏摺——

「……摩羅族鐵騎挾威勢而來，本應避其鋒芒，奈何陸天麟自視甚高，竟然不聽調度，一意孤行，不只用花言巧語騙取王爺信任奪了微臣的元帥之位，更令大軍陷入苦戰之中，迫使賢王殿下不得不緊急馳援……」

寫完了之後，吹了吹上面的墨汁，神情得意至極，除非奇蹟發生，不然有了這封信，再加上「賢王戰死」的消息，管叫陸天麟這輩子都別想再翻身！

「大帥，您快走——」眼看著摩羅族兵將似螞蟥一般，打死一批，又撲上來另一批，而且全都目標明確，死死咬住陸天麟，李春成就是再駑鈍也明白，闊敏怕是要不惜一切代價取了大帥性命！

他抬起因廝殺太久，已經捲了刃的大刀狠狠地劈翻一個想要從背後偷襲陸天麟的將領，再看向渾身浴血的大帥時，兩眼通紅，仗打到這般時候，便是鐵打的人也受不了啊！

其他將領尚有可喘息之機，偏是大帥，從交戰到現在，憑一己之力，已經斬殺了敵方將近三十員將領，饒是如此，竟還有更多的摩羅族賊人源源不斷地撲過來，大帥便是再鐵骨錚錚，又能支持多久……

「大帥，您便是不為自己著想，也要想想從未謀面的小姐！要是您真有個什麼，苦命的小姐可要依靠哪個？」眼看陸天麟絲毫不為所動，李春成頓時發了急——無論如何，都不能叫摩羅賊人陰謀得逞，必得想個法子，勸大帥離開這裡！可據自己所知，大帥到現在為止依舊是孑然一身，怕是除了那個踏破鐵鞋也尋覓不到的小姐，這世上再無任何人讓大帥掛心了吧？

兀自機械地舞動方天畫戟的陸天麟神情果然有些動容，心中更是大慟，只覺一種又是酸澀又是痛楚的感覺充滿整個胸腔——

是啊，自己的孩兒。十年了，自己這個做父親的從未盡過一點為人父的責任，甚至連孩子是胖是瘦，是高是矮都無從得知！不曾為她換過一次尿布，不曾親過一次她的小臉，她難過時自己全然不知，她快樂時，也從不曾和她分享……

那樣苦命的野草般一個人掙扎著長大的孩兒啊！

老天，您何其殘忍，既昭示天麟孩兒的消息，為何不等我父女聚首，便有此大戰？

只是，即便再如何愧對孩兒，自己又何其忍心，拋下這一眾多年袍澤、生死兄弟，獨自逃生？人生在世，自當頂天立地，若是自己此刻當真選擇臨陣脫逃，又置唯一的孩兒於何地？還有何顏面立於人世間？

「大丈夫仰不愧於天，俯不怍於地，守邊衛國，何懼生死？」竟是傲然一笑。「至於說我孩兒，只要這連州鐵軍有一人在，自然可以替我照顧她——」說到最後，卻是聲音粗嘎，語氣明顯苦澀至極。

周圍兵將頓時一陣喉頭發熱，齊齊道：「大帥必將無恙，小姐也定可尋回，我等有生之日，必全力護佑小姐，絕不讓小姐受一點點委屈！」

大帥身分何等尊貴，卻是為了大家如此不顧生死，甚至連最愛的女兒都要拋棄，從此以後，小姐不只是大帥一個人的女兒，更是連州鐵軍每一個人即便拚了性命也要守護的人！

嘴裡說著，抬起方天畫戟，一下擊飛了迎面賊將的兵器——孩兒，爹爹會為了和妳團聚的那一日，努力活下去……

那敵將嚇了一跳，慌忙間忙要後退，陸天麟方天畫戟如毒蛇般隨之追到，左右用力一錯，對方的人頭嗖地一下就飛了出去，「咚」地一聲砸到人群中，獨餘一具無頭屍身仍是端坐馬上；那馬受驚之下，撒開四蹄衝入人群，所過之處，眾人無不閃避，驚駭的聲音更是此起彼伏，摩羅族兵將恐懼之餘立時一片大亂。

「該死！」竟是又折了自己一員大將！明明已到了強弩之末，怎麼這會兒竟又生龍活虎一般！再這樣下去，己方士氣必然大受影響。

「木胥其——」闊敏揚手往陸天麟方向一指，聲音幾乎是從牙縫裡擠出來的。「調來所有神射手，朝著陸天麟，萬箭齊發——」

「萬箭齊發？」木胥其驚出了一身的冷汗，戰場中心除了陸天麟外，可還有和陸天麟纏鬥在一起的摩羅族將領，真要射過去的話，豈不是意味著……

「對，萬箭齊發！」闊敏聲音也有一絲顫意——不到萬不得已，自己也不願出此下策，眼下，明明齊軍衰相已現，可照陸天麟現在的情形看，說不好會力挽狂瀾！

摩羅族人常年生活在塞外，本就擅騎射，之前木胥其之所以屢屢失手，除了陸天麟本身太過勇猛之外，更兼派去纏鬥的將軍不但沒有起到幫自己吸引陸天麟的作用，反而被陸天麟迫得狼狽至極，甚至不由自主淪為陸天麟的「肉盾」；現在闊敏既然下令萬箭齊發，毫無疑問，是暗示他，即便以己方將領的性命做代價，也必要射殺陸天麟。

想通了其中關竅，木胥其迅速安排好陣形，手一揮，無數支鵰翎箭朝著陸天麟的方向飛去，自己則抽出那支毒箭搭在弓上——

「啊——」最前面中招的是橫刀立於陸天麟馬前的一員敵將，那人只短促地痛叫一聲，便一下從馬上栽倒。

陸天麟面前頓時現出一個空檔，無數支鵰翎箭如急雨一般隨後而至。

「不好——」李春成大驚，再沒想到闊敏如此喪心病狂，竟是拚著連自己的人一道射殺，也要取了大帥性命。

「柳河，你快去阻止他們！」一邊吩咐旁邊的柳河，邊把大刀舞得車輪一般擋在陸天麟面前，一心守護陸天麟之下，後心頓時露出一個空檔。

一個僥倖靠近的摩羅族將領頓時大喜，手中長槍隨即遞出，朝著李春成後心扎去。

「春成，小心！」陸天麟一眼瞧見，左手長刀劈開幾支亂箭，右手方天畫戟朝著敵將就斫了過去。

手中毒箭一直對著陸天麟的木胥其，遠遠瞧見頓時大喜，手一鬆，那支箭如毒蛇般無聲無息地朝著陸天麟就飛了過去。

那敵將再沒料到，陸天麟身為主帥，自顧不暇之餘，還會為了保護手下甘冒奇險，愣怔了一下，忙要閃避，卻哪裡還來得及，直接被陸天麟砍翻在馬下。

同一時間，那支毒箭也瞬間飛到，竟是刺穿盔甲，沒入臂中。

「大帥——」看著那支鵰翎箭在陸天麟臂上晃動，李春成眼睛一下紅了。

「混蛋！」柳河也看到了這一幕，頓時血脈賁張，手中的大錘朝著箭發出的方向狠狠地擲了過去。

木胥其一個躲避不及，正被那鐵錘砸中腦袋，頓時開了個拳頭大的血洞，吭都沒吭一聲就一下栽倒在地。

「真是廢物！」眼見得那些神射手竟是被柳河衝得七零八落，闊敏氣得頭上青筋直跳。方才一陣箭雨，竟是足足射殺了自己六、七員將領之多，可付出這麼大的代價，竟然不過傷了陸天麟一條胳膊！

卻忽聽遠處傳來一聲驚呼——

「大帥——」

卻是陸天麟，忽然一頭從馬上栽了下來。

闊敏愣了一下，忙讓人拖過木胥其的屍首，伸手取過箭囊，倒出裡面剩餘的箭，下一刻頓時狂喜無比——果然少了那支毒箭！

一時無法抑制內心的狂喜，仰天大笑。「陸天麟已然身中毒箭，你們還愣著做什麼，快些取了他的首級！」

眼看著前面就是戰場，齊灝剛舒了口氣，好在自己來得還不晚，哪料想一念未畢，便聽見闊敏的呼喝之聲。

「陸天麟身中毒箭？」齊灝心裡頓時一緊，待要不信，卻見方才瞧著還奮力廝殺的齊軍忽然就亂成了一團，直嚇得臉一白，低聲吩咐莫望。「快，按原計劃行事。」

自己則一踹馬鞍，朝著十字坡就衝了過去。「摩羅逆賊休要囂張，本王來也！」

莫望應了一聲，狠狠地一抽胯下坐騎，馬兒受驚，嘶鳴一聲，撒開四蹄就開始奔跑，馬尾上綁著的碩大掃帚頓時帶起一路滾滾煙塵。

那些兵丁雖是不識，其他將領卻全都認得，來人可不正是賢王齊灝！

柳河先大喊一聲。「賢王爺帶了援軍來了，爺爺的，殺死這群摩羅族王八蛋，兄弟們，殺啊！」

賢王爺？闊敏頓時有些發愣，是應該有王爺來，不過不應該是自己的兄弟赤布嗎？這是從哪兒冒出個賢王來？

待要不信，眼見得一個身穿金甲、神情尊貴的年輕人，正帶了一支人馬飛撲而至，而不遠處，更是煙塵漫天，明顯正有大批人馬趕至此處，頓時有些慌忙。

和摩羅族的慌張不同，齊軍本來因為聽說大帥身中毒箭而渙亂的軍心迅速得以穩定，更因為「大批援軍」的到來而生出無盡的勇氣，竟是個個爭先，漸漸扭轉了局勢。

「王爺——」李春成已經在其他人的掩護下，抱著神志昏迷的陸天麟來至齊灝面前，渾身是血的漢子，這會兒早已淚流滿面。「求王爺快救大帥——」

目視著陸天麟已經完全被鮮血染成紅色的戰袍，以及遍布身上大大小小的傷口，齊灝心頭頓時熱辣辣的，親手接過陸天麟，小心置於馬上。

「你放心，不論付出何種代價，齊灝都會想盡辦法救陸帥，這裡，就拜託諸位將軍了！」

「王爺放心——」李春成狠狠地抹去臉上的血水及淚水。「末將等今日即便戰死沙場也絕不叫摩羅小兒前進一步！大帥，就拜託王爺了！」說著撥轉馬頭，掉頭又往戰場而去。

齊灝最後看了一眼血肉紛飛的戰場，只覺內心充滿著無限的蒼涼——最壞的情形果然發生了！也不知這些兒郎，能有多少可以生還？

只是目前最重要的，卻是趕緊帶陸天麟回連州救治！

當下撥轉馬頭，迅速往連州的方向而去，走了幾步卻忽然覺得有些不對——卻是前方天喬寨方向也忽然煙塵滾滾，頓時覺得有些奇怪，明明自己只是吩咐莫望在這附近兜圈，達到迷惑敵人的效果即可，怎麼這麼一會兒工夫會跑了那麼遠？

正要著人去問，身後忽然響起莫望的聲音——

「王爺，不好，有人來了！」

「莫望，那邊的人是——」齊灝大驚，莫望既然在這裡，對方那支人馬又是誰？忙一勒馬韁，狠狠地一抽馬匹。「快走！」

本想繞小道避開，沒想到對方速度快得緊，竟是轉眼就到了面前，一眼看清對方頭上標誌性的翎羽，齊灝只覺渾身冰涼——從天喬寨出來的，竟是摩羅族的人馬？

而後方，闊敏明顯也注意到了這一異狀，頓時興奮至極，高聲道：「赤布，可是你到了？」

一臉猙獰之色的赤布，催馬上前。「大哥，赤布來了！」

又惡狠狠地瞪著齊灝等人，獰笑道：「果然是天堂有路你不走，地獄無門自來投，既然犯到本王手裡，就乖乖受擒吧！」

被齊灝安置在馬上的陸天麟，無力地睜開眼睛——那毒箭果然霸道，自己這會兒，竟是連動一下都不可能，當下低低道：「王爺只管一個人速速離去……」不過說了一句話，便重重地喘息起來，用力扯下脖子上的玉珮塞到齊灝手中。「若天麟，不幸離世，還請、還請王爺靠著這玉珮做信物，幫忙尋覓小女……天麟便、死而無憾了……」

一句話說完，竟是再無半點聲息。

同一時間，正在林間休息的扶疏忽然睜開眼睛，手不自覺撫向胸口的玉珮。

「各位長老，咱們還是快些趕路吧。」

就在方才，心口處忽然傳來一陣鑽心的悸痛，那種感覺，竟然一如當初爹爹離世時的情形……

第五十章　黃雀在後

沙場。

齊灝呆呆地瞧著手裡的玉珮，喉頭一陣發熱——原來這就是那玉珮的來歷嗎？

娘親身子骨兒弱，但凡能起身，便會強撐著去小佛堂，只是和別人一卷一卷地抄佛經不同，娘親親手抄的佛經上總會畫上其他東西——

一次自己有急事找娘親，哪知到了後娘親恰好離開佛堂，他正好瞧到火盆裡來不及燒毀的一卷佛經，自己一眼瞧去，覺得那佛經好像有些不同，待取出來瞧時，才發現每一頁佛經上面都有這麼一塊玉珮，還有一個，天真爛漫的小小嬰兒……

現在見到實物，更親耳聽到這戰場殺伐、滿身傷痕的錚錚鐵漢，用這麼虛弱的語氣懇求自己——

陸天麟這一世，可謂跌宕起伏，怕是無論情景如何險惡，也從未向任何人低過頭，卻在瀕死之際，哀求自己，幫他找回愛女……

雖然不清楚陸天麟到底是從哪裡得知當初娘親曾生下過一個女兒來，此情此景之下，卻由不得齊灝不祈願上天——

要是那個女娃兒還在，該多好！

娘親便不用自責終生，常年愁顏不展；自己也可以拍著胸脯，對這瀕死的可敬可憐之人保證——您放心，齊灝即便翻遍大齊每一寸土地，也必將幫您找回孩兒來……

而現在，自己卻什麼都不能做，甚至一個簡單的承諾，都無法說出口……

「王爺，王爺，您快走——」眼見得齊灝還在發呆，莫望大急，不得已，推了一下齊灝的身子。「屬下這就引開赤布，王爺快些帶大帥回連州。」

「好。」齊灝這才回神，猛地意識到眼前的危險形勢，咬牙對莫望道：「莫望，你們小心！」

莫望重重地點了下頭，左手短劍、右手狼牙棒，朝著赤布就衝了過去。

齊灝的手下除了從自家王府千挑萬選的強手外，另一部分也全是皇上擔心齊灝安危，親自賜下來的精銳侍衛，戰鬥力自然非比尋常。

赤布又以為對方是從戰場上敗逃的逃兵罷了，自然有些大意，猝不及防之下，頓時被衝亂了隊形，齊灝乘機在兩名侍衛的護佑下，抱著陸天麟就衝了出去。

「赤布——」闊敏遠遠地看到，頓時有些發急，揚聲道：「不要放他們過去，他們是陸天麟和齊國王爺！」

大齊統帥，還有一個王爺？赤布愣了一下，旋即大喜，自己竟然這般好運嗎？甫出山寨，就碰見這麼兩條大魚。

一個王爺、一個元帥，不論哪一個都無疑是大齊舉足輕重的人物，不管生擒還是殺掉，都無疑能奠定此次的勝局。

竟是撥轉馬頭，朝著齊灝幾人狂追而至。

眼看赤布當先殺到，那兩名侍衛忙回身齊齊上前擋住赤布。「王爺，您快走——」

齊灝顧不得回頭，俯身馬上，緊緊抱著懷裡的陸天麟，手裡的鞭子不停地抽著馬兒，坐騎本就是一匹寶馬良駒，這會兒似是能體會到主子的心思，更是跑得如飛一般，竟是漸漸拉開了和赤布的距離。

赤布大急，忙從背囊裡抽出幾支羽箭，對準齊灝的後心就要射去。

「王爺小心——」一名侍衛一眼瞧見，頓時大急，抬手擲出手裡寶劍，赤布卻是身形一晃躲了過去，手隨即一鬆，竟是三箭齊發，分上中下三路朝著齊灝的背後射到。

齊灝也意識到不對，只是此情此景之下，卻只能更緊地抱住陸天麟，抬起手中劍勉力朝後一擋；好巧不巧，正好打掉了一支箭，卻被另一支箭插在肩頭，而最後一支箭，則是狠狠地插在馬屁股上。

那馬猝然受驚，猛一揚蹄子，齊灝一個坐不住，竟是抱著陸天麟就滾落馬下。

「王爺，大帥——」

「哈哈哈——」赤布仰天大笑，催馬上前，神情卻忽然一怔——怎麼天喬寨的方向再次布滿煙塵？難道是彌兒赤也趕來了？

來不及細想，瞧見齊灝雖是受了傷，卻仍艱難地拖著陸天麟要跑，赤布冷哼一聲道：「陸天麟，齊灝，今日讓你插翅難飛——」

齊灝也明顯注意到了前面的異狀，神情頓時晦澀至極，良久苦笑一聲。「陸天麟，本王竟是要和你死在一起嗎？」

眼下後有追兵、前有攔截，自己沒了馬匹不說，還孑然一人身受箭傷，這樣的情形下，怎麼可能有活命的機會？

死自己倒不怕，就是怕娘親——要是知道自己和陸天麟竟然同時身亡，娘親可怎麼承受得住？

「哈哈哈——」赤布已然趕到，探出手中長槍指向地上兩人，神情猙獰。「陸天麟，你也有今日？齊灝，還不跪地受——」

一語未畢，神情突然一變，長槍猛地收回，卻是同樣的三支利箭正朝著自己的方向射來，身形一晃，喝道：「什麼人？」

卻在擊飛第一支箭後，連人帶馬後退了幾丈遠。

眼看著另兩支箭也如影隨形緊跟而至，赤布嚇得一撥馬頭沒命地掉頭就跑，等那兩支箭落地，才發現根本連個鬼影都沒見，自己就被逼退了幾十丈遠。

到了這般時候，即便勇猛凶殘如赤布也心生駭意——這般神妙的箭法，這般可怖的臂力，來人到底是誰？可天喬寨明明是在自己掌握之下啊，怎麼還會有其他人馬從那裡出來？

正自驚疑不定，那隊人馬轉眼已經到了跟前。

當先一個黑袍黑甲的冷面將軍瞧見齊灝、陸天麟兩人，飛身就下了馬，上前先一把扶起齊灝，待看清齊灝懷裡的陸天麟，神情頓時變得凌厲至極。

「二叔——」

齊灝恍然抬頭，愣了一下頓時大喜。「楚、楚雁南？」

又不敢置信地望向楚雁南身後雄赳赳、氣昂昂的天喬寨人，簡直不敢相信自己的眼睛——

這些人明顯瞧著不是大齊的軍將，卻竟是比齊軍還要更威武三分！這麼一支生力軍真衝殺過去，那連州可不就有救了?!

正好齊灝的侍衛也趕了過來，忙上前扶住齊灝。

「楚將軍，陸帥中的箭有毒，本王要趕緊帶他回連州城就醫，這裡就交給你了。」楚雁南也看出陸天麟的情形不妙，當下任由齊灝的侍衛把陸天麟接了過去，忽然俯身對齊灝重重施了一禮。「大恩不言謝，我二叔，就拜託王爺了！敢傷我二叔，雁南定要他們提頭來見。」說完飛身上馬，俊美的臉上全是冰冷肅殺之氣，擎起手中金色長槍，遙遙指向赤布。「赤布小兒，納命來——」

同樣都是手持長槍，楚雁南氣勢卻太過強大，雖是還有著一定距離，赤布卻不由打了個寒噤——這人是誰呀，明明瞧著如此年輕，怎麼竟會有這般凶狠逼人的氣勢？

轉念一想，卻又覺得自己有點小題大作了——這麼小的年齡，再厲害又能厲害到哪裡去？當下提起長槍，陰陰一笑。「無知小兒，也敢挑戰本王，當真是找死，也好，本王就成全你——」說完，也拍馬上前，一抖手中鐵槍，槍尖如毒蛇般朝著楚雁南當胸刺來。

楚雁南冷笑一聲，並不閃躲，挺起金色大槍，一個力劈華山之勢，朝著赤布當頭砸下，速度之快，簡直鬼神莫測。

眼看對方竟然後發先至，赤布嚇了一跳，忙回槍想要去擋，哪知剛觸上對方金槍，兩膀便一陣發麻，手裡的鐵槍竟是無論如何把持不住，手一鬆，鐵槍「嗖」地一聲就飛了出去。

「不好——」赤布大驚失色，這人怎麼這般厲害，嚇得撥轉馬頭掉頭就想跑。

「敢傷我二叔，赤布，納命來——」楚雁南大吼一聲，手中金槍隨即送出，正正刺中赤布後心，隨即高高舉起。

「啊——」赤布慘叫一聲，瞪圓了雙眼，死死地盯著下方狠戾如鬼煞般的楚雁南——自己的運氣終於到頭了嗎？竟是碰上這麼個煞星，功敗垂成！

「四弟——」闊敏一個坐不穩，險些栽下馬來。

闊敏兄弟雖多，一母同胞的兄弟也就這一個，甚至說今日的太子之位，也多虧兄弟倆齊心協力才能謀得；本以為此次兄弟攜手，能建下不世之偉業，卻再沒料到，明明勝券在握的戰場上，會突然出現這麼一個煞星，竟是先用三支箭逼退赤布不說，更是兩個照面就挑了赤布。

明明之前已經做足了功課，讓人仔細探查了齊軍有名的將領，卻沒聽說過這一號人物啊！

和闊敏的驚駭欲絕相比，齊軍也是一默——

金門之役，楚雁南一戰成名，可還是有很多人並不買帳，以為楚雁南不知道是走了什麼狗屎運，才會意外取勝更生擒葉漣。

卻沒料到，在身陷絕境以為再沒有取勝機會的時候，楚雁南會突然出現，更是甫一交戰，就直接挑了對方一個皇子！

「楚老大——」柳河和李春成最先反應過來，老大來了，還帶了這麼多勇武的弟兄，自己還怕個鳥！竟是一改之前的疲憊，興奮地嗷嗷叫著，又朝摩羅族人撲了過去。

楚雁南一揚手，赤布碩大的身軀朝著闊敏的方向就砸了過去，然後一催坐騎，抖動長槍，如蛟龍入海一般直衝入敵陣中。

黑袍黑甲，金色長槍，一往無前的勇氣，如神祇般俊美的容貌——

有老將激靈打了個冷顫，怎麼這會兒瞧著，小楚將軍竟然和上一代戰神楚無傷一般無二？還一般姓楚，難道是……

有這種想法的自然不是只有齊軍一家，摩羅族兵將中也有和楚無傷交過手的，和齊軍軍情振奮不同，他們則是慌張無措——

難道是大楚戰神楚無傷死而復生？

而楚雁南已經如飛而至，長槍落處，竟是一個個的敵軍如糖葫蘆一般被串起來，然後又隨著楚雁南揚起的動作，狠狠地砸在摩羅族軍陣中，隨著楚雁南又串起了一串血淋淋的糖葫蘆，終於有摩羅族兵將受不住了，大叫著扔下兵器，一催戰馬，竟是掉頭就跑……

果然是天要亡我嗎？闊敏呆呆地坐在馬上——

摩羅族，怕是，完了……

「王爺，您肩膀上的傷——」眼瞧著齊灝臉色越來越蒼白，莫望的心一下懸了起來，那箭上雖說沒毒，也上了藥、止了血，可王爺身為天潢貴胄，哪受過這般苦楚？

這麼一路顛簸下來，可怎麼受得了？

「無妨。」齊灝咬牙道。眼看著陸天麟已是氣若游絲，再耽擱下去，怕是大楚一代戰神就會殞命於此；無論是為了一直對自己關愛有加的皇伯父，還是為了娘親，只要有一線希望，自己都不能眼睜睜地瞧著陸天麟死，抬手用力地抽了一下坐騎。「走——」

緊趕慢趕之下，好不容易前面就是連州城，一直抱著陸天麟的莫望卻是短促地「呀」了一聲。

齊灝只覺頭「嗡」的一聲，忙轉頭看向莫望，問道：「怎麼了？」

「陸帥的眼睛、耳朵和鼻子裡，都流出了黑血——」莫望神情震驚而又恐懼。

這到底是什麼毒，竟是如斯霸道，甚至這些流出的黑血，自己方才擦拭時，都是火燒火燎的！而陸帥果然是鐵打的漢子，內裡不定被劇毒折磨成什麼樣了，卻硬是這麼久了，哼都沒哼一聲，只是眼看陸天麟已經氣若游絲，怕是堅持不了多久了……

齊灝也意識到陸天麟這會兒的情形怕是凶險得緊，眼見得對方竟是出氣多、進氣少，心裡也是越發無措，邊更加用力地抽打馬兒，邊靠近陸天麟低低道：「陸天麟，你要是個漢子就撐下去，你想不想見另一枚玉珮的主人？想的話就努力活下去……」

陸天麟緊閉的眼睛忽然動了幾下，呼吸明顯平穩了些。

莫望愣了一下，什麼另一枚玉珮的主人？王爺在說什麼，自己怎麼完全聽不懂啊！不過瞧著效果還好。

又是一陣緊趕慢趕，眼看前面就是連州城了，莫望心裡大喜，側身對齊灝道：「王爺，我們——王爺！」

卻見齊灝先是露出一個如釋重負的笑容，然後身子一歪，一下從馬上栽了下來。

莫望嚇得臉都白了，忙飛身下馬，和其他侍衛一起圍了上去，小心查看齊灝肩膀上的傷口，果然因跑動太急而迸裂開來，內衣早已是殷紅一片。

莫望邊重新幫齊灝包紮，邊對其他同伴急道：「快，去叫開城門——」

其他侍衛不敢耽擱，忙揚聲讓守衛打開城門。城頭有人影晃了一下，往底下瞧了一眼，又很快沒了蹤跡。

「賢王爺回來了，還有陸帥，全都受了傷？」尹平志正陪著張顯在客廳喝茶，聽聞稟報，嚇得魂兒都飛了——難道這麼快戰爭就到了尾聲？既然連賢王和陸天麟都受了傷，那豈不是說，大齊……敗了？

張顯卻是忍不住內心的竊喜——果然是天從人願！陸天麟敗了，只是還有一點美中不足，怎麼賢王僅僅是傷了，要是直接死了，那該多好。

看尹平志慌慌張張地就要起身往城牆上跑，張顯慢條斯理地站起來。「有本公在呢，你慌什麼？走吧，咱們一起去瞧瞧——」又好像想起什麼，回身吩咐尹平志道：「對了，茲事體大，你快去尋一下鄭國棟大人，讓他一塊前往。」

一則自己要先去城頭探一下虛實，二則可都是因為三皇子，自己才會落到現在這般狼狽局面，自己現在走的這條路，一個說不好，就會殺頭的，怎麼著也要拉上鄭國棟一起——鄭國棟好歹是三皇子的舅舅、貴妃娘娘的兄長，真有個什麼，有那兩位出頭護著，自己也安全些不是？

尹平志卻是不疑有他，一面對張顯千恩萬謝，一面急急上馬去尋鄭國棟了。

張顯也上了馬，卻明顯並不著急，竟是一路優哉游哉，往城頭而去，登上城頭，往外一探身。

莫望正好抬頭，瞧見上面的張顯，也顧不得施禮，仰頭急聲道：「城頭上可是寧國公爺？快快讓人打開城門，陸帥身中毒箭，已然危在旦夕，還有王爺也身中箭傷，現下暈厥過去——」

張顯先是激靈打了個冷顫，心說自己怎麼這麼倒楣？竟然一眼被莫望給認了出來，待聽完莫望的話又頓時大喜——

原還只說兩人受了傷，卻沒想到傷得竟是這麼重嗎？

別人不曉得，陸天麟卻是鐵骨錚錚的一條漢子，現在竟然直接躺地上起不來了，而且還是中毒，那豈不是說，只要耽誤些工夫，不用自己再想招子，他自己就會去見閻王？

至於齊灝，卻最是身嬌肉貴，受了傷再耽擱治療，想不死都難！

而且更妙的是，這兩人現今都是昏著的，自己還不是想怎麼說就怎麼說？

齊軍既然敗了，那闊敏想必很快就會追殺過來，只要把這幾人拒於連州城外，即便他們命大一時半刻死不了，也必會落到闊敏手裡，到時候可一樣是死。

第五十一章　機關算盡

張顯盤算一番，咳嗽了一聲，清了清嗓子，衝著下面的莫望道：「現在兩國交戰，軍情緊急，你說下面的是王爺和陸帥，本公可不敢輕易相信；不然，你讓賢王或者陸帥任一個來和本公說話——」

「你——」莫望氣得眼睛都紅了，方才自己明明已經說了陸帥危在旦夕，王爺昏迷不醒，這人竟還一味地叫囂著讓陸帥或者王爺和他講話，不是明擺著刁難人嗎？

只是此種情形下也不是發氣的時候，莫望只得強壓了心頭的怒火道：「公爺難道不認識莫望嗎？實在是大帥和王爺這會兒都有傷在身、人事不知——」

張顯打斷他，說道：「什麼叫認識你？本公怎麼知道你是不是摩羅賊人派人假扮的？陸帥何等勇猛之人，怎麼會那麼輕易就遭人暗算？還好巧不巧，和王爺一起昏迷？我看你根本不是莫望，分明是摩羅族賊人派來誆開城門的！」

說著不待莫望回答，一揮手道：「還不快快退後，不然本公可要命人亂箭齊發——」

說完一聲令下，城牆上的兵丁果然彎弓搭箭，箭尖正對準莫望幾個。

到了這個時候，莫望便是再魯鈍也明白，城頭上的張顯怕是不懷好意，進不了城不說，上面真有可能萬箭齊發，只得抱了陸天麟及齊灝趕緊上馬。

「走——」

既回不了連州城，怎麼也得趕緊尋些藥物來。聽主子說這天碭山最多天地珍寶之物，眼下沒奈何，只得去山裡碰碰運氣了。

張顯瞇了下眼睛，叫來心腹低聲吩咐了幾句，很快一個鬼魅似的人影出了城門，悄悄尾隨著莫望一行而去。

莫望心急如焚，速度自然快得很，十多人護衛著陸天麟和齊灝很快來到山腳下，剛要打馬進山，迎面卻見十多個老者簇擁著一個小姑娘從山腳下的林子裡鑽了出來。

莫望的注意力本來全在那些老者的身上，實在是這些老者個個鶴髮童顏，明明瞧著已是偌大的年紀，卻是個個健步如飛，還有他們牽在手裡的坐騎，也都是萬裡挑一的寶馬良駒。

難道是隱居在天碭山的高人？

眼看著這些人即將和自己擦肩而過，莫望再顧不得，翻身下馬，連跌帶爬地撲到路中間，跪求道：「老前輩，救命——」

那些人本來一心趕路，根本沒多瞧莫望，現在突然被莫望攔住馬匹，愣了一下，中間的小姑娘騎馬技術明顯不甚好，一時受驚之下，險些被馬兒從背上掀下來，嚇得驚呼一聲。

簇擁在旁邊的老者頓時驚慌失措，忙不迭圍上去救護，這個也叫會首，那個也叫會首，最誇張的是一個老者眼看著自己擠不到跟前去，索性直接飛身下馬，蹲在小姑娘可能會掉下的位置，一副隨時準備當肉墊的感覺。

更有一個脾氣暴烈的老者，一伸手就把莫望提了起來，大罵道：「混蛋，竟敢驚了會首的馬，你他娘的想死不是？」說著舉起蒲扇大的手掌來，朝著莫望就想大耳光抽過去。

莫望直嚇得肝都是顫的——這會兒終於覺得不對勁，若對方真是不世出的前輩高人，這也太粗俗些了吧？更要命的是自己明明一身武功，被這白髮老者箝制著，竟是根本動都不能動一下，連身上的勁力也好像在急速流逝……

其他侍衛大驚，忙要護著齊灝和陸天麟離開，卻哪裡還來得及？竟是被趕上來的兩個老者三下五除二打翻在地。

甚至最後，一個老者忽然抬頭衝著遠處一棵大樹上厲聲道：「誰在那裡？快給老夫滾出來——」

樹上正是張顯派來跟蹤齊灝等人的，沒想到離得這麼遠都會被對方識破，嚇得一轉身，急速往連州城方向逃去，跑了幾步，卻「哎喲」一聲栽倒在地，卻是耳朵處一陣劇痛，伸手一摸，哪裡還有耳朵，分明是一片樹葉被鮮血黏在那裡，頓時嚇得魂兒都飛了，啊啊慘叫著往前狂奔而去。

那老者撇了撇嘴，也不管他，卻是上前又提溜起地上的齊灝及陸天麟，三步併作兩步來至女孩面前，往地上一丟，滿不在乎地道：「會首，這裡還有兩個，您看這些人是一起殺頭或者扒皮抽筋，還是隨便挖個坑直接埋了了事？」

莫望頭「嗡」地一下，心中簡直絕望至極——這都叫什麼事啊，還以為碰到了救星，誰知，分明是勾命的閻羅，還這麼心狠手辣！

只是人在矮簷下，為了主子，莫望也只得拚命磕頭，剛想求饒，卻發現自己喉嚨裡竟然發不出一點聲音，氣得簡直想要殺人——這些人到底是從哪裡鑽出來的？怎麼一個個竟是如此邪佞殘忍？

對了，他們好像很尊重那個小姑娘，忙看過去，卻是大喜過望，那小姑娘，竟然是陸扶疏！

「你說，陸天麟和齊灝被一群奇怪的人給抓住了？」張顯重重地吐出胸中一口濁氣，神情卻是煩躁得很。怎麼竟不是落到摩羅人手裡，而是又忽然鑽出一群人來？「從他們的話語中，能不能推測出對方的來歷？」

「公爺恕罪。」那探子張宏到現在還在不住發抖，手更是下意識地撫向耳朵——一群老不死的，說不好，是什麼山妖鬼怪也說不定，不然，怎麼會有這麼厲害的功夫，竟然隨手摘葉飛花，都可以拿來做暗器；更可怖的是，距離那麼遠，還生生割掉自己一隻耳朵，簡直不敢想像，若然那葉子不是朝著耳朵，而是對著腦袋……

忽然想到一事，張宏忙道：「對了，我好像聽見那些老東西圍著那小姑娘，口口聲聲叫著『會首』……」

可真是奇了怪了，不過馬兒受了驚，那小姑娘就差點從馬背上被掀下來，明顯是沒有什麼功夫傍身的，倒好，那些凶神惡煞似的老傢伙卻都是恭敬得什麼似的，瞧那模樣，倒好像手無縛雞之力的小姑娘是什麼了不得的人物……

「會首？」張顯明顯也有些糊塗，這算什麼稱呼？

轉臉看到手下心有餘悸的樣子，更加不耐煩，不悅地「哼」了聲，卻是無論如何靜不下心來——齊灝和陸天麟那是什麼身分？這兩人只要有一個人活下來，不但是自己，即便是整個家族怕是都會萬劫不復！

不確知齊灝和陸天麟的死訊，自己可是無論如何也靜不下心來！

張顯思量片刻，還是喚來自己的心腹，交代道：「張寬，你率人跟著一塊去那林子附近搜尋，若是尋到齊灝兩人的蹤跡，立即就地斬殺！」映著明滅的燈火，張顯的神情猙獰至極。

張寬領命，離開了張顯的住處，卻不知自己這邊剛走，那邊就有一個人影悄悄拐進了鄭國棟的房間——

「會首，那又是什麼東西？」

鄭國棟也是百思不得其解，一個統領了十多個功夫鬼神莫測的白髮老人的小姑娘，怎麼就聽著這麼詭異呢？

扶疏這會兒也是處於極度的震驚之中——再沒料到，竟會在這裡遇見故人，還一下就是兩個。

如果說之前和齊灝不過算是點頭之交罷了，陸天麟在扶疏心裡卻有著非同尋常的地位——

一則緣於對英雄的崇拜，二則陸天麟可是雁南的二叔，上一代戰神楚帥的結義兄弟；三嘛，則是因為那日小木屋裡對陸天麟的印象——

一個又頂天立地又無比癡情的男人，真的很讓人心疼有沒有？

就如同現在，瞧著傷得不成樣子，還身中劇毒，眼瞧著已經危在旦夕的陸天麟，扶疏只覺自離開天喬寨以來那種心頭又酸又澀的感覺更濃，竟是無論如何也止不住眼淚。

往日裡扶疏一直和小大人一般，舉止穩重大氣，屢屢開口也總有驚人之言，其餘人等早習慣了忽略扶疏的年齡，把她當成了成年人相待；更因為之前扶疏兩次出手，都力挽狂瀾，救下了天喬寨，這群人更是對扶疏崇拜得很，這會兒突然見扶疏流淚，明顯都受了不小的驚嚇。

「會首莫哭！」汪子騰心疼得什麼似的，忙掏啊掏啊地從褡褳裡摸出好多糖果來——早就滿心巴望著要是會首大人也像個小孩子的話不定多好玩呢，因著這個心思，汪子騰身上就沒斷過這些零嘴好吃的，還以為這輩子都用不上了，沒想到還真能讓自己等到；只是怎麼會首一哭，自己這心裡頭也很不得勁呢？「吃些糖果，甜甜，就不哭了——」

「好了。」木開鴻一下推開汪子騰，狠狠地剜了他一眼——這老東西又發什麼瘋啊，還真把會首當小孩子了！會首這樣難過，明顯地上躺的兩個人對她而言很重要啊，眼下最要緊的，當然是趕緊把人給治好，會首自然就不會哭了！忙看向另一個白鬚老者道：「趙老喬，你快過來看看，他們倆是怎麼回事？」

又掂起自己隨身攜帶的袋子，頭朝下往外一抽，裡面各種珍奇藥物就嘩啦啦掉了一地。

「來看看有哪些藥物合用的？」

靈藺草，紫雨田，百年雪蛙，千年老參……

莫望簡直眼睛都不會轉了，這麼多天地珍寶，隨便拿出哪一樣，可都是價值連城的寶物，這人倒好，竟是絲毫不顧及地一股腦兒倒得滿地都是。

明明方才還是殺人不見血的老魔頭，竟是不過眨眼的工夫，就變成了救苦救難的觀世音菩薩了。

而且，慢著，趙老喬？

莫望忽然想起江湖上有這樣一個傳言，「老喬救人，半指乾坤；老喬殺人，夢裡噬魂」——

傳說那人也叫趙老喬，卻最是邪僻惡毒的一個人，性情喜怒不定，殺人、救人端的是常在一念之間；更離譜的是，常常白日裡救下人，晚間又無聲無息地取了那人性命，也不知用了什麼手法，偏還會讓所救之人受盡折磨，宛若被惡鬼噬魂……

「趙老喬——」莫望身子一抖，撲通一聲就坐倒在地，神情充滿驚懼。「不，趙前輩，請救救我家王爺和大帥，莫望這條命就是前輩的！」

趙老喬一腳踹開他，不耐煩地道：「我要你的命幹麼？沒瞧見我家會首都急成什麼樣了？快滾開，別耽誤老夫救人。」徑直往陸天麟身邊而去。

年輕人的傷不過是尋常外傷罷了，有什麼打緊？根本不值得自己出手，倒是這中年男子的傷似是有些麻煩。

本來這毒雖是有些霸道，倒也難為不了自己，只是男子此前體力透支太過，眼下那毒氣卻是已然深入五臟六腑，要祛除起來卻是凶險得緊，但凡男子意志力有一點薄弱，怕就會挺不過去……

果然木開鴻不過檢查了下齊灝的傷勢，又重新換了些自己帶來的名貴藥物，齊灝便悠悠醒轉。

「王爺——」莫望簡直喜極而泣，忙上前扶著齊灝坐起身子。

「這是……在哪裡？」甫一睜開眼來，齊灝明顯有些驚愕，這會兒不應該在連州城嗎？怎麼卻是身處這樣荒涼的一個林子裡？

待聽完莫望的稟告，齊灝神情頓時變得陰鷙——張顯，好大的膽子！幾乎略一思索，便明白了張顯的意圖——不管是自己流落在外，還是路遇摩羅賊人，自然十有八九都會死在外面。

只是這張顯算錯了一點，他一定沒想到，不只陸帥英勇善戰，更還有楚雁南這支騎兵——

仗打到這會兒，怕是勝負已分，只是和張顯算得不一樣，取勝的卻是大齊！

齊灝又把眼睛轉向那些白髮白鬚的老人，問道：「這些人是……？」神情卻忽然一怔，那個蹲在陸天麟身側的小姑娘，怎麼瞧著如此眼熟。「扶疏？」

扶疏回頭，勉強笑了下。「王爺，你醒了？有沒有想吃的，讓莫望給你拿。」

扶疏話音一落，便有一個白眉老者顛顛上前，懷裡可不是抱著很多精美的吃食？

這是，變什麼戲法？瞧著莫望恭恭敬敬地接過，齊灝簡直無法思考了——扶疏不是出去採藥了嗎？從哪兒弄了這麼多老頭來？再結合莫望方才戰戰兢兢的模樣，更是詫異。能讓莫望這麼小心對待，對方必定功夫了得，可瞧他們的樣子，又全都是對扶疏俯首帖耳的樣子?!

看出主子的疑慮，莫望猶豫了下，小聲道：「王爺，屬下猜得不錯的話，這些人，八成來自於天喬寨，聽他們方才的話，好像叫扶疏小姐『會首』……」

從前線回來的一路上，大家還紛紛疑惑，楚將軍從哪兒帶了一支奇兵來，因軍情緊急，雖是見著了莫望，也沒來得及細問，現在瞧著，十有八九，應該是天喬寨的人——

只是奇了怪了，這幾人不是去採藥嗎？怎麼會認識天喬寨的人？

更不可思議的是，天喬寨人可是世所聞名的桀驁難馴，最是不把任何人放在眼裡，卻怎麼會聽從楚將軍調遣？而這些老者在天喬寨地位怕是更尊貴，卻偏是在扶疏小姐面前，聽話得不得了的樣子！

會首？齊灝卻是一怔，自從來至邊關，除了四處幫娘親採藥以外，齊灝還另外派出些人手秘密打探邊關事務，有一條消息就是關乎天喬寨的，裡面提到，天喬寨一眾長老的首腦人物，就是「會首」……

用了些點心，氣力明顯足了些，齊灝衝莫望招招手。「你扶我起來去看看陸帥。」

莫望忙小心地攙起齊灝，兩人一起來至陸天麟身邊。

陸天麟無聲無息地躺在地上，臉上布滿了黑氣，上身衣服已被扒開，裸露出古銅色滿布傷痕的胸膛，胳膊上的箭傷已經被處理好了。

趙老喬手裡拿了根又細又長的銀針，正對著陸天麟的心臟，眼看著要插下去，卻是又停住，對齊灝道：「這人可有什麼放不下的？」

「啊？」齊灝一愣，心裡頓時一緊。「可是，有什麼凶險？」

趙老喬翻了翻白眼——這不廢話嗎？虧得這人是會首看重的人，不然，自己早一腳把人踹飛了！

「那就是有了？趕緊做好準備，待會兒看著不對，就用他放不下的事拽著他點——」

要說這般剛毅的人倒也少見，這可是焚心散，那般烈火焚心之痛，尋常人這會兒怕是早受不住自己拿刀子把自己捅死了，這人竟是堅持到這般時候，更是連呻吟一聲都不曾！

只是待會兒自己以銀針取毒時，那疼痛將會比之前更甚百倍、千倍，之前也曾見過中了這種毒的人，診治到一半便因為受不住而咬舌自盡的，甚至口中塞了軟木塞，還有人自斷筋脈而亡……

「這——」已經從莫望口裡知道這人就是名聞天下的神醫趙老喬，齊灝立馬明白陸天麟這會兒情形怕是凶險得緊，死死攥住袖筒裡陸天麟塞給自己的玉珮，頓時急得和熱鍋上的螞蟻相彷——

拽住陸天麟心的人，怕也只有娘親和那個甫一出生不久便夭折的女娃娃了，可這麼多人面前，自己自然絕不可能拿娘親說事！

那邊趙老喬已經舉起銀針，朝著陸天麟心臟處扎下。

本是靜靜躺著的陸天麟身子猛一痙攣，緊接著兩眼猛地睜大，痛楚而又絕望地盯著頭頂的天空，然後雙眼瞬間閉合，卻是一用力，連口中的軟木塞都咬成了兩半——

「快！」趙老喬急道，頭上不覺滲出豆大的汗珠。「跟他說話——」還以為只是霸道的焚心散，卻沒想到還有陰蔘這般至寒之毒，兩相衝擊之下，這人一個堅持不住，怕是瞬間就會斃命。

齊灝無措至極，忽然看到旁邊緊張地攥著小手、淚盈於睫的扶疏，忽然上前一步拽著扶疏的手，放到陸天麟手中。「陸帥，這是你心心念念要找的女兒，她在這世間受盡苦楚，你甘心不看她一眼就走嗎？若是你就此撒手西去，你不怕她受盡欺凌再沒有一個人護著她嗎？」

又衝扶疏使了個眼色，做了個「叫爹爹」的口形。

扶疏愣怔一下，伸手握住陸天麟的大手，剛想說話，只覺一陣劇痛傳來，卻是陸天麟大手猛地合住，死死握住扶疏的小手——

「嘶——」扶疏疼得喘了一下粗氣，卻是沒有收回手來，顫顫地叫了聲。「爹爹——」

陸天麟的身體更劇烈地震顫了下，眼睛再一次緩緩睜開，直直地瞧向扶疏。「女兒……」

第五十二章　殺人滅口

「扶疏，這些人是？」眼見得陸天麟雖仍是昏迷不醒，卻終於脫離了危險，齊灝長出了口氣，終於有時間詢問木開鴻等人的來歷。

心裡也認定了對方八成應該是天喬寨的人，卻總是有些不敢相信，畢竟，看這些人都是氣場強大的樣子——沒看到他們方才對自己的態度嗎？明知道自己是大齊賢王，可這些老傢伙們，卻仍是連一個恭敬的眼神都不給！

實在想不通，若真是惡名在外的天喬寨人，又為什麼會對扶疏如此死心塌地？

「啊？」扶疏卻仍是皺著眉，若有所思地盯著仍然沒有醒來、臉色蒼白的陸天麟，心裡又是困惑又是迷茫——真是想不通，陸帥瀕死的時候，自己怎麼會有那麼大的反應？

直到齊灝又問了一遍，扶疏才回過神來，怔了一下，不在意地道：「你說各位長老們嗎？他們全是天喬寨人啊。」語畢又出神地瞧著陸天麟的臉，不知道在想些什麼。

今天的扶疏好像有些奇怪啊，齊灝神情微微一詫——實在是平日裡見到的扶疏總是一副老神在在、氣定神閒的模樣，這次卻不知為何，竟對陸天麟另眼相待，而且還老是一副神思恍惚的模樣；難道，是因為楚雁南的原因，可卻又不大像……

聽了扶疏的回答，他長出了口氣。「是嗎？我就覺得——」卻忽然頓住，不敢置信地瞧著扶疏，失聲道：「妳說他們，全是天喬寨的長老?!」

雖然方才也聽莫望提到「會首」這個稱呼，自己卻直接認定，即便扶疏和天喬寨人扯上關係，所謂會首什麼的，也都是絕不可能的。

畢竟天喬寨的長老可是有著很大的權力，而會首的地位更是淩駕於寨主之上；說句不好聽的話，扶疏真做了會首的話，也就意味著，富可敵國的天喬寨都是她的了。

而天喬寨是什麼所在，除了它本身的財富價值外，對朝廷更具吸引力的則是它不可替代的絕佳地理位置！

這麼多年了，多少有心人想要占據那裡，便是朝廷，怕也對那裡稀罕得緊，可經營籌謀了這麼久，卻沒有一方曾經如願以償過。

而現在，扶疏竟然用這樣輕描淡寫的語氣告訴自己，面前這些舉止乖張的老人，全都是天喬寨的長老！

再比照這些人面對扶疏時的喜愛尊重，和對著自己時的冷漠淡然，齊灝真是想破腦袋也不明白對方到底是怎麼做到的。

半晌長出一口氣，他語氣充滿激賞之意地道：「也就是說，便是雁南手下那支騎兵，也是天喬寨的人？」

不用說了，連長老都甘為馬前卒，其餘人自然會爭相效力。

再看向扶疏時，神情已是鄭重至極。「扶疏，本王替朝廷謝謝妳。待本王回至朝廷，一定代妳和天喬寨向皇上請功，到時朝廷也好，皇上也罷，必然都有重賞！」

若是扶疏願意說服整個天喬寨自此甘願回歸朝廷，不只朝廷又多一份重要的財稅收入，便是想要收服其他各國，怕也容易很多。

扶疏瞥了齊灝一眼，若有所指道：「天喬寨人都是真漢子，而且他們自在慣了的，怕是習慣不了管束，什麼請功不請功的無所謂，只要朝廷以後和他們打交道時，念著今日之事，寬容一些便罷了，至於請功，就不用了。甚至我和天喬寨的關係，也不過是權宜之計，只是扶疏心裡，一直把王爺當朋友看，才不願隱瞞，王爺還是不要太當回事的好。」

天喬寨的人大多就是因為和朝廷不對盤，歷經生死才尋到那麼一個世外桃源，都是無拘無束的性子，怎麼可能再回到朝廷中聽命？而且便是自己，若不是眼下無力和姬嵐等人對抗，也絕不願聽命於人的。

正低頭煎藥的木開鴻動作頓了一下，和身邊的趙老喬相視露出會心的笑容——那什麼賢王，雖是瞧著年紀不大，可真是個奸刁狡猾的，方才那番話，分明是想要誘哄會首帶著天喬寨投靠朝廷，自己等人方才心可是一直提著呢，唯恐會首會上當——

什麼重賞，當天喬寨稀罕嗎？寨裡就有那麼多黃白之物，再多的賞賜，自己等人也不放在眼裡；退一萬步說，從前一窮二白、受盡苦楚的時候，整個天喬寨可也沒有人願意歸順於誰、看人臉色討日子！

聽完扶疏的話，所有人臉上都露出會心的笑容——不愧是他們的會首，瞧著年齡不大，大事上可是拎得清呢，別看會首是個女娃子，骨頭裡，卻和寨裡的人像著呢！

齊灝不由苦笑——這個丫頭，這麼小的年紀，要不要這麼精明？自己還什麼都沒說呢，就被她把話給堵死了。

只是本也知道要收服天喬寨，根本不是那麼容易的事，私心裡又對扶疏很是激賞，見扶疏明顯有些抗拒，也就暫且把心思收了回去。

那邊扶疏又收回眼睛，繼續蹙眉盯著陸天麟，不知道在轉什麼心思，那副小大人的模樣，當真好笑至極。

齊灝想要笑，卻又止住，眼神裡是怎麼也藏不住的驚詫——這會兒才發現，怎麼扶疏生得和陸天麟這般相像？

有了這個心思，又多瞧了幾眼，越看越是吃驚，若非早已經確知娘親當年生的那個女娃已然身亡，自己真要以為眼前這人就是娘親和陸天麟的女兒了呢！

只是這會兒，雖然明知道不是，卻不由得對扶疏更多了分好感。

眼看天色已經完全黑了下來，木開鴻等人又拿出很多精美的吃食；自然，比起皇宮來，味道上還是差了些的，只是齊灝早已饑腸轆轆，用得倒還暢快。

又感激天喬寨人出手相助，齊灝便作主，讓自己手下侍衛擔負起夜間守衛的責任。

這些侍衛倒也不含糊，很快搭好一座座帳篷，甚至連篝火都燃了起來，許是火光太過明亮，樹上的棲鳥受驚，紛紛飛了起來，一時林子裡到處都是飛鳥的叫聲。

「在那個方向——」一隊正在黑夜裡疾行的蒙面人猛地站住腳，驚喜地瞧著棲鳥飛來的地方，迅速調轉方向，朝著扶疏等人的帳篷急速而來。

有火光指引著，這些人很快摸到了帳篷附近。

「莫望?!」一眼看到那個正在帳篷附近巡邏的精幹男子，張寬一下睜大了眼睛，再瞧瞧其他守衛的侍衛，也明顯全都是齊灝的手下，臉色頓時難看至極。「張宏這個廢物！」

不是說齊灝等人被一群奇怪的人給抓了去嗎？怎麼全都好好的在這裡？而且還都這般精神！說不好根本就沒有張宏說的什麼「很奇怪又厲害得不得了的老人和小女孩」，不過是張宏自己辦砸了差使，怕不好交差，才故意編了謊話搪塞公爺。

只是既被自己逮到了，就別想再逃！

輕輕一揮手，剛要命令眾人殺上去，一個火球忽然如閃電般疾飛而至。

張寬嚇得一個激靈，就地往旁邊一滾，旁邊的那人卻沒有張寬的運氣，還沒反應過來，就被火球擊了個正著，那施放火球的人力道實在大得緊，火球竟是一下嵌在黑衣人身上。

「啊——」

隨著一陣炙烤人肉的味道蔓延開來，那人頓時發出一聲淒厲至極的慘叫聲。

「有刺客！」莫望等人也意識到不對，忙呼哨一聲，朝著張寬等人的所在撲了過來。

齊灝也跟著走出營帳，先是瞧著那不斷在地上翻滾的「人形火球」，驚得出了一身的冷汗。這一刻突然明白，為何世人稱天喬寨是惡人聚居之地，這般神不知、鬼不覺又慘烈到極點的殺人手法，果然是天喬寨人的風格。他忽然就有些慶幸，幸虧這些人也不是全無所懼，好歹還有一個扶疏能約束得了他們……

齊灝正自出神，為首的黑衣人一聲呼哨，那些蒙面人除留下幾個繼續跟莫望纏鬥外，剩餘的皆朝著齊灝的方向就撲了過來。儘管夜色如墨，可在火光的映照下，齊灝還是能看出對方眼睛裡毫不掩飾的赤裸裸的殺機。

「王爺——」莫望一驚，還以為是哪裡來的毛賊呢，難道竟是衝著王爺而來；忽然想到白日裡連州城頭張顯的詭異表現，莫不是，和那老東西有關？

齊灝也明顯想到了這一層，臉色一下難看至極——自己來邊關時日並不長，要說得罪了誰，也就張顯罷了。

眼看齊灝似是受刺激大了，仍獨自站在帳外發呆，張寬大喜，真是天助我也！劍尖往齊灝方向一指。「殺——」

話音剛落，齊灝旁邊的帳篷一下掀開，一個十歲許的小姑娘邁步出來，竟是對那些馬上就要飛撲過來的凶狠蒙面人瞧都不瞧一眼，反倒不由分說劈手拿走齊灝手裡的劍，說道：「王爺，你的傷可還沒好，還是莫要逞強。」

話音一落，兩個白眉白鬚的老人忽然鬼魅般出現，也不見他們是怎麼動作的，那幾個眼看就要飛撲過去的蒙面人齊齊慘叫一聲，朝著後方跌倒。

「你們——」張寬大驚失色，忽然憶起張宏口裡厲害得不得了，又詭異得不得了的老人和女孩，簡直欲哭無淚——

娘哎，竟然是真的。瞧他們方才的身手，別說還有十多個呢，就是這兩個，就能把自己的手下給包圍了，虧得自己方才離得遠。

張寬心膽欲裂之下，回轉身形，就往密林裡疾奔。

汪子騰兩人也不屑搭理他，兀自站在扶疏身後。

「想跑，沒那麼容易——」莫望等一眾侍衛卻是冷笑一聲，就要從四面堵截過來。

眼看四面都有齊灝的侍衛，張寬正自惶急無措，左側卻忽然傳來一個虛弱的男子聲音——

「是，賢王殿下嗎？」

張寬聞聲轉頭，神情頓時喜悅至極，身子往左一旋，一下飛撲到來人身旁，先一腳踹翻男子身旁的女子，然後橫劍在男子脖頸上，威脅道：「齊灝，快讓你的人退後，不然，我現在就殺了他！」

「秦箏？」齊灝眉頭倏地抽緊，神情中是難以掩飾的訝異之色。

篝火的映照下，被蒙面人挾持著衣衫破爛、面色蠟黃，瞧著似是虛弱得連站都站不穩的人，可不正是鎮國公秦箏？至於他旁邊的女子，也是滿臉灰塵，根本辨不出本來模樣。

扶疏的眼睛卻是一下落在秦箏的肩頭——許是蒙面人用的力氣大了些，秦箏的肩上正有殷紅的血色滲出，很快濡濕了肩頭。

明顯看出對方的忌憚，張寬重重地喘了口粗氣，神情猙獰道：「你們讓開，待我脫險後，自會把此人還給你們，否則——」

自己瞧得不錯的話，那些可怖的老東西並不是隸屬齊灝，而且好像自恃身分，並不屑和小輩們動手，只要齊灝答應了，那些和自己並沒有什麼利害衝突的老東西們應該也不會節外生枝，脫身應該還是大有希望的——

畢竟，秦箏可是威名赫赫的鎮國公，論輩分，連齊灝都要叫一聲「表叔」的，自己可不信，齊灝會為了自己這條賤命，甘願折損一個國公！

手微一用力，便有血珠順著鋒利的劍刃快速湧出。

這個混帳！

齊灝不過蹙了一下眉頭，旁邊的扶疏瞳孔卻是倏地一下睜大——對秦箏失望是一回事，可親眼見到別人傷害秦箏又是另一回事；再怎麼說，秦箏可是自己一手照料著長大的，上一世，自己對秦箏那個小胖子真是寵得緊！現在想想，雖然自己那時候年紀也不大，可照料秦箏的時候，怕是比起他親生的娘也差不了多少。

這也是當初知道秦箏竟是和姬嵐等人交好時，扶疏尤其失望難過的原因！只是扶疏骨子裡生就的護短特點，卻注定了即便到現在，潛意識裡也無法接受任何人傷害自己重視的人——即便，是曾經重視的人，甚至已經決定了這輩子不和秦箏再有任何交集。

「子騰——」木開鴻距離扶疏最近，明顯察覺出扶疏的情緒好像有些不對頭——即便是以齊灝賢王之尊，會首也沒有表現出多重視的樣子，偏是眼前這個被挾持的男子，竟是甫一出現，就引得會首又是瞪眼又是握拳，特別是看到男子流血，會首更是一副恨不得馬上飛奔過去的模樣。

竟然是會首大人的熟人，還是，會首很在意的熟人嗎？

再仔細一瞧，秦箏這會兒雖是狼狽至極，卻仍是掩不住一身清貴的氣質，及還算俊秀的一張臉，雖然比不上楚雁南的俊美逼人，卻自有清雅之處——

嗯，救下來，讓那楚雁南有點危機感也不錯，畢竟，那位楚小將軍雖然也算會首良配，卻總覺得太傲氣了些！這世間事物，總是有人爭搶才更珍貴！

和汪子騰對視一眼，兩人都迅即了悟——

長到這麼大年紀了，總覺得很多事情太過無聊，現在好不容易有了這麼個可愛得不得了的小不點兒會首，連帶著這幫老傢伙都有返老還童之感。

齊灝嘆了口氣，看對方篤定的樣子，怕是留在場上的這些死屍，不會留下一條線索，想要確知暗殺自己的人到底是不是張顯，希望全在這唯一活著的蒙面人身上；只是秦箏好歹也是國家大員，自己再怎麼說也不能眼睜睜地瞧著他當著自己的面被殺死。

哼了一聲，齊灝冷冷道：「好，本王答應——」

張寬大喜，自己賭對了，待會兒脫離險境，得趕緊進連州城讓主子小心防備，哪知臉上的笑容尚未完全漾開，面門前就忽然一寒。

那種氣息實在太恐怖了，張寬渾身的寒毛一下豎了起來，只覺一種死亡的氣息一下從心底升起，失魂落魄之下，下意識地抬手就去擋，瞬間將飛至眼前的事物劈成兩半——

卻是一截小小的樹枝。

只是讓張寬無論如何也沒有想到的是，那樹枝被劈斷以後，竟是倏忽由橫向變成了豎向，以迅雷不及掩耳之勢倏地插入張寬的兩隻眼睛中！

「啊——」張寬以手掩住雙目，慘嚎簡直不似人聲。

陡一脫困的秦箏頓時脫力，仰面朝天就往叢生的灌木叢摔了過去，還未挨到灌木叢的邊，已經被一個飛撲而至的人影一下扣住腰帶，身形頓時凌空飛起，下一刻被人輕輕放下，正對上扶疏來不及收回的溢滿關心的眸子。

「扶疏——」秦箏神情頓時有些恍惚。

扶疏卻是尷尬至極，真搞不懂汪子騰想什麼呢，明明被威脅的是齊灝，怎麼說也應該把秦箏交給齊灝不是？怎麼巴巴地送到了自己面前。

殊不知這會兒最感到冤枉的卻是張寬——有這麼坑爹的嗎？明明之前要殺賢王，這些老東西都沒多大反應，怎麼隨手架來一個秦箏，對方竟然出動了兩個老妖怪來對付自己。

「許久不見，倒不知扶疏姑娘和賢王殿下如此交好了。」瞧見齊灝似是對扶疏很在意的樣子，秦箏強壓下一股突然溢滿心頭的酸楚，禮貌性地問了句，語氣卻明顯有些冷淡——也不知為什麼，突然覺得眼前扶疏和齊灝並肩站在一起的情景竟是刺眼至極，心煩意亂之下，只覺一陣頭暈，雙腿也跟著一軟，竟是朝著扶疏的方向栽倒。

再次悠悠醒轉時，眼前早沒了扶疏的影子，秦箏下意識地梭巡片刻，只覺滿腔的酸澀好像要溢出來一般……

帳篷忽然動了一下，卻是莫望扶著齊灝走了進來。

看秦箏要坐起來，齊灝擺了擺手，道：「罷了，你身上有傷，躺著吧。對了，你怎麼會出現在這裡？」

「我……」秦箏苦笑。「不瞞王爺，我這個模樣，全是拜張顯所賜。」

「你說什麼？」齊灝簡直懷疑自己耳朵聽錯了——會來問秦箏，主要是想打聽一下戰場的情形，卻沒料到竟聽到了這樣一番話。

「張顯對你出手？還殺了鎮軍將軍鍾勇？」

這也實在太駭人聽聞了吧？張顯可是國公，先祖更是從龍重臣，子孫後人世受國恩，這樣的人家，本應一心報國雖萬死而不辭；張顯倒好，竟為了一己之私利，對同僚下此毒手！

先是格殺鍾勇，再追殺秦箏，然後又拒自己和陸天麟於連州城外……

齊灝咬牙冷冷笑道：「我大齊米粟俸祿，竟是養了這麼一條心腸爛透了的大國蠹嗎？即便是豺狼禽獸，也斷不會做出此等豬狗不如之事！如此誤國誤民，便是凌遲也不足以贖其罪愆！」

秦箏抿了下嘴唇，搖曳的燈光下，俊秀的面容疲憊之餘更透出些迷茫——張顯也好，鄭國棟也罷，還有今日的神農山莊，如今瞧著，竟似都是心術不正之輩，自己到底是為了什麼，竟是和這些人站在一起？

眼前倏忽閃現出姬扶疏光風霽月般的磊落身姿，那時自己不過是一個無依無靠、被家族放棄的庶子罷了，扶疏卻從未因自己的尷尬身分而對自己有一點點輕賤，反而是關懷備至，現在還能憶起，那時扶疏最愛叮囑自己的話就是——「男子漢大丈夫最要緊的是無愧於心，人生在世，快樂足矣……」

再對比從扶疏離世後自己的諸般言行，只覺血氣上湧，心口一陣絞痛，重重地咳嗽了一聲，忙以手帕掩住，卻仍有紅色在帕上暈染開來。

秦箏呆呆地瞧著手中的帕子，一時竟有些萬念俱灰之感——

從前身為被家族放逐的棄子時，自己的生活卻是因扶疏而充滿光明和希望；反觀現在，縱然身為高高在上的秦家家主，卻是日日空虛，夜夜輾轉反側、徹夜難眠，眼前這一切，即便是金玉滿堂，卻真的是自己想要的嗎？

本以為自己功成名就，即便到了地下，也一定可以讓扶疏引以為傲，要是讓扶疏知道自己現在這般不堪……

第五十三章　救贖

齊灝從秦箏帳篷裡出來，正好瞧見扶疏正坐在篝火旁，雙手抱腿，下巴擱在膝蓋上，對著一個冒著香氣的瓦罐發呆。

齊灝愣了一下，負手走過去，嘴角不自覺露出一絲笑意道：「扶疏，妳熬的這是什麼好東西？可真香啊，我正好餓了。」

「餓了讓莫望幫你做。」扶疏懶懶地添了根柴火，頭都沒抬。

「這麼多妳也吃不完吧？」齊灝摸了摸鼻子，頓時有些無奈，這小丫頭，還真是不給自己面子。明明不管自己走到哪裡，即便是在皇伯父的皇宮內院，都是眾人爭相巴結的對象，到了小丫頭這裡，生生被剝奪了身分中一切光鮮耀眼之處。

而奇異的是，這種平和的態度卻讓齊灝舒坦得緊，渾身上下說不出的輕鬆；特別是看到那樣一張俏麗的小臉，卻偏要做出和年紀不相符的老成持重而又心事重重的樣子，真是讓人覺得違和之餘，偏又可愛得緊，只想在那小腦袋上摸一下。

這樣想著，齊灝竟也這麼做了——嗚，小丫頭的頭髮真的好軟……

臉上剛浮現出一絲陶醉的神情，扶疏頭一偏，而同一時間，一隻大手忽然從旁伸出，一把箍住齊灝的手腕，那人力氣太大了，齊灝疼得一陣齜牙咧嘴，忙偏頭看向來人，頓時氣不打一處來——不是臉色仍有些蒼白的陸天麟，又是哪個？

只是瞧著自己時那一臉嫌棄的神情，怎麼倒像是見了什麼洪水猛獸一般？

他忙用力甩開陸天麟的箝制，聲音明顯有些惱羞成怒。「陸帥剛才不是還半死不活嗎？這會兒倒是生龍活虎一般了！」語氣恚怒之餘，又隱隱有些關切。

陸天麟微不可察地搖了搖頭——到現在，真是越來越搞不懂這賢王了，明明不論什麼時候遇見，這人都是一副看自己不順眼至極的模樣，偏是昨兒個，竟隻身衝入萬軍陣中，拚死救了自己出來。

陸天麟也是個豁達的人，苦思良久，想不通索性就丟開到一邊了，帳篷裡又實在氣悶，便出來走走；哪知一眼瞧見齊灝去摸扶疏頭髮的情景，當下就覺得齊灝伸出的那隻手真是刺目至極，竟是來不及細想，伸手就握住甩到了一邊。

「陸帥——」扶疏一張小臉頓時脹得通紅。

咦？這般扁著嘴的模樣，可比方才一本正經的樣子好玩多了——齊灝如是想。

哎呀，小扶疏這樣可憐兮兮的模樣，怎麼就那麼可愛啊！陸天麟只覺心好像被一隻手給抓著，來回揉搓，直到整顆心都因為扶疏而柔軟了下來——只要能讓丫頭不再嘟嘴，笑一下，讓自己做什麼都願意啊。

也就越發覺得齊灝一直饒有興趣盯著扶疏看的模樣，實在太讓人鬧心不已，半晌終於繃了臉道：「殿下也有傷在身，還是早些回去安睡才好。」又轉向扶疏，竟是瞬間轉為再和藹不過的神情。「天這麼晚了，扶疏也快些回去休息吧，要是睡不好了，明天說不好就有黑眼圈，到時候可就不漂亮了……」

那副喋喋不休的模樣，瞧得齊灝目瞪口呆！

現在才知道，原來陸天麟還有這般變臉的功夫，瞧著自己時就鼻子不是鼻子、臉不是臉的，反觀對著扶疏時，就滿臉堆笑，溫和得不得了！瞧那委曲求全的模樣，哪還有一點兒鐵血大帥的威風？

哎呦嘿，陸天麟，你莫不是真把自己當成人家爹了？

「嗯。」扶疏點頭，看火上的粥也好了，忙要伸手去拿，卻被陸天麟攔住。

「小心燙到。」陸天麟搶先一步單手拎了下來，又偏過頭來問扶疏道：「妳的帳篷在哪裡？我幫妳送過去。」

「不用。」扶疏忙搖頭，又示意陸天麟把瓦罐放下，笑咪咪道：「這粥不是我要喝的，裡面放了好多對傷口有幫助的藥物，元帥受了傷，喝這個最好了。」

陸天麟身上的傷口大大小小幾十處，瞧著實在太過觸目驚心，扶疏回帳篷裡竟是翻來覆去睡不著，索性跑去找趙老喬要了個藥膳的方子，又找木開鴻取了些上好的藥材，裡面的藥物可全是木開鴻的「私貨」，聽趙老喬的意思，多喝幾頓這樣的粥，比什麼藥都好。

「咳咳——」齊灝終於忍不住用力咳嗽了兩聲，瞧著扶疏的眼神充滿控訴——妳面前的傷患可不止一個，我也算好不好！

至於旁邊的陸天麟，早樂得合不攏嘴，笑得見牙不見眼，看得齊灝越發鬱悶。

扶疏也不理他，自顧自轉身取了碗過來——好在是拿了兩個碗，不然齊灝真覺得自己要淚奔了。

即便如此，齊灝還是有些不忿，本想有骨氣些轉身就走，可轉念一想，自己要真走了，小丫頭怕是才不會在意呢，反倒是便宜了陸天麟。

這樣一想，又反身回來，悶頭坐下，接過扶疏遞過來的粥，只嚐了一口，眼睛頓時一亮——

咦？這粥的味道好像真的很美味啊！

倏忽想到扶疏手裡的好東西好似多得緊，這裡面也絕對都是好料，竟是三下五除二就喝了下去，待手裡的碗見了底，再去瞧陸天麟，一大碗粥，竟不過去了一小半罷了，便是神情都有些不辨悲喜，頓時有些莫名其妙。

扶疏也發現陸天麟有些不對，忙問道：「怎麼了，粥不合口味？」

「不是。」陸天麟又小小地抿了一口，神情中越發悵惘。「很好吃。」好吃得自己都不捨得一下喝光了。「沒想到扶疏年齡這麼小，就能熬出這麼好吃的粥來。」

扶疏神情有些得意地道：「那倒是！多少年的功夫了！」說完卻又有些黯然，其實自己擅長的飯食不多，不管是上輩子身為神農山莊的少主，還是這輩子做這個平凡的小農家女，自己於廚藝上都不精通。

上輩子吧，實在是太忙了，鮮少有機會下廚；至於這一輩子，家裡那點東西，真是禁不住自己這樣折騰啊，二娘因為自己進了一回廚房卻浪費了一家人將近半個月的口糧，嚇得再也不敢讓自己往廚房靠近。

至於這熬粥的手藝，倒泰半是因為秦箏的緣故才練出來的；而現在，自己上一輩子精心養育的「弟弟」卻和自己形如陌路，甚至在自己潛意識裡，都不得不防著他……

陸天麟卻是心裡一緊——多少年的功夫了，可扶疏的樣子，也就不過十歲吧，竟然就做了很多年嗎？那不是說，從很小的時候就開始操勞？竟是說不出的心痛，半晌抬手拍了拍扶疏的頭。「好孩子，以後想吃什麼，告訴義父——」

自己有必要回去重新查一下，即便最後確定扶疏不是自己的女兒，也要拿來當閨女護著，絕不叫她再受一絲一毫的苦。

齊灝正好咽下最後一口粥，聞言頓時劇烈地嗆咳起來，手指指著陸天麟道：「陸、陸帥，你說什麼？什麼義父不義父的？」

「不是嗎？」陸天麟瞧著扶疏的神情卻是越發慈愛。「之前我可是清清楚楚聽見扶疏叫我爹的。」說著意有所指地瞧了一眼齊灝。

「你——」齊灝心裡頓時沒來由地一慌，下意識地想起陸天麟生死一線時，自己曾說過會告訴他另一枚玉珮的下落，原本是自己情急之下，才會口不擇言，後來又想著這人當時昏迷不醒，應該不會聽見的，卻沒想到連扶疏叫過他「爹」都清楚，陸天麟，不會察覺到什麼吧？

一直到回至帳篷裡，扶疏還有些不在狀況，待驚覺不對，忙回頭看去，陸天麟正站在帳篷外笑著衝自己擺手。

「丫頭，乖乖睡覺。」

扶疏愣了一下，忙點頭答應，那副乖巧的模樣引得齊灝又是一陣鬱卒——真是有夠讓人惱火的，明明自己比陸天麟更早認識小丫頭好不好？也不知那陸天麟用了什麼手段，竟使得小丫頭和他是一國的了，自己倒完完全全被忽略了。從相識到現在，丫頭在自己面前何曾有過這麼柔順的一面？

瞧著扶疏進了帳篷，齊灝不悅地瞪了陸天麟一眼，一拂袖子就要回自己帳篷，走了幾步才忽然想起來，自己本是為了秦箏的傷來尋扶疏的，倒好，光顧著和陸天麟嘔氣了，竟然就把秦箏的事給忘了。忙又掉頭回來，還沒靠近呢，眼前突然一暗，卻是陸天麟突兀攔在面前。

陸天麟上上下下打量了齊灝幾眼，說道：「時間不早了，賢王還是回去休息的好。」

齊灝驚得直喘粗氣，差一點就叫起來，緩了半晌才咬牙道：「陸帥不也沒睡嗎？還管到本王頭上了。」

明明齊灝的語氣已經不耐煩至極，陸天麟卻彷彿根本沒聽出來，仍是笑吟吟道：「不敢。陸某好歹是連州統帥，自然要保護好王爺，王爺不休息的話，陸某自然要隨侍左右。」

娘親當年怎麼會看上個這麼沒眼色的人？齊灝心裡氣惱，冷哼了一聲。「倒不知陸帥還是這般伶牙俐齒之人——」卻也明白有陸天麟擋著，自己今兒個是別想靠近扶疏的帳篷了。

又瞪了陸天麟一眼，別無他法，齊灝只得站在原地衝著扶疏的帳篷道：「扶疏，若方便的話，能否請趙神醫幫秦公爺把一下脈——」

剛要繼續說，忽覺一陣寒意襲來，頓時起了一身的雞皮疙瘩，同一時間，扶疏旁邊趙老喬的帳篷裡傳來一聲冷哼。

齊灝不由苦笑——維護扶疏的人不要太多才好，瞧瞧這些老傢伙，現在還對秦箏耿耿於懷。只是他也知道這些高人的脾氣最難捉摸，自己再說也定然無濟於事，只得快快返回自己帳篷裡。

剛要挑開帳篷，下意識地回頭，哪還有陸天麟的影子——

什麼大齊的元帥自然要護著大齊的王爺，怎麼瞧著其實陸天麟真心想護著的也就陸扶疏一個罷了，那些對自己說的話，不過是冠冕堂皇的搪塞之詞罷了。自己敢打包票，陸天麟這會兒不定在那個旮旯裡貓著呢，而貓著的唯一原因，絕不是自己這個王爺，而是小丫頭陸扶疏。

轉念一想卻又對陸天麟有些同情，若是這人最終查明，讓他心心念念幾乎入魔般想念的小女兒其實早就不在人世了，又該是怎樣的打擊？會不會如同娘親一般，從此萬念俱灰、了無生趣？

正自悵惘，帳篷門再次被掀開，扶疏捧了一碗粥塞到齊灝手裡，冷著臉說了一句。「端給他吧。」一便頭也不回地又進了她的帳篷。

齊灝愣了半晌，才明白那個「他」指的，應該是……秦箏？

轉手把粥遞給莫望，只覺好像越來越看不懂扶疏了，關心自己和陸天麟也就罷了，明明和秦箏好像並沒有什麼交集的，怎麼瞧著也是放不下啊……

「扶疏熬的粥？」秦箏愣愣地接過莫望手裡的碗，半天終於端起小小地喝了一口，下一刻眼睛忽然一亮，本是死氣沈沈的眸子瞬間被狂喜所取代，竟是仰頭就喝了下去，喝得太急了些，便有些湯水順著嘴角淌下。

直到咽下最後一粒米，一大滴眼淚便重重地砸入碗底——

原來扶疏這個名字果然是自己的救贖嗎?上一世的姬扶疏和這一世的陸扶疏，竟然能熬出味道一模一樣的粥來呢……

——未完，待續，請看文創風250《芳草扶疏雁南歸》3(完結篇)

文創風 246-247

藥香襲人

降服城府深的腹黑男，妳可得有一顆七巧玲瓏心……

綿柔裡藏著犀利與深情／維西樂樂

上　二十一世紀的中醫師穿越成了架空時代的小姑娘，
這喬家雖然不是名門高府，卻要鬥繼祖母，救親叔叔，鬥姨娘，
幫娘親生小弟弟，還要幫爹爹賺大錢。
不過她再聰穎，還是遭人算計，
嫁了個冷酷、武功高強的腹黑大男人顧瀚揚當平妻，
她嫁的這位爺，可得打起十二分精神好好伺候呢！

下　當初她是不得不嫁，他呢可有可無地娶了。
如今，她不想他待她的只是因為應諾了師傅，
她希望他眸子裡的冷酷淡漠可以添上溫暖，
他待她的周全維護是出自於對她的喜愛……
過往那些傷害他、教他變得如此冷情寡愛的因，
可以在她的全心付出、溫柔呵疼下轉變成彼此真心相屬的果。
就算扯入朝廷權力鬥爭，甚而得拿命去搏，她也甘心相隨……

如果可以，人家不嫁！
不得不嫁，人家不做小妾！
來生再約，人家不做平妻！
你可是答應了喔，老爺！人家可不許你賴！

誘嫁小田妻

農村居，大不易，現代女的小農求生記！

田園靜好，良緣如歌／花開常在

人道是魂穿、身穿、胎穿，凡穿越女角皆身懷金手指，
出外總有發家致富的兩把刷子，還不忘攜手如意郎君……
可穿越成七歲農村娃的田箏卻趕不上這等際遇，
眼看日子只能得過且過，數著米粒下鍋圖個溫飽，
沒想到，後世風行的手工皂，竟成了她在古代的開源良機！
好不容易以香皂生意熬過苦日子，孰不知這財富竟引來禍事；
幸好她和青梅竹馬魏琅急中生智，方逃出人口販子的毒手，
而這一路共患難的經歷，讓兩小無猜的喜歡似乎也有不同了……
時光荏苒，當年舉家遷京的魏琅再次返村，
如今搖身一變成了高富帥！
且不說這「士別三日，刮目相看」的男大十八變，
前程似錦的他會對她這鄉下姑娘情有獨鍾就已不尋常，
更讓人詫異的是，自己的心還不受控制，
對這昔日以欺她為樂的鄰家男孩動了情……

為流浪貓狗加油 和貓寶貝 狗寶貝

廝守終生(一定要終生喔！)的幸福機會

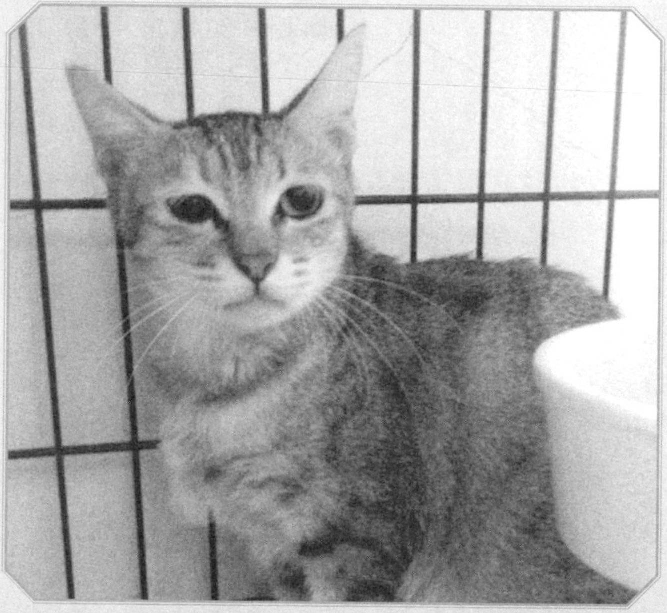

對人來說，貓寶貝狗寶貝只是生活的一部分，
但妳（你）對牠們來說，卻是生活的全部，領養前請一定要考慮清楚——

▲ 誠徵幸福的露露

性　別：女生
品　種：米克斯
年　紀：約3-5歲，成貓
個　性：溫柔乖巧，沈穩
健康狀況：生過小貓，已結紮且打過預防針，
疑似腹膜炎病毒帶原
目前住所：新北市新莊區

本期資料來源：輔仁大學Doggy Club關懷流浪動物志工團

『露露』的故事：

今年四月，我們社團在學校附近的社區遇見露露，當時的牠已經大腹便便。或許是因為流浪生活培養出的警覺性，再加上即將為人母的關係，使得露露很有戒心，總是向我們哈氣，或當我們要靠近牠時就伸爪子打人。

之後過了一週，露露順利生下四隻可愛的貓寶寶。我們更用心餵食露露，讓牠這個新手媽媽有充足體力照顧自己的小貝比，而露露似乎終於感受到我們的善意，並且知道要為了寶寶好，慢慢開始接受我們的親近。

沒想到，在小貓咪們四個月時，其中兩隻寶寶卻感染了腹膜炎，到天堂當了小天使。我們因此懷疑露露是病毒帶原者。醫師說有這個可能性，但因為現在沒有精準檢查的儀器，所以未發病去做檢查也驗不出結果來，且露露健康狀況一直良好，但以防萬一，我們還是暫時先將牠隔離開來。

有段時間，失去寶寶的露露顯得有些消沈，幸好，現在的牠已經逐漸恢復沈穩的氣質，不再哈氣或打人。牠常常臥在自己的小窩，偶爾才讓人摸摸，即使牠不大親人，但你一和牠互動，牠就會溫柔地給予回應。特別當你結束一天的雜事回到家後，看到露露溫柔守候的身影，都會感覺一身勞累彷彿都被牠治癒了。

露露適合只想養一隻貓的家庭，若你仔細考慮過後，能接受露露的情況，並願意**真心承諾**給牠幸福的話，歡迎來電0932775211(劉同學)，或來信toro4418@yahoo.com.tw，並於信件標題註明「我要認養露露」。謝謝。

認養資格：

1. 認養者須年滿20歲，有獨立經濟能力，並獲得家人與同住室友的同意。
2. 非學生情侶或單獨在外租屋的學生，須提出絕不棄養的保證。
3. 須同意絕育，須同意施打晶片，並簽認養切結書。
4. 須同意送養人日後之追蹤探訪。
5. 認養者需有自信對牠們不離不棄，愛護牠們一輩子。若因故無法續養，認養者不得任意將認養動物轉讓他人，必須先通知送養人，並與之討論。

來信請說明：

a. 個人基本資料：姓名、性別、年齡、家庭狀況、職業與經濟來源等。
b. 想認養「露露」的理由。
c. 過去養寵物的經驗，及簡介一下您的飼養環境。
d. 若未來有當兵、結婚、懷孕、畢業、出國或搬家等計劃，將如何安置「露露」？

芳草扶疏雁南歸 2

國家圖書館出版品預行編目資料

芳草扶疏雁南歸 / 月半彎著. --
初版. -- 臺北市 : 狗屋, 2014.12
冊 ; 公分. --（文創風）
ISBN 978-986-328-390-4（第2冊：平裝）. --

857.7　　　　103022413

著作者　月半彎
編輯　王佳薇
校對　沈毓萍　蔡侑岑
發行所　狗屋出版社有限公司
地址　台北市104中山區龍江路71巷15號1樓
電話　02-2776-5889～0
發行字號　局版台業字845號
法律顧問　蕭雄淋律師
總經銷　知遠文化事業有限公司
電話　02-2664-8800
初版　103年12月
國際書碼　ISBN-13　978-986-328-390-4
原著書名　**《重生之廢柴威武》**，由北京晉江原創網絡科技有限公司授權出版

定價250元
狗屋劃撥帳號：19001626
網址：love.doghouse.com.tw　E-mail：love@doghouse.com.tw